dtv
premium

W0177794

Ausführliche Informationen über
unsere Autoren und Bücher
finden Sie auf unserer Website
www.dtv.de

Vlada Urošević

MEINE COUSINE EMILIA

Roman in achtzehn Erzählungen

Aus dem Mazedonischen
von Benjamin Langer

Deutscher Taschenbuch Verlag

Der Übersetzer dankt dem Deutschen Übersetzerfonds für die großzügige Förderung der Arbeit am vorliegenden Text.

Deutsche Erstausgabe 2013
Deutscher Taschenbuch Verlag GmbH & Co. KG,
München
Die mazedonische Originalausgabe erschien 1994 unter dem Titel
›Mojata rodnina Emilija‹ bei Makedonska kniga, Skopje
© Vlada Urošević
© der deutschsprachigen Ausgabe:
Deutscher Taschenbuch Verlag GmbH & Co. KG,
München
Umschlagkonzept: Balk & Brumshagen
Umschlaggestaltung: Lisa Höfner unter Verwendung von Fotos
von Arcangel Images / Mark Owen und Benjamin Langer
Gesetzt aus der Arno Pro 11,25/14,9˙
Satz: Greiner & Reichel, Köln
Druck & Bindung: Kösel, Krugzell
Gedruckt auf säurefreiem, chlorfrei gebleichtem Papier
Printed in Germany · ISBN 978-3-423-24996-6

DREI WÜNSCHE

Meine frühesten Erinnerungen an Emilia sind mit dem Auftauchen der Elefanten in unserer Stadt verbunden. Oder besser gesagt mit den Elefanten und den toten Pferden. Die Elefanten waren natürlich ungewöhnlicher. Die Pferde hatten weiße, starre Augen, ihre Zähne waren gebleckt. Auf einem Auge landete eine große grüne Fliege. Ich erinnere mich, dass Emilia niederkniete, die Fliege verscheuchte und das Auge mit einer Blume bedeckte, die sie in einem Garten gepflückt hatte.

Doch wo und wie war Emilia aufgetaucht? Mein Gedächtnis ist nicht ganz zuverlässig, die Abfolge der Ereignisse gerät bisweilen durcheinander, später wurden widersprüchliche Versionen erzählt, die Fotografien aus dem Familienalbum geben ebenso wenig Aufschluss wie Opa Simons Aufzeichnungen. Manchmal denke ich sogar, dass es Emilia dank einer nur ihr eigenen Fähigkeit gelungen ist, die Erinnerungen zu einem unentwirrbaren Knäuel zu verwickeln und die Vergangenheit unleserlich und unentzifferbar werden zu lassen.

Manchmal scheint es mir, als hätte ich sie vor dem Krieg nie gesehen, aber das kann nicht als gesichert gelten – ich war damals noch klein, und in meiner Erinnerung nehmen die

Ereignisse Dimensionen an, die nicht der Realität entsprechen: Einem kleinen Schächtelchen wird darin mehr Raum zugebilligt als der Zerstörung ganzer Stadtviertel. Doch mit Beginn des Krieges wird das Bild meiner Cousine Emilia zweifellos deutlicher und schärfer.

In jenen ersten Kriegstagen, als das Haus sich ständig füllte und wieder leerte, als sich dort bekannte und unbekannte Menschen die Klinke in die Hand gaben, als sich aus allen Himmelsrichtungen die unglaublichsten Nachrichten wie bunte Schmetterlinge in ihm niederließen, als die Gespräche jedes Mal abbrachen, wenn die Tür sich öffnete, und als alles – Schlafengehen, Aufstehen, Essen – durcheinandergeraten war, herausgerissen aus dem gewohnten Ablauf (was gleichermaßen fantastisch und schrecklich war), stellten sich bei uns auch Verwandte ein, die ich, wie mir schien, noch niemals zuvor gesehen hatte. Sie waren zurückhaltend und auf eine abwesende Art liebenswürdig, mit einer gewissen Verlorenheit im Blick: ein unrasierter Mann mit Brille, in dessen Miene etwas zugleich Verzweifeltes und aufgesetzt Lustiges lag, eine Frau, die ständig Krimskrams aus einem Behältnis in ein anderes umfüllte – sie nahm etwas aus dem einen heraus und legte es dann in einer bestimmten Anordnung in das andere, nur um es sich im nächsten Augenblick anders zu überlegen und wieder von vorne zu beginnen, jetzt anders herum –, und ein Mädchen, das ohne zu blinzeln in die Betrachtung einer aus einer Illustrierten ausgeschnittenen und in einem alten Bilderrahmen an der Wand der Diele aufgehängten Fotografie von Elefanten versunken war.

»Das sind afrikanische Elefanten«, sagte ich schulmeisterlich. Und stolz auf mein Wissen fügte ich hinzu: »Sie unterscheiden sich von denen aus Indien.« Ich fühlte mich ihr überlegen: Sie mochte gerade einmal acht Jahre alt sein, und ich war schon elf.

»Sind sie lebendig?«, fragte sie plötzlich.

Ihre Frage verwirrte mich. Ich verstand nicht ganz, was sie meinte.

»Na ja, es ist ja eine Fotografie, also müssen sie lebendig sein«, sagte ich. »Sie sind fotografiert worden, verstehst du? Nicht gezeichnet.«

»Ich mag lebendige Elefanten lieber als fotografierte Elefanten«, sagte sie schlicht, sah mich an und errötete.

In diesem Augenblick kamen Nachbarn ins Haus gestürzt und schrien, der Himmel sei voller Flugzeuge. Alle liefen hinaus und beschirmten die Augen mit ihren Handflächen: In den Tiefen des Himmels blitzten gerade noch sichtbar die winzigen, leuchtenden, spindelförmigen Flugzeuge. Um sie herum blühten die weißen Wölkchen der Flugabwehr auf.

»Hör mal«, sagte ich zu Emilia, die noch immer die Elefanten auf der Fotografie betrachtete, »in einer Straße hinter unserem Haus liegen zwei tote Pferde. Die wurden mit Maschinengewehren vom Flugzeug aus erschossen. Möchtest du sie sehen?«

Ich konnte ja nicht ahnen, zu welch unvorhersehbaren Abenteuern meine Aufforderung führen und wie rasch Emilia diejenige sein würde, die mich zu einer Reise ins Unbekannte aufforderte und der ich gehorsam folgte. Doch in jenem Augenblick begann die Kette unglaublicher Ereignisse, von denen zu erzählen ich versuchen werde – wobei mir vollkommen bewusst ist, wie unglaubwürdig sie klingen müssen.

Von den anderen unbemerkt gingen Emilia und ich über den Hinterhof auf die Straße. Auf dem Pflaster lagen ein weggeworfener Schirm, ein Damenschuh mit abgebrochenem Absatz, irgendwelche Briefe, ein Puppenkopf, ein Löffel. Aus einer aufgeschlitzten Matratze quoll die Stopfwolle hervor.

Emilia entschied sich für den Puppenkopf, wischte den Staub ab und nahm ihn mit. Sie blieb einen halben Schritt hinter mir, ein folgsames kleines Mädchen, das sich zwar dem Willen eines Älteren unterwirft, aber dennoch entschlossen ist, ihm durch sein Verhalten seine Ebenbürtigkeit zu beweisen.

Die Pferde waren noch immer da, wo ich sie am Tag zuvor entdeckt hatte. Das eine Pferd lag mit den Hinterbeinen auf der Straße und mit dem Kopf im Rinnstein. Der Kopf des anderen hingegen lag auf dem Bürgersteig. Ein Auge schien uns voll irrer Verzweiflung anzustarren. Als wir näherkamen, sah ich, dass sich in der hervortretenden Wölbung des Auges das gezackte Laub der Bäume und das weiße Spitzengewebe der Wolken spiegelten, so ähnlich wie bei den Glaskugeln, die auf lange Stäbe gesteckt in manchen Gärten standen. Emilia rupfte eine große weiße Blume aus einem benachbarten Garten und legte sie darauf.

Damit verlor das Auge des toten Pferdes seinen Ausdruck irren Entsetzens. Aber die Fliegen landeten nach wie vor auf den Rändern des halb geöffneten Mauls, aus dem die großen gelben Zähne hervorragten.

»Sie sind schön«, sagte meine Cousine Emilia. »Schöne tote Pferde«, fügte sie hinzu.

»Gehen wir zurück?«, fragte ich mit der Autorität des Älteren.

Meine Cousine Emilia schürzte die Lippen und gab mir damit zu verstehen, dass sie nicht einverstanden war. Es war, als blitzte in ihren Augen etwas Listiges auf, das ganz und gar nicht altersgemäß war. Sie wandte sich mir zu und blickte mir, ohne zu blinzeln, direkt in die Augen, diesmal ohne rot zu werden, mit einer rückhaltlosen Entschlossenheit, selbstbewusst und beinahe unverschämt. Das kleine folgsame Mädchen, das eben noch schweigend, beinah zaghaft, einen halben Schritt hinter mir gegangen war, entpuppte sich auf einmal als ein Wesen, das sich einer ihm innewohnenden Macht bewusst war. Ich sah sie verwirrt an.

»Und was soll ich dir jetzt zeigen?«, fragte sie.

Ihr unerwarteter Vorschlag verblüffte mich, aber mehr noch die Selbstsicherheit, mit der sie ihn gemacht hatte, und ich antwortete nicht.

»Du hast drei Wünsche frei«, sagte sie. »Beeil dich.«

»Wo hast du das denn her?«, fragte ich. »Hast du dir das ausgedacht?«

Ihre hochgezogene Oberlippe und die gerümpfte Nase zeigten mir, dass sie mit meiner mangelnden Bereitschaft, ihre Vorschläge anzunehmen, nicht zufrieden war.

»Das ist ein Spiel«, erklärte sie.

»Ich habe ein Märchen gelesen, in dem das vorkommt«, sagte ich. »Es heißt ›Drei Wünsche‹. Da gibt es eine Fee, die das macht, ich meine, die die Wünsche erfüllt. Oder einen Fisch. Ich weiß es nicht mehr.«

»Gut«, sagte meine Cousine Emilia ein wenig ungeduldig. »Dann ist es eben ein Märchen. Aber du hast drei Wünsche frei. Sag, was du sehen willst.«

Ich dachte nach, anscheinend zu lange.

»Vielleicht irgendwelche Tiere«, sagte meine Cousine Emilia.

»Ja«, sagte ich, »Tiere.«

»Welche?«

Wieder überlegte ich zu lange.

»Elefanten?«

Jetzt übertrieb sie es aber.

»Ja«, sagte ich, »Elefanten. Zeig mir Elefanten.«

Emilia leckte sich die Lippen. Ich nahm ein triumphierendes Zucken in ihrem Lächeln wahr.

»Gut«, sagte sie. »Komm.«

Jetzt übernahm sie die Führung, zielstrebig, mit einer Sicherheit, die meinen Widerstand brach und jeden Zweifel ausräumte. Worum ging es hier eigentlich? Um den verletzten Stolz eines kleinen Mädchens, das mir zeigen wollte, dass nicht nur ich etwas wusste? Um eine schon vorher ausgeheckte kleine Betrügerei? Um einen Trick, der letztlich darauf hinauslaufen würde, dass sie irgendein Bildchen oder kleines Spielzeug hervorziehen würde?

Doch ich hatte keine Zeit, genauer darüber nachzudenken: Emilia ging ohne Zögern voran, selbstgewiss und mit einer beinahe schlafwandlerischen Sicherheit, wie jemand, der bereits unzählige Male denselben Weg mit demselben Ziel gegangen ist.

»Wohin gehen wir?«, fragte ich.

Emilia antwortete nicht.

Wir gingen durch ein paar verlassene Straßen, in denen als einzige Spur der jüngsten Geschehnisse ein großer Damenstrohhut mit einem seitlich angebrachten kleinen Kunstblumenstrauß lag, über den das Rad eines Wagens hinweggerollt war. Dann betrat meine Cousine Emilia einen Garten und ging von dort aus durch eine kleine Pforte in einen weiteren. Er war menschenleer. In einem der Gärten stand ein gedeckter Tisch, doch sowohl die Gastgeber als auch die zu dieser Mahlzeit geladenen Gäste waren verschwunden. Wespen surrten über den leuchtend weißen Tellern. Durch die Blumenbeete liefen Hühner und scharrten so heftig, dass die Erde umherflog, eher aus Boshaftigkeit als um Nahrung zu suchen: Offensichtlich hatte die Abwesenheit der Menschen eine törichte Verwegenheit in ihnen geweckt. Ein Huhn war sogar auf den Tisch geflogen und stolzierte wichtigtuerisch zwischen den Tellern umher. Als ich die Hand gegen das Tier erhob, gackerte es überrascht auf und flatterte herunter. Staub wirbelte auf.

Der Lärm der Stadt rückte in immer weitere Ferne: Das Summen der Bienen, das Gackern der Hühner und das Schrillen der Zikaden legte sich darüber.

Die Gärten wirkten immer verlassener. Manche waren von Gräsern überwuchert, viele Obstbäume waren verdorrt, zahllose Äste abgebrochen. Die Zäune waren an vielen Stellen durchlöchert, es fehlten Latten. Das Unkraut gedieh üppig, wild und verrückt, wie Schaum auf den Lippen eines Idioten, in dem riesige, maßlose Worte heranwachsen, ohne ausgesprochen werden zu können, und immer mehr anschwellen, bis sie in Größe und Form die Öffnung des Mundes übertreffen. Die Kletten und Disteln erreichten hier eine riesenhafte Größe; wir bahnten uns unseren Weg wie durch einen Dschungel. Zäh widersetzten sich uns die fleischigen Blätter, die Stängel voll klebrigen grünen Safts wollten uns nicht durchlassen. Über dem Dickicht lastete drückende

Schwüle, brummten plumpe Insekten, wogte die warme Luft.

Hinter einigen umgestürzten Lattenzäunen hörten die Gärten schließlich auf: Von dieser bereits niedergerissenen Grenze an erstreckte sich das Reich der Stadtrandbrachen, das verwilderte Niemandsland der Dornengewächse.

»Wir sind da«, sagte meine Cousine Emilia und gab mir ein Zeichen, dass wir uns auf den Boden legen sollten. Ich war überzeugt, dass dieses ganze Spiel zu nichts führen würde, aber in Emilias Miene lag etwas, das mich noch davon abhielt, dem Ganzen ein Ende zu setzen.

Folgsam legte ich mich hin, meinen Gehorsamseifer ihr gegenüber ironisch übertreibend, und betrachtete das Gewimmel der Ameisen, die sich auf dem Weg zu nur ihnen bekannten Zielen durch das wundersame Dickicht kämpften. Die Erde roch nach verfaulten Früchten, nach angesengten Lumpen und tierischem Schweiß und nach etwas Namenlosem, das aufregend und geheimnisvoll war. Ich wollte Emilia sagen, dass das Spiel langsam albern werde und dass es für uns an der Zeit sei, nach Hause zu gehen, als sie meine Schulter berührte.

»Da sind sie«, sagte sie.

Sie sahen genauso aus wie auf der Fotografie in der Diele: Langsam und schwerfällig, wie Hügel, die sich in Bewegung gesetzt haben, schritten sie durch die hohen Gräser und das wuchernde Unkraut und schwenkten ihre Rüssel in einem beinahe feierlichen Rhythmus. Irgendwann waren sie nur noch hundert Meter von uns entfernt: Als wir unsere Köpfe hoben, konnten wir sie zwischen den scharfen Spitzen der Dornen und den samtigen Blättern der Brennnesseln hindurch sehr gut erkennen.

»Elefanten«, sagte ich und traute meinen Augen noch immer nicht. »Genau wie auf der Fotografie!«

Meine Cousine Emilia kicherte unterdrückt.

»Lebendige Elefanten sind schöner als die auf Fotografien«, sagte sie, »oder?«

Würdevoll, ernst, sich ihrer Größe bewusst schritten die Elefanten durch das Gestrüpp und rissen mit ihren Rüsseln von Zeit zu Zeit einen Busch heraus, um ihn sich ins Maul zu stecken. Es waren vier. Dann tauchte, sich zwischen den Großen hindurchdrängend, noch ein fünfter auf – ein Elefantenjunges, das auf lustige Art herumtorkelte und den Großen immer wieder zwischen die Beine geriet.

Ich stützte mich auf die Hände, um besser sehen zu können.

Doch da war plötzlich ein Geräusch zu vernehmen, und dann bemerkten wir das Flugzeug im Sinkflug. Es flog über die Elefanten hinweg und beschrieb danach einen Halbkreis über unseren Köpfen.

»Er hat sie gesehen«, stieß ich panisch hervor.

Es war, als spürten die Elefanten die Gefahr. Sie waren mit erhobenen Rüsseln stehen geblieben und drückten sich aneinander; das Elefantenjunge war zwischen ihren Beinen versteckt.

Das Flugzeug kehrte zurück und flog immer tiefer. Sein Maschinengewehr ragte drohend aus seinem Bug hervor: Das Flugzeug erinnerte an ein hässliches Insekt mit einem Stachel vorne am Kopf.

Von einem Malvenstängel aus flog mir eine kleine schwarze Mücke ins Auge. Das Auge brannte und die ganze Landschaft verschwand hinter einem dichten Schleier. Vor Schmerz kniff ich die Augen zusammen.

»Den Hals soll er sich brechen!«, rief ich zornig aus.

Ich öffnete die Augen genau in dem Moment, als aus dem Flugzeugrumpf orangene Flammen schlugen. Das Flugzeug wurde durchgerüttelt, brennende Teilchen stoben von ihm weg. Und im nächsten Augenblick verschwand es, einen schwarzen Schweif aus dichtem Qualm hinter sich her ziehend, hinter den Bäumen, wo das Brachland zu Ende war. Sicher war es von einem Geschoss der Flugabwehrgeschütze getroffen worden. Dann drang von dort eine dumpfe Explosion zu uns herüber.

Meine Cousine Emilia kicherte.

»Das war der zweite Wunsch«, sagte sie.

Die Elefanten standen noch immer abwartend da und schnoberten vorsichtig in der Luft, als spürten sie, dass die Gefahr noch nicht vorüber war. Und tatsächlich: Von der anderen Seite der Brache her waren Stimmen zu hören. Das abgestürzte Flugzeug hatte eine Gruppe Soldaten aus der Stadt angelockt, die mit schussbereiten Gewehren den Absturzort suchten. Sie hatten sich aufgeteilt und verständigten sich mit Zurufen, während sie im Dickicht der Dornensträucher nach einem Pfad Ausschau hielten. Nur noch ein wenig näher, und sie würden die Elefanten bemerken.

»Sie werden sie entdecken«, sagte meine Cousine Emilia, vollkommen kaltblütig und ohne auch nur die geringste Anteilnahme in diese unbarmherzige Feststellung zu legen.

Und tatsächlich: Der Soldat, der am weitesten vorausgelaufen war, hielt plötzlich inne. Dann rief er etwas und zeigte auf die Elefanten.

In meiner Aufregung hatte ich nicht bemerkt, dass meine Hand auf einem Ameisenhaufen lag. Erst als ich ein beißendes Prickeln verspürte, sah ich, dass große Ameisen mit roten Köpfen meine Hand angegriffen hatten.

Ich streifte die Ameisen, die sich mit ihren Mundwerkzeugen fest in meiner Haut verbissen hatten, mit der anderen Hand ab.

»Haut ab!«, rief ich. »Verschwindet!«

»Wer soll verschwinden?«, fragte meine Cousine Emilia scheinbar arglos.

»Die Elefanten«, sagte ich im letzten Moment.

Der Soldat, der den anderen Zeichen gemacht hatte, blieb stehen. Ein paar andere kamen nähergerannt. Er zeigte auf die Stelle, wo bis eben die Elefanten gewesen waren.

Aber dort war jetzt nichts mehr zu sehen. Unter der Sonne, die mit unveränderter Glut vom Himmel brannte, leuchteten nur die scharfkantigen Gräser, wiegte sich sanft das Unkraut, blühten die gekrönten Distelkelche. Über alldem wogte schwer die warme Luft.

Die Elefanten waren verschwunden.

»Der dritte Wunsch«, sagte meine Cousine Emilia mit einem leicht boshaften Gesichtsausdruck. »Das war's.«

»Was?«, fragte ich.

»Die drei Wünsche«, sagte sie und stand auf. Sie schüttelte das trockene Gras aus ihrem Rock, schaute mich an, als bemitleide sie mich, und gab mir die Hand, damit ich sie aus dem Dickicht führte.

Wir kehrten auf einem kürzeren Weg nach Hause zurück. Die Erwachsenen waren damit beschäftigt, den Keller umzuräumen: Sie hatten beschlossen, daraus einen Luftschutzraum zu machen. Sie holten Trödel von unten hoch, alte Fässer, Lampen mit zerbrochenen Schirmen, schimmelige

Bücher, und brachten Feldbetten und Decken hinunter, stellten eine Hausapotheke zusammen. Von unserer Abwesenheit hatten sie kaum Notiz genommen.

»Wo wart ihr denn?«, fragten die Tanten.

»Ich habe Emilia die toten Pferde gezeigt«, sagte ich.

»Oh Gott, was sind das nur für Zeiten«, seufzten die Tanten. »Zu unserer Zeit haben die Jungen den Mädchen schönere Dinge gezeigt.«

Wir gingen ins Haus. Ich schaute zur Fotografie und blieb verblüfft stehen: Ich hätte schwören können, dass vorher die Köpfe der Elefanten dem Betrachter zugewandt waren, jetzt aber standen sie genau andersherum, sie waren auf dem Weg ins Dickicht des Dschungels, der sich bereits um sie herum schloss.

Ich wollte jemanden danach fragen, um meine Erinnerung an die Fotografie zu überprüfen, überlegte es mir aber anders. Im Salon saßen Opa Simon und der Richter Pletvarski, ein häufiger Gast in unserem Haus, in den Sesseln und sprachen über ein Flugzeug, das abgeschossen worden und irgendwo am Stadtrand abgestürzt sei. Als ich an ihnen vorbeiging, blieb ich kurz neugierig stehen; sie aber warfen mir einen tadelnden Blick zu und ich ging weiter in die Küche.

Dort saß bereits meine Cousine Emilia. Sie sah mich prüfend an, doch ich sagte nichts – weder von der Veränderung, die ich auf der Fotografie bemerkt hatte, noch von dem, was ich belauscht hatte. Ich streckte ihr nur die Zunge heraus und fing an, auf der Suche nach etwas Essbarem im Küchenschrank herumzustöbern.

Das sind meine ersten Erinnerungen an meine Cousine Emilia. Wenn mir später die Elefanten in den Sinn kamen, redete ich mir ein, dass die Tiere während der Bombardierung aus dem Zoologischen Garten ausgebrochen waren und dass mir Emilia, die etwas davon wusste, den Wunsch eingab, sie zu sehen, um sie mir dann zeigen zu können. Doch wie groß war mein Erstaunen, als mir Jahre später die Chronik des Zoologischen Gartens unserer Stadt in die Hände fiel, verfasst von seinem ehemaligen Direktor, Professor Dudevski. Vergeblich suchte ich darin nach Informationen über die Elefanten bei Kriegsbeginn. Damals – so stand es in der Chronik – gab es im Zoologischen Garten Bären, Wölfe, Füchse und sogar einen Luchs, all diese Tiere waren in der Chronik aufgeführt, aber keine Elefanten. Die wurden erst viele, viele Jahre später erworben; ihr Transport in einem Zug mit einem Spezialwaggon war eine große Sensation in der Stadt, in der Abendzeitung wurde ein Wettbewerb ausgeschrieben, um die schönsten Namen für sie zu finden, und in der Nähe ihres Geheges wurde sogar ein kleiner Laden eröffnet, wo die Kinder Erdnüsse in kleinen Tüten kaufen konnten, um sie dann ihren Rüsseln hinzuhalten. Als ich jedoch die riesigen Dickhäuter gesehen habe, wie sie durch das Brachland hinter den letzten Häusern am Stadtrand stampften, hätte man Elefanten dort eigentlich überhaupt nicht antreffen dürfen.

Und trotzdem sehe ich sie in meiner Erinnerung vor mir, wie sie zwischen den Kletten und hohen Disteln einherschreiten und die großen Blätter der Gewächse aus dem wilden Garten unserer Kindheit abreißen, während meine Cousine Emilia neben mir auf der trockenen Erde liegt und verstohlen kichert.

Ich bin fest davon überzeugt, dass ich sie gesehen habe, so wie ich auch davon überzeugt bin, dass meine Cousine Emilia eigentlich eine kleine Hexe war.

DER PFEIFENDE HUND

In jenem Winter zeigte sich der pfeifende Hund zum ersten Mal. Es schneite, und durch die frostblaue Weite des Nachthimmels trudelte und schwebte alles Mögliche: erfrorene Fallschirmspringer, Flugzeuge ohne Piloten, Räder von Lokomotiven, die irgendwo an der Front explodiert waren, Radionachrichten, alte Lenkballons, Krähen. Es war Krieg, und in unserer Küche fand sich Abend für Abend die gesamte Verwandtschaft ein. Tagsüber war jeder in der Stadt unterwegs, um seine unverständlichen, geheimnisvollen Angelegenheiten zu erledigen, doch abends versammelten sie sich in unserer warmen, überfüllten Küche.

Durch die entlegenen, von Schneewehen abgeschnittenen Vorstädte, an Militärposten und Absperrungen vorbei kämpfte sich Onkel Atanas auf seinem Fahrrad und traf dann verfroren und zum Eiszapfen erstarrt bei uns ein, es kam Tante Evdokia mit dem dicken Bauch, aus dem das schon so lange erwartete Baby einfach nicht herauskommen wollte, es erschien Opa Simon, das Familienoberhaupt, und es kamen die Kinder – meine Cousine Emilia in einem zerschlissenen Pelz aus Katzenfell –, die Onkel und Tanten, entfernte Verwandte, die schon in Vergessenheit geraten waren; sie alle kamen und drängten sich in der warmen Küche. Das war eine Art Familienrat, das höchste Gremium innerhalb der Verwandtschaft, das nur in Ausnahmesituationen zusammentrat: im Krieg, bei Todesfällen und skandalösen Vorkommnissen innerhalb der Familie.

Unsere Küche war der einzige beheizte Ort auf der Welt: Draußen war die Stadt blau vor Kälte, die Straßen wirkten zerbrechlich, als wären sie aus bemaltem Porzellan, und die Schritte der vereinzelten Fußgänger hallten auf ihnen wider wie unter einer Glasglocke. Drinnen hingegen, in unserer Küche, brannte im großen, rechteckigen Ofen ein Feuer. Holzscheite waren ein rares Gut, daher wurde er außerdem mit Papier beheizt: Wir verbrannten Briefe, Stromrechnungen, Einladungen zu lang zurückliegenden Maskenbällen und Ansichtskarten aus den Badeorten, in denen Opa Simon zur Kur gewesen war. Der Inhalt lange nicht geöffneter Schubladen dünnte aus. Auch Kalender aus längst vergangenen Jahren kamen an die Reihe, von den Onkeln gesammelte pornografische Darstellungen, Weihnachtskarten, ärztliche Verordnungen, Schulzeugnisse, Poesiealben, alte Zugfahrkarten und Chemielehrbücher.

Sich in einem anderen Raum aufzuhalten, war unmöglich. Ganze Teile des Hauses blieben unerforscht, die Zimmer waren dunkle Höhlen, an deren Fenster der Frost eine seltsame polare Flora malte. Ins Badezimmer gelangte man nur mit Mühe: Dort hingen lange Eiszapfen von den Armaturen, die Wasserrohre waren geplatzt und man hatte vergeblich Bandagen aus Lumpen und Stroh um sie herumgewickelt. Die Tür des großen, jetzt völlig ausgekühlten Rundofens stand weit offen. Das Badezimmer war ein großes, verlassenes

Unterseeboot aus den Romanen von Jules Verne, abgetaucht in die endlose Ödnis der Winternacht.

In der Küche saßen wir Kinder in der Ecke beim Fenster. Dort litten wir alle zusammen an Keuchhusten und Windpocken, an Scharlach, Mumps und Langeweile. Es war uns verboten, uns den Erwachsenen anzuschließen und zuzuschauen, wie sie Domino spielten und die großen Landkarten in dem zerfledderten Weltatlas umblätterten, wobei sie irgendwelche Entfernungen in Spannen und Daumenlängen abmaßen.

An einem dieser Abende hörten wir den pfeifenden Hund zum ersten Mal: Durchs Fenster erkannten wir ganz deutlich seine dunkelviolette Silhouette in der Polarnacht des Kriegswinters. Eigentlich war er uns nämlich schon von einem Bild vertraut. Mein Onkel Jakov war Kürschner, und während er in den Wirren des Krieges verschwand, blieb eine sonderbare Wandkarte zurück. Auf dieser die ganze Welt darstellenden Karte waren sämtliche Pelztiere abgebildet, deren Fell im Handwerk meines Onkels in irgendeiner Form genutzt wurde – vom fantastisch weißen Hermelin inmitten der Eisberge am Nordpol bis hin zum gewöhnlichen Feldhasen, der genau über unserem Wohnort platziert war. Wir entdeckten diese fabelhaften, wertvollen Tiere mit den prachtvollen Schwänzen und dem funkensprühenden Fell, jedes mit einer Nummer in einem kleinen Kreis gekennzeichnet, in den Tundren der Mongolei und den Wüsten Arabiens. Da waren der bunt gestreifte tasmanische Wolf, der strubbelige Marderhund vom Ussuri, die nur auf Madagaskar heimische Raubkatze Fossa, der langohrige Fuchs aus Südafrika und die Zibetkatze mit den kurzen Beinen, die bei den Ruinen der ägyptischen Tempel anzutreffen ist. Hoch oben im Norden, in der Nähe des geheimnisvollen Archipels Spitzbergen, entdeckten wir schließlich verblüfft und aufgeregt den pfeifenden Hund. Im Unterschied zu den anderen Tieren, die auf festem Boden standen, schwebte er mit steifen Beinen und mit einem vergnügten, herausfordernden Grinsen über dem Nordmeer, über Eisbären und Robben und den im ewigen Eis eingeschlossenen Schiffen der ersten Erforscher der Polarregion. Er war ganz deutlich mit der Zahl Vierundvierzig gekennzeichnet. Aber ganz unten, in der Legende, wo alle Tiere auf der Karte aufgelistet waren, hatte man diese Zahl ausgelassen. Ob sich der Drucker einen Streich erlaubt hatte oder ob es sich um ein Berufsgeheimnis handelte, das uns der sachkundige Kürschner, der die Karte erstellt hatte, nicht verraten wollte – wir haben es nie herausgefunden. Wir fragten unsere junge Tante Milena danach, Onkel Jakovs Frau. Sie beugte sich zu uns herunter und vertraute uns wispernd an, als verrate sie uns ein unglaubliches Geheimnis, dass es sich dabei um den außerordentlich seltenen pfeifenden Hund handle, der sich kaum je zur Strecke bringen lasse, ein Wintertier, das durch die verschneiten Weiten ziehe, ein funkelndes Trugbild der nordischen Regionen.

Es war meine Cousine Emilia, die ihn noch am selben Abend als Erste entdeckte. Die Erwachsenen waren in die Deutung der Vierzeiler des Nostradamus vertieft, seiner merkwürdigen und rätselhaften Prophezeiungen, und nahmen unseren überraschten und begeisterten Aufschrei nicht wahr: Über den schwarzen Dächern, auf denen sich träge die Wetterhähne aus Blech drehten, erspähten wir den pfeifenden Hund, dieses sagenumwobene Tier der Winternächte. Zuerst wirkte er wie eine Ansammlung violetten Rauchs, dann wie ein dunkler Ballon, der sich losgerissen hatte und nun über den Häusern schwebte, und schließlich leuchtete sein Fell in einem metallischen Blau wie bei einer elektrischen Entladung. Durch die frostklare Nacht hörten wir seinen Ruf – ein Pfiff, der irgendwo zwischen dem Signalton einer fernen Lokomotive und dem schrillen Flöten eines Wasserkessels lag.

Die Tage vergingen schnell, verwandelten sich schon gleich nach dem Mittagessen in lange Abende. Noch bevor der Tisch abgeräumt war, fanden sich schon die Verwandten ein und erfüllten das Zimmer mit dem Geruch nach feuchter Wolle, durchnässten Schuhen und Tabak. In der warmen Küche voller Essensdampf nahmen nebulöse und langatmige Gespräche ihren Lauf, in denen der russische Wanderprediger Rasputin, ein Kriegsschiff mit dem aristokratischen Namen Graf Spee, die Romane des Polen Przybyszewski und die Puddings von Doktor Oetker eine Rolle spielten. In unserer Ecke warteten wir auf den Anbruch der Nacht und das Erscheinen des pfeifenden Hundes.

Und während wir darauf warteten, dass er sich zeigte, redeten wir über unseren verschwundenen Onkel Jakov, spekulierten über seinen möglichen Verbleib in den unterschiedlichsten Erdteilen und über die Rolle, die er in den großen Geschehnissen des Krieges ganz sicher spielte. Wir standen vor der Wandkarte und steuerten sein Unterseeboot zwischen den Walrössern und Robben hindurch, umschifften die auf den Eisbergen sitzenden großen Polarbären und lenkten Onkel Jakov in sichere Häfen, wo vor Schlitten gespannte Rentiere warteten. Dann erschien der pfeifende Hund: Seine dunkle Silhouette tauchte hinter irgendeinem Schornstein auf und wir vernahmen seinen durchdringenden, rasiermesserscharfen Pfiff.

Nacht für Nacht warteten wir auf sein Erscheinen. In der Küche war es warm; wir verheizten bereits Lateinwörterbücher, Gartenratgeber, Jahresbände humoristischer Zeitschriften und ausgesprochen schöne kolorierte Ansichtskarten. Ferne Städte brannten mit bläulichem Schein, von transparentblauen Seen platzte die Farbschicht, aus Grünanlagen stieg kaum sichtbarer schwefelig-grüner Rauch. Mittlerweile zerbombte Kathedralen krümmten sich in unglaublichen Verrenkungen, und prachtvolle Barockgebäude, die in diesem Moment vielleicht tatsächlich in Flammen standen, zerfielen zu Asche. Am besten brannten die alten Panoramaansichten von Provinzstädten. Die Bilder mit Motiven von verschneiten Landschaften, auf denen die Bäume von einem Glitzerpuder aus zerstoßenem Glas bedeckt waren, zischten und qualmten. All dies ließ die Küche warm werden, und dennoch froren die Fenster immer ein bisschen zu: An den Scheiben bildeten sich Polargebiete, nadelspitze Eiskristalle wuchsen zu rätselhaften Landschaften zusammen, aus denen es keinen Ausweg gab. Wir tauten sie mit unserem Atem auf, und durch die dunklen Kreise erspähten wir unseren pfeifenden Hund – er kam von den verschneiten Ebenen her, war mit steifen Beinen über schwarze Bäume und Schützengräben hinweg bis zu uns geschwebt.

Von den Erwachsenen war nur Tante Milena in das Geheimnis seines Erscheinens eingeweiht – sie war selbst fast noch ein Kind, hatte gerade erst das Gymnasium beendet, und wir befanden sie für würdig, ihr unsere Entdeckung anzuvertrauen. Über uns gebeugt, mit den Brüsten unsere Schultern berührend, schaute sie mit uns aus dem Fenster und quietschte leise auf, wenn sich die dunkle Silhouette über den schneebedeckten Dächern zeigte. Während wir auf den pfeifenden Hund warteten, unterhielten wir uns mit ihr über Onkel Jakov. Ihre Wangen röteten sich, ihre Augen begannen zu funkeln, und wir entwarfen gemeinsam eine Marschroute, auf der Onkel Jakov, den Feind überlistend, sich zu uns durchschlagen würde.

Von den Tagen blieb immer weniger übrig – die Dämmerung verfing sich nun schon am Vormittag in den Zweigen, kauerte noch von der vergangenen Nacht in den Ecken, und der erloschene Nachmittag starb schon, bevor er überhaupt geboren werden konnte. Die Verwandten verließen das Haus kaum noch. Es gab immer weniger Anlässe, die sie in die Stadt zwangen, und die Küche war nun der einzige Ort, an dem es sich noch leben ließ. Manche blieben sogar über Nacht – wenn wir morgens aufstanden, waren sie schon da, unrasiert, mit dunklen Augenringen, eingehüllt in Wolken aus Tabakrauch. Die Onkel lösten Kreuzworträtsel in alten Zeitungen und erzählten die Inhalte historischer Romane nach, die sie vor langer Zeit gelesen hatten. Später spielten sie Bingo, wobei sie die gezogenen Zahlen mit weißen Bohnen abdeckten. Wenn die Vierundvierzig gezogen wurde, warf uns Tante Milena einen verschwörerischen Blick zu – nur wir allein wussten, was sich hinter dieser Zahl verbarg und was über ihre Bedeutung aufzuschreiben versäumt worden war.

Von Onkel Jakov hörten wir nichts. Doch entdeckten wir Neuigkeiten über ihn in den Frontberichten, in den Namen der eroberten Städte, in den Landungen auf fernen Inseln und den Ergebnissen der Luftkämpfe. Hinter den Frontverschiebungen erahnten wir die geheimnisvolle Rolle Onkel Jakovs, seine Kriegskunst und seinen Mut. Auf der Karte mit den Tieren kundschafteten wir eine Route aus, die man unmöglich vorhersehen konnte, eines Spions und Heerführers würdig: Zwischen den eisbedeckten Gipfeln hoher Berge, dem Mufflon mit den schneckenförmig gedrehten Hörnern, dem Moschusochsen und den letzten Exemplaren der Wisente fuhren wir mit den Fingern die gewundene Strecke seines Kriegsabenteuers nach. Tante Milena und wir hielten zusammen: Wir wussten, dass sie auf ihn wartete, und bemühten uns, auf der Karte immer noch mehr Anhaltspunkte für seine baldige Rückkehr zu finden.

Zu dieser Zeit erschien der pfeifende Hund regelmäßig: Vor dem bläulich weißen Schnee auf den Dächern hoben sich ganz deutlich die schwarze, spitz zulaufende Schnauze mit den borstigen Haaren, die Hängeohren und der Stummelschwanz ab. Er pfiff durchdringend wie ein Vogel oder eine Fledermaus, schnüffelte an den Schornsteinen herum, wedelte mit dem Schwanz. Er bewegte sich durch die Luft, als rutsche er – das Geheimnis seines Fluges war nicht zu fassen, so wenig wie er selbst.

Das Leben in der Küche verlief fast immer gleich. An den Feiertagen ließen sich die Tanten Mittel und Wege einfallen, um aus Kartoffeln und Marmelade eine Festtagstorte zu backen. Zu diesem Zweck lasen sie in Rezepten aus längst vergangenen Zeiten. Es kamen merkwürdige Zutaten darin vor: Kümmel, Muskat, Lorbeer, Vanille, Zimt – die Namen der Gewürze klangen wie die Namen verschwundener Länder.

Vor den Feiertagen badeten die Tanten in der Küche. Als Sichtschutz stellten sie Paravents auf, auf denen Japanerinnen mit Schirmen und Pfauen abgebildet waren, und von uns verlangten sie, Schüsseln mit heißem Wasser zu bringen. Durch rosigen Dampf und Seifenblasen sahen wir Tante Milena zu, wie sie sich aus einem kleinen grünen Milchkännchen mit Wasser begoss.

Hin und wieder gab es einen Luftangriff. Bevor wir uns in den Keller flüchteten, gelang es uns immer, aus dem Fenster zu spähen und unseren Hund noch einmal zu sehen: Zwischen zwei Explosionen der Flugabwehrkanonen, gefangen in den sich kreuzenden gelben Strahlenbündeln der Flakscheinwerfer, flog er seelenruhig tief über den Dächern. Uns schien es, als hörten wir durch den Geschützdonner seinen gellenden Pfiff, spöttisch und herausfordernd.

Wenn wir dann im Keller mit klebrigen Spinnenweben im Gesicht versuchten, die Bombenexplosionen vom Geschützfeuer der Flugabwehr zu unterscheiden, sprachen wir über Onkel Jakov und darüber, dass er in einem der Flugzeuge sein könnte, über seinen Mut und seine Furchtlosigkeit. Am nächsten Morgen fanden wir diese Theorie bestätigt: Es lag Stanniolpapier auf dem Balkongeländer und nur ganz bestimmte Gebäude waren zerstört worden. Dort oben war Onkel Jakov, ganz sicher.

Die Abende in der Küche dufteten nach den Apfelschalen, die wir auf die Herdplatte legten und dort ließen, bis sie verkohlt waren. Wir steckten unser letztes Papier in den Ofen. Nun kamen sogar Opa Simons Aufzeichnungen, mit violetter Tinte geschrieben und völlig unleserlich, an die Reihe. Auch ein paar Seiten aus dem Weltatlas, auf denen sich weniger interessante Schlachtfelder befanden, endeten im Feuer. Die Tanten und Onkel führten lange Gespräche über den indischen Anführer Mahatma Gandhi, über Lombrosos Thesen, über den Spiritismus, über Charles Lindberghs Transatlantikflug und den Untergang der Titanic. Der pfeifende Hund tauchte aus der Dunkelheit auf und sandte seinen Pfiff über die Dächer. Er trieb sich vor den zugefrorenen Fenstern herum, drang in unsere Kindheit wie eine unglaubliche Nachricht aus fernen, unermesslichen und unbegreiflichen Weiten. Wir saßen am Fenster, hauchten gegen die Scheibe und starrten in die Nacht hinaus.

Und dann war auf einmal Onkel Jakov wieder da. Er kam mit einer neuen Pelzmütze auf dem Kopf herein, gesund und munter und nach Leder duftend, küsste uns alle, nahm Tante Milena fest in den Arm und erklärte uns, dass er sich nicht habe melden können – die Post funktioniere nicht und der Schienenverkehr sei unterbrochen. Es stellte sich heraus, dass er in den Städten im Landesinneren gewesen war, mit Häuten gehandelt und gut verdient hatte. Dann zeigte er uns ein Fass mit Schmalz und ein großes Stück Speck und sagte, morgen werde ein Lastwagen mit Brennholz eintreffen. Wir standen da, entgeistert, betrogen, unglücklich. Tante Milena war flammend rot geworden und versuchte, nicht zu uns herüberzusehen. Alle waren fröhlich und lachten, aber das Lachen klang in unseren Ohren ein bisschen gezwungen.

Dann brachte Onkel Jakov Tante Milena fort, in eine neue Wohnung. Die Verwandten zerstreuten sich. Die Nachmittage wurden gleichförmig und leer, ihnen fehlte der stille Glanz der einstigen Zusammenkünfte.

Der pfeifende Hund zeigte sich an den kastanienroten

Abenden des Vorfrühlings auch weiterhin mal hier und mal da, pfiff hinter den hohen Schornsteinen der Wohnblöcke, kratzte an den Dachrinnen, schwebte wie ein Ballon über den Dächern. Aber es glaubte niemand mehr an ihn.

DIE KÜCHENSCHABEN-OMA

Im Haus gab es immer weniger Brot. Und je weniger Brot es im Haus gab, desto mehr Küchenschaben wagten sich aus den Ecken und Winkeln hervor.

Der Krieg näherte sich seinem Ende: An den ersten milden Frühlingsabenden roch man den Rauch von Akten, die auf den Feldern hinter den letzten Häusern verbrannt wurden, das Karbol aus den Waggons mit Verwundeten, die frische Erde aus den Schützengräben, die von italienischen Kriegsgefangenen in den nahen Bergen ausgehoben wurden, die verbrannten Reifen der Lastwagen, die sofort Feuer fingen, wenn jemand aus dem Schutz der Dunkelheit heraus eine Benzinflasche auf sie warf. In der Stadt verbreiteten sich die abenteuerlichsten Geschichten. In diesen Tagen ließ sich alles glauben.

Nach dem langen Winter wurden die Tage allmählich wärmer. Im ganzen Haus suchten die aus ihrer Winterstarre erwachten Küchenschaben nach den kleinsten Bröckchen Nahrung, sie bewegten in den Bodenritzen versteckt ihre nervösen Fühler und schlüpften durch die schmalsten Spalten. Opa Simon hatte den Kampf längst aufgegeben. Es nützte weder etwas, kochendes Wasser in ihre Verstecke zu schütten oder Giftfallen aufzustellen, noch sie mit einer Mischung aus Schwefel und getrockneten Holunderblättern auszuräuchern – das führte nur dazu, dass sich der stinkende Qualm im ganzen Haus festsetzte. Mit Einbruch der Dunkelheit begann es in den dämmrigen Winkeln zu krabbeln und zu rascheln.

Meine Cousine Emilia und ich lauschten ihren Geräuschen und verfolgten ihre blitzschnellen Bewegungen; mit einer Mischung aus Grauen und Lust beobachteten wir ihre Invasion.

Meine Cousine Emilia kam oft zu uns: Von uns aus war es näher zum Schutzraum im Keller des großen Wohnblocks. Dorthin zu rennen war ein aufregendes Ritual. Sobald die Sirene zu heulen begann, wurde das Haus hastig verschlossen, wir liefen die sich schnell leerende Straße hinunter, der mit seinen Karten und Aufzeichnungen beladene Opa Simon trieb uns zur Eile an. Kissen, Wasserflaschen, Töpfe, Schals und Lampen auf den Armen stiegen wir alle die Treppe hinunter in den Keller. Eine Hand schirmte eine Kerze ab, in einem Winkel riss jemand ein Streichholz an: Einen Augenblick lang wurde eine Hand sichtbar, ein Teil eines Gesichts, Schatten wuchsen an den Wänden empor. Während die Empfindsameren unter uns schon das Brummen der Flugzeuge in der Ferne hörten, begannen meine Cousine und ich, uns Geschichten über Schokolade auszudenken, die aus den Flugzeugen abgeworfen wird, Geschichten über entfernte, vor langer Zeit nach Amerika ausgewanderte Verwandte, die auf äußerst komplizierte und ungewöhnliche Weise von uns erfahren haben, über einen schwarzen Piloten, der sich aus seinem abgestürzten Flugzeug gerettet hat und den wir auf unserem Dachboden verstecken könnten. Über unseren Köpfen trugen die riesigen fliegenden Festungen ihre Bombenlast zu den Ölfeldern bei Ploieşti, wir aber ersannen immer abstrusere Geschichten.

In diesem Schutzkeller bemerkten wir die Küchenschaben-Oma zum ersten Mal. Wie sie wirklich hieß, wussten wir nicht. Sie wohnte in einem kleinen Sträßchen hinter unserem Haus und schaffte es immer, schon bei den ersten Anzeichen eines Alarms mit ihren Trippelschritten vor allen anderen anzukommen und einen Platz im tiefsten Dunkel des Kellers zu ergattern. Sie war klein, dünn, verkümmert; ihr Gesicht war runzelig wie ein Apfel, der den ganzen Winter über auf einem Schrank gelegen hat. Im Schutzraum knabberte sie die ganze Zeit an trockenen Brotrinden, die sie in ihrer Hand verbarg: Man hörte nur, wie ihre Zähne die hart gewordene, fast versteinerte Rinde zermalmten. Wir mochten sie nicht. Es hieß, ihr Sohn arbeite bei der Polizei, foltere Menschen, aber ihn sahen wir nie. Sie zischte uns in der Dunkelheit andauernd zu, dass wir mit dem Flüstern aufhören sollten, und verwünschte uns mit kurzen, kaum verständlichen Worten, als fürchtete sie, wir könnten mit unserem Getuschel die Aufmerksamkeit der Piloten auf uns ziehen, die über die Stadt hinwegflogen.

Wenn wir abends in der Küche saßen, verfolgte Opa Simon auf seinen Landkarten das Vorrücken der Truppen an den Fronten, während die Tanten Modezeitschriften aus der Vorkriegszeit durchblätterten und Schnitte begutachteten. Die Schaben raschelten hinter der Kredenz, lugten misstrauisch hinter dem Holzstapel neben dem Herd hervor und warteten darauf, dass die Dunkelheit hereinbrach, um dann auszuschwärmen. Eine besonders große Schabe, schwarz und glänzend, wagte es, über den beleuchteten Teil des Fußbodens zu rennen. Meine Cousine Emilia gab mir ein Zeichen und flüsterte: »Die Küchenschaben-Oma! Das ist sie.«

»Malta und Gibraltar«, sagte Opa Simon und hob seinen Blick von den Karten. »Malta und Gibraltar sind die Schlüssel zum Mittelmeerraum.«

»Der Rock muss plissiert sein«, sagten die Tanten. »Seht doch mal die Falten.«

Die Erwachsenen waren in ihren Zeitvertreib vertieft. Meine Cousine Emilia nahm eine leere Streichholzschachtel, kniete sich neben dem Schrank hin und schnalzte leise und lockend mit der Zunge. Die große Küchenschabe ließ sich täuschen und kam hervor. Im nächsten Moment war sie schon gefangen und scharrte verzweifelt mit den Beinchen, um sich aus ihrem engen Kerker zu befreien.

»So«, sagte meine Cousine Emilia, »jetzt wirst du keine Brotrinde mehr im Keller knabbern können.«

Wir versteckten die Schachtel mit der Küchenschabe hinter dem Holzstapel. Aus der Schachtel hörte man panisches Scharren.

Sehr früh am nächsten Morgen begannen die Sirenen zu heulen. Sie heulten wie riesige, schrecklich hungrige Tiere, eine nahm den Schrei der anderen auf. Sie hatten sich noch nicht beruhigt, als wir schon die Treppe in den Schutzraum hinunterstiegen.

»Sie ist nicht da«, sagte meine Cousine Emilia und blickte in den Winkel hinüber, in den sich die Küchenschaben-Oma immer zurückzog. Mit angehaltenem Atem warteten wir ab, bis auch die letzten Nachbarn die Treppe heruntergekommen waren. Die Küchenschaben-Oma war nicht dabei.

Vor dem Schutzraum saßen die Männer, spielten Beobachter und schauten zum Himmel. Die Frauen verwünschten sie und schrien, sie sollten hereinkommen. Gerade als einer von ihnen herunterkam, um zu melden, dass die Flugzeuge genau über uns seien, hörte man auf der Treppe kleine, hastige Schritte. Wir blickten uns an. Es war die Küchenschaben-Oma.

Völlig aufgelöst, zitternd und außer Atem erzählte sie, dass sie eingesperrt worden war: In der Annahme, sie wäre bereits gegangen, hatten die anderen Hausbewohner das Hoftor verschlossen, als sie zum Schutzraum aufgebrochen waren. Sie hatte einige morsche Latten entfernt und sich durch die Öffnung gezwängt. »Ich bin gerade noch davongekommen«, wiederholte sie immer wieder mit erstickter Stimme. Die Frauen gaben ihr Zucker und Wasser, damit sie sich beruhigte.

Als wir nach Hause kamen, schauten wir in der Küche nach. Natürlich war die Schachtel leer. Sie stand ein kleines bisschen offen.

An diesem Abend in der Küche versuchten wir, die große Schabe zu ködern. Die aber hatte nun schon Erfahrung, ließ sich nicht mehr übertölpeln und entfernte sich nicht weit von dem Loch im Boden. Als meine Cousine Emilia das Gefühl hatte, dass die Küchenschabe doch weit genug von allen Ritzen entfernt war, nahm sie die Schachtel und stülpte sie über das Tier. Aber die Küchenschabe war schneller: Blitzschnell entwand sie sich, und auf dem Fußboden unter der Schachtel blieb nur eines ihrer Beinchen zurück. Das Beinchen krümmte und streckte sich noch einige Male. Dann regte es sich nicht mehr. Meine Cousine Emilia legte es in die Schachtel. Danach saßen wir in der Ecke und betrachteten die Zeichnungen mit den Heißluftballons und Unterseebooten aus den Romanen von Jules Verne. Von draußen hörte man, wie die Absätze beschlagener Stiefel auf das Straßenpflaster knallten: Militärpatrouillen drehten ihre Runden durch die Stadt.

Als wir am nächsten Tag im Schutzraum eintrafen, war die Küchenschaben-Oma nicht da. Sie erschien weder als alle schon heruntergestiegen waren noch als die Männer kamen, um zu berichten, dass die Flugzeuge genau über uns waren. Aus den Gesprächen der Frauen erfuhren wir, dass sie gestürzt war und sich ein Bein gebrochen hatte. Ich blickte Emilia an. Sie lächelte und schob die Hand in ihre Schürzentasche. Einen Moment lang war dort die Streichholzschachtel zu sehen.

Die Flugzeuge flogen wieder weiter zum fernen Ploieşti, ohne unsere Stadt zu beachten.

Ein paar Tage lang blieben sie aus. Auf großen Lastwagen fuhren die aus Griechenland kommenden Deutschen in ihren staubbedeckten Uniformen durch die Stadt. Opa Simon würdigte die Zeitschrift ›Signal‹ keines Blickes mehr, erklärte alle ihre Artikel für Lügen und entfernte jeden Abend die Plombe von der Skala des Radios, um Radio London zu hören. Durch die warme Abendluft flogen schon Fledermäuse.

Als wir zu Abend aßen, bemerkte ich, dass Emilia ein Stückchen Brot in die Tasche steckte. Ich wusste sofort, dass sie etwas vorhatte.

Nach dem Abendessen zerbröselte sie das Brotstückchen neben dem Spalt im ausgetrockneten Holzfußboden. Wir vermuteten, dass die Küchenschaben jede unserer Bewegungen verfolgten: Ihre Fühler tauchten auf und verschwanden wieder, als ahnten sie etwas. Wir zogen uns zurück und setzten uns auf die Ottomane. Doch die Küchenschaben waren vorsichtig. Sie bevorzugten die Dunkelheit für ihre Streifzüge.

»Gehen wir schlafen«, sagte Opa Simon und hob den Kopf vom inzwischen verstummten Radio. »Es ist Zeit.«

Nachdem er die Senderanzeige wieder auf Radio Sofia eingestellt und die Plombe befestigt hatte, ging er in sein Zimmer in der Mansarde. Emilia ging mit den Tanten in ein anderes Zimmer. Ich schlief auf der Ottomane in der Küche.

Plötzlich schreckte mich etwas aus dem Schlaf. Ich hob den Kopf und stützte mich auf den Ellenbogen. »Psst«, sagte meine Cousine Emilia. Sie kniete in einem langen weißen Nachthemd in der Ecke auf dem Fußboden.

»Was ist los?«, fragte ich.

»Erledigt«, sagte sie. »Sie ist drin.« In der Hand hielt sie die Streichholzschachtel. »Diesmal entkommt sie nicht.«

Am nächsten Morgen entdeckte ich die ersten reifen Früchte in der Krone des großen Kirschbaums im Hof. Ich stand da und überlegte, wie ich an sie herankommen könnte.

»Ich habe einen Plan«, sagte meine Cousine Emilia.

»Für die Kirschen?«, sagte ich.

»Aber nein«, sagte Emilia. »Für die Küchenschaben-Oma.«

Ich konnte sie nicht mehr fragen, was sie vorhatte. Das Aufheulen der Sirene durchstieß die Luft des sonnigen Vormittags, dann folgte auch schon der nächste Heulton. Es war, als verstummten in der Stadt alle anderen Geräusche.

Das ganze Haus geriet in Aufruhr. Das Feuer im Ofen wurde gelöscht, Opa Simon raffte seine Aufzeichnungen zusammen, die Tanten überlegten, ob sie auch nichts vergessen hatten: »Wasser, Zucker, Kerzen, Streichhölzer … «

»Wo sind die Streichhölzer?«, fragte Tante Anastasia.

»Komm mit«, sagte meine Cousine Emilia und zog mich in den Hinterhof.

»Wo sind die Streichhölzer?«, rief Tante Anastasia. »Hat jemand die Streichholzschachtel gesehen?«

Das Geheul der Sirenen schraubte sich über der Stadt empor. Sie heulten wie von Hunger, Verzweiflung und Schmerz überwältigte Tiere.

Meine Cousine Emilia zog zwei Streichholzschachteln aus ihrer Schürzentasche. Aus der einen lugte ein Fühler der Küchenschaben-Oma hervor. Es war ein feines, ausdauerndes Scharren zu hören.

»Halt mal«, sagte Emilia.

Ich nahm die Schachtel.

»Nicht so. Halt sie mit den Fingern in der Mitte«, sagte sie.

Sie riss ein Streichholz an. Dann hielt sie die kleine Flamme erst an die eine, dann an die andere Seite der Schachtel.

Die Tanten verschlossen das Haus. Opa Simon war schon eilig zum Tor unterwegs.

»Wo steckt ihr denn?«, riefen die Tanten, die nach uns suchten.

Die Flamme versengte mir die Finger. Ich ließ die Schachtel auf den Steinboden fallen. Das Schächtelchen brannte mit bläulicher Flamme und krümmte sich. Es blähte sich, platzte leise knallend auf, erblühte wie eine Blume. Plötzlich war durch einen Spalt die Küchenschaben-Oma zu sehen. Sie versuchte, herauszukommen, tastete verzweifelt mit den Beinchen nach den brennenden Rändern, aber die Flamme leckte an ihr, umhüllte sie schließlich, und sie zog sich zusammen. Ihr schwarzer, glänzender Körper schwoll an wie ein Kokon, ihre Gliedmaßen teilten sich, dazwischen quoll eine ekelhafte weiße Flüssigkeit hervor. Es zischte, als entweiche Luft aus einem kleinen Ballon.

»Was macht ihr denn da, um Gottes willen«, kreischten die Tanten hinter uns. »Beeilt euch!«

Wir schafften es gerade noch, die Treppe zum Schutzraum hinunterzustürzen, als sich von oben schon schwer das Brummen der Flugzeuge über uns legte.

Dann zerriss ein durchdringendes Pfeifen die Luft.

Die erste Bombe schlug irgendwo weiter entfernt ein, die zweite – direkt danach – bereits in der Nähe. Durch die Kellerfenster flogen schubweise Erdreich, Glassplitter und glühend heiße Luft herein. Das Haus schwankte wie ein Schiff im Sturm: Die Explosionen setzten sich durch die Mauern und den Körper bis zum Zwerchfell fort und benahmen einem den Atem. Irgendwo draußen ging die Welt unter, stürzten Häuser ein, zersplitterte Glas, kreischte Holz verzweifelt auf, polterte Putz geräuschvoll von den Wänden; ein schwarzer, gieriger Abgrund schlang wie besessen alles hinunter. Im ganzen Keller roch es nach Rauch, frisch aufgerissener Erde und Mörtelstaub.

Ein starker Luftstoß brachte die Kerzen zum Erlöschen.

»Schnell«, rief Tante Anastasia, »wo sind die Streichhölzer?«

»Die hab ich«, sagte meine Cousine Emilia und zog mit etwas zitternden Fingern die Streichholzschachtel aus der Tasche.

Als wir ins Freie traten, rannten Menschen mit Wassereimern vorbei, aus den aufgerissenen Rohren der Kanalisation spritzten mitten auf der Straße Wasserfontänen empor, unter den Füßen knirschte Glas. Überall breitete sich Brandgeruch aus.

»Sieh mal«, sagte meine Cousine Emilia und deutete auf den Rauch über den Dächern.

Alle liefen durcheinander, schrien, erkundigten sich nach ihren Verwandten. Uns beachtete niemand. Wir liefen los und rannten durch die kleinen Sträßchen.

Als wir ankamen, war das Haus der Küchenschaben-Oma schon fast vollständig niedergebrannt. Man hatte versucht, es zu löschen, aber nun war beinahe nichts mehr zum Löschen übrig.

»Das bringt nichts mehr«, sagte einer der Umstehenden, »ihr war ohnehin nicht zu helfen.«

Wir drängelten uns durch die Menschenmenge ganz nach vorn und starrten auf die glühenden Balken, den verbrannten Dachstuhl, die rußgeschwärzten Mauern. Ein Teil des Daches stürzte ein, Funken und Asche stoben auf. Ob es uns wohl nur so schien oder ob man wirklich ein Geräusch hörte, das uns bekannt vorkam – ein leises Zischen, als entweiche die Luft aus einem Ballon?

Wir standen schweigend da. Ich warf meiner Cousine Emilia einen Blick zu. Sie starrte mit weit aufgerissenen Augen in die Flammen. In ihren Pupillen flackerte der höllische Widerschein der Flammenzungen, die aus den Trümmern emporleckten. Plötzlich war mir, als nähme ich um ihre Lippen ein leichtes Zucken wahr: Sie verzogen sich zu einem grauenerregenden, bösen, zufriedenen Lächeln.

Das Einhorn im Hinterhof

In den letzten schönen Tagen des Altweibersommers, irgendwann gegen Ende September, wenn die Nächte ihre Wärme verlieren und plötzlich klar und frisch werden, bemerkten wir eines Morgens im Hinterhof ein Einhorn.

Eigentlich entdeckte Opa Simon es als Erster. Er kam in die Küche, wo wir uns für die Schule fertig machten, und sagte ganz ruhig, als verkünde er etwas völlig Alltägliches: »Draußen steht ein Einhorn.«

Im ersten Augenblick begriffen wir gar nicht, was er da gesagt hatte. Nur Oma Spomenka schaute ihn ungläubig an, und als sie merkte, dass er nicht gescherzt hatte, sondern vollkommen ernst blieb, bekreuzigte sie sich. Das war ein Zeichen dafür, dass sich etwas ganz und gar Ungewöhnliches ereignete. Wir sprangen auf und liefen hinter Opa Simon her.

Das Einhorn stand auf den glatten Steinplatten im Hof und schaute neugierig zu uns herüber. Es war so groß wie ein kleineres Pferd, doch sein Fell war länger, glatter und glänzender als bei einem Pferd. Es hatte einen wunderschönen Kopf mit einem kleinen, fedrigen Bärtchen und dunklen, traurigen Augen. Es wirkte sehr weise. Das spiralförmig gedrehte Horn war milchweiß mit einem ganz leichten Gelbstich, zur Wurzel hin dunkler, an der Spitze heller. Es war ein fantastisches, unglaubliches Tier, das da in der Frische dieses Septembermorgens wie ein Kleinod vor uns stand; die feuchten Steinplatten, der klare Morgenhimmel, die gurrenden Tauben auf dem Dach, die ersten Herbstblumen bei der Schwengelpumpe – all das verlieh seiner Erscheinung einen prachtvollen und glänzenden Rahmen.

Das Einhorn warf einige Male den Kopf hoch und stand dann still: Es betrachtete uns abwartend, ohne Misstrauen oder Furcht. Meine Cousine Emilia näherte sich ihm. »Sei vorsichtig«, sagte ich, aber sie streichelte ihm bereits über die Nüstern, den Hals, die Stirn. Das Einhorn stand ruhig da, und nur das kaum sichtbare Zittern, das ihm über den Rücken lief, verriet seine Aufregung.

Wie das Einhorn auf unseren Hof hatte gelangen können, war nicht ganz klar. Dorthin kam man nur durch die Küche, an den anderen Seiten war er von den rückwärtigen, fensterlosen Mauern der angrenzenden Häuser und den Hofgebäuden der Nachbarn umgeben. Doch gab es auch zwei, drei Stellen, wo kleine Abschnitte nur von einem Bretterzaun versperrt waren. Das Holz war morsch, und vielleicht hatte sich das Tier durch irgendeine Lücke gezwängt. Allerdings konnten wir keine einzige Stelle finden, die seiner Größe entsprochen hätte.

Das Einhorn blieb ruhig stehen, während Oma Spomenka ihm Brot gab und die Tanten sein Fell aus der Nähe betrachteten und darüber ins Schwärmen gerieten. Opa Simon lief im Hof auf und ab, wiegte den Kopf, brummelte etwas vor sich hin und schniefte missvergnügt. »Wir werden Schwierigkeiten bekommen«, sagte er schließlich und ging ins Haus.

»Kein Wort über das hier, zu niemandem!«, rief er uns von der Schwelle aus zu.

Nach der Schule rannten wir voller Ungeduld nach Hause. Das Einhorn befand sich in einer Ecke des Hofes. Prachtvoll und glänzend stand es vor der grauen, unansehnlichen Mauer. Als es uns bemerkte, hob es den Kopf und kam langsam auf uns zu. Meine Cousine Emilia warf ihren Ranzen zu Boden und legte die Arme um das Tier. Sie steckte ihre Nase in sein Fell, schnupperte daran und flüsterte ihm Koseworte zu. Das Einhorn schloss die Augen.

Der Oktober war gekommen. Eines Nachmittags, als wir durch das Küchenfenster zuschauten, wie der Wind die ersten gelben Blätter von den Pappeln riss und sie auf das Einhorn wehte, das versuchte, sie mit der Spitze seines Horns aufzuspießen, behauptete Oma Spomenka, es fresse zu viel Brot. »Wir haben doch nicht einmal genug für uns«, sagte sie mit pelziger Stimme, als hätte sie unreife Kornelkirschen gegessen. Opa Simon war in die großen Bücher vertieft, die er aus seinem Mansardenzimmer heruntergeschleppt hatte. Es waren dicke Enzyklopädien und Wörterbücher, Bände voller Bilder von ungewöhnlichen Tieren, auf Griechisch, Lateinisch, Arabisch und Französisch. Er erstellte Exzerpte, verglich, kehrte zu nicht ganz verständlichen Abschnitten zurück, kniff ungläubig die Augen zusammen oder riss sie weit auf, um Missfallen oder Erstaunen zum Ausdruck zu bringen.

»Die meisten Quellen«, stellte er abschließend fest und klappte die Bücher zu, aus denen Staubwölkchen aufstiegen, »die meisten Quellen stimmen darin überein, dass das Einhorn nie existiert hat.« Die Tanten, die stickten, strickten oder nähten, blickten von ihrer Handarbeit auf. »Ja, aber wie kann denn dann …«, sagte Tante Milena und machte eine Kopfbewegung zum Fenster hin. »Die meisten Quellen«, sagte Opa Simon. »Nicht alle.«

Am Abend wurde in der Küche ein Familienrat einberufen. Es wurden gewichtige Argumente gegen den Verbleib des Einhorns im Hinterhof vorgebracht. Oma Spomenka wiederholte, es fresse zu viel Brot. »Wir werden Schwierigkeiten bekommen«, sagte Opa Simon. »Wir müssen es loswerden«, sagte Onkel Jakov. Aber wie? Es auf die Straße zu führen und einfach sich selbst zu überlassen, war unmenschlich. Wer weiß, was dann aus ihm geworden wäre! Aber was käme sonst infrage? Onkel Jakov brachte, zunächst etwas verklausuliert, auch den Zoologischen Garten ins Spiel. Die Tanten waren dagegen. Meine Cousine Emilia fing an zu weinen. Onkel Jakov bestand auf seinem Vorschlag. Schließlich schlichtete Opa Simon den Streit. »Du kannst denen doch kein Tier bringen, von dem die meisten Quellen meinen, dass es gar nicht existiert«, sagte er. »Das ist eine wissenschaftliche Einrichtung.« Diese Feststellung führte dann dazu, dass Onkel Jakovs Vorschlag verworfen wurde.

Die Diskussion zog sich in die Länge, schweifte ab und wandte sich unnötigerweise nebensächlichen Fragen zu (zum Beispiel: »Kann man Einhornfleisch eigentlich essen?«), und am Ende betrachteten wir nur noch gemeinsam die schönen Stiche in den Büchern über Fabeltiere von Ambroise Paré und Ulisse Aldrovandi. Wir kamen lediglich zu dem Schluss, dass man am nächsten Tag auf den Markt gehen und Kohl für den Winter kaufen müsse.

Auch an den anderen Abenden wurde keine Lösung gefunden. Das Einhorn war da, das war eine Tatsache, aber was weiter – das wusste niemand. Opa Simon erstellte auch weiterhin Exzerpte aus den alten Büchern, die er abends aus seinem Zimmer unter dem Dach in die Küche brachte, er ordnete die Stromrechnungen, studierte die Wetterberichte in den Zeitungen und gab Anweisungen, wie die Vorräte für den Winter eingemacht werden sollten. Onkel Jakov kehrte mit Neuigkeiten aus der Stadt zurück und brachte mir das Schachspielen bei. Meine Cousine Emilia hielt Schach für ein geistloses Spiel ohne jegliche Fantasie, sie weigerte sich, mit mir zu spielen, und verbrachte die Abende lieber damit, in den alten, schon so oft gelesenen Romanen von Jules Verne zu blättern. Doch beide schauten wir auf, wenn die Hufe des Einhorns auf den Steinplatten im Hof klapperten; die anderen taten so, als hörten sie nichts.

Gegen Abend wurde das Einhorn immer unruhig, es lief dann von einer Mauer zur anderen und schüttelte seinen Kopf. Doch tagsüber stand es stundenlang in einem Winkel des Hofes und riss die spärlichen Grasbüschel zwischen den Platten aus. Es hielt den Kopf leicht zur Seite geneigt und starrte auf einen Punkt, als lausche es auf etwas. Wenn wir aus der Schule kamen, trafen wir es mit geweiteten Nüstern schnobernd an, als wolle es den kaum spürbaren Hauch ferner Gebirge erhaschen, in denen es bereits schneite.

Anscheinend hatte sich die Familie mit der Anwesenheit des Einhorns abgefunden. Jeder brachte ihm Futter: Gemüsereste, Kohlblätter, Mais. Es fraß alles, ein wenig abwesend, würdevoll, ohne Gier erkennen zu lassen. Sein Fell war glatt und glänzte; meine Cousine Emilia striegelte es mit einer alten Bürste und band ihm Schleifen in die Mähne; fröhlich warf es den Kopf zurück.

Doch seine Anwesenheit konnte nicht unbemerkt bleiben. Obwohl wir uns bemühten, dass kein Fremder das Tier zu Gesicht bekam, gelangte die Nachbarin von gegenüber eines Tages, als sie niemanden in der Küche antraf, an die Tür zum Hof. Als sie das Tier entdeckte, schlug sie die Hände zusammen und kreischte auf. Es nützte nichts, dass Oma und die Tanten, die sofort zur Stelle waren, ihr Kaffee anboten – sie rannte hinaus und machte sich auf den Weg durch die Nachbarschaft.

Schnell zog die Geschichte Kreise. Die ersten Neugierigen wurden von Opa ziemlich grob abgewiesen. Abends, als wir alle in der Küche versammelt waren, sagte er dann in einem entschlossenen Ton, der keinen Widerspruch duldete: »Wir müssen es verstecken.«

Rasch war der Schuppen ausgeräumt. Er war eng und dunkel, mit einem Fußboden aus festgestampfter Erde. Das Einhorn passte gerade eben hinein. Den Nachbarn, die sich bei uns einfanden, konnten wir einen leeren Hof zeigen; als sie sich auf die Aussage der Nachbarin beriefen, tippte Opa sich an die Stirn und machte damit deutlich, dass bei ihr da oben etwas nicht in Ordnung sei.

Fortan musste das Einhorn eingesperrt im Schuppen bleiben; nur nachts ließen wir es in den Hof, damit es sich die Beine vertreten konnte. Trotzdem verbreitete sich die Geschichte immer weiter. Der Schlachter an der Ecke grüßte jeden von uns mit auffallender Liebenswürdigkeit. »Als würde er darauf warten, dass wir ihn rufen«, sagte Tante Milena vor Wut zitternd.

Zunächst hatte dies keinen Einfluss auf unsere Besuche. Meine Cousine Emilia und ich gingen so oft wie möglich zum

Schuppen. Im Halbdunkel stehend betrachtete uns das Einhorn mit seinen klugen Augen; wir brachten ihm Gras, Mohrrüben, hin und wieder sogar ein Stück gebackenen Kürbis. Es fraß uns aus der Hand. Meine Cousine Emilia säuberte ihm das Fell von Spinnweben, die sich darin verfangen hatten – seinen Glanz hatte es längst eingebüßt. Wenn wir es nachts in den Hof ließen, hob es sein Antlitz dem Mond entgegen, stand ein paar Augenblicke lang unbeweglich auf den Steinplatten und ging dann von allein zurück in den Schuppen.

Als die Regenfälle einsetzten, rannten wir immer seltener hinüber, um es zu besuchen. Durch die Regengüsse, die den gepflasterten Hof in eine Art Käfig mit durchscheinenden Stäben verwandelten, schien die Schuppentür unendlich weit entfernt, nahezu unerreichbar. Wir betrachteten den Hof durch das Küchenfenster: Die Steinplatten waren dunkel und glitschig, und darüber ging ganz vorsichtig, wie auf Eiern, Oma Spomenka mit einem schwarzen Schal, um nachzusehen, ob die im Keller eingelagerten Wintervorräte womöglich schimmelten.

Nur einmal noch zog jemand Erkundigungen über das Einhorn ein. Eines Nachmittags kam ein merkwürdig gekleideter Mann mit gestreiften Hosen, der sich als Mitglied eines Zirkus auf der Durchreise vorstellte. »Was haben Sie denn da für ein seltsames Tier?«, fragte er ziemlich aufdringlich. Er wollte es sehen und bot sogar eine Gegenleistung dafür an. Geld oder Naturalien. »Mehl, Zucker … «, raunte er. Vor der Tür stand ein Kastenwagen aus Holz, vor den ein ausgemergeltes Pferd gespannt war. Opa Simon sagte, es handele sich um ein Krokodil, das uns aber entwischt sei. Der Mann vom Zirkus war nicht überzeugt, er lungerte noch ein Weilchen vor der Tür herum und ging dann, um sich bei den Nachbarn umzuhören.

Für alle Fälle ließen wir das Einhorn nicht mehr aus dem Schuppen. Es blieb nun die ganze Zeit eingesperrt. Hin und wieder stieß es mit dem Horn gegen die Holztür; an dieser Stelle war sogar ein kleines Loch entstanden.

Einige Tage nach dem Besuch des Zirkusmenschen zerschlugen die Nachbarskinder, von irgendjemandem angestiftet, mit Steinen die Dachziegel des Schuppens. Jetzt regnete es genau auf das Einhorn: Von seinem Fell floss das Regenwasser, die Haare klebten zusammen und es blieben fauliges Laub und Spatzenkot daran hängen. Onkel Jakov kletterte auf das Dach und besserte die Ziegel mehr schlecht als recht aus. Als er wieder hinunterstieg, glitt er ab, stürzte unglücklich und verrenkte sich ein Bein; grässlich fluchend humpelte er über den Hof.

Eines Nachts zeichnete jemand ziemlich ungelenk ein Ungeheuer an unsere Haustür, es hatte drei Beine und zwei Köpfe. Meine Cousine Emilia und ich versuchten, es abzuwischen, doch es war Ölfarbe und es gelang uns lediglich, die ganze Tür zu zerkratzen und zu verschmieren. Einige Nachbarn gingen uns nun ganz offen aus dem Weg.

Der Winter kam. Wenn es dämmerte, wehte ein beunruhigender und bedrohlicher Geruch nach Schnee und wilden Tieren von den Bergen herüber. Eines Abends sahen wir dann die ersten Schneeflocken feierlich auf die Steinplatten im Hinterhof fallen. Weil im Schuppen kein Platz mehr war, lagerte das Brennholz unzureichend geschützt unter dem Vordach. Es war schon feucht geworden und der Schnee durchnässte es nun gänzlich; es fing nur schwer Feuer, zischte und qualmte.

Wir saßen alle in der Küche, eingehüllt in Rauch, schweigsam und jeder mit seinen Angelegenheiten beschäftigt.

Die Schuppentür öffneten wir immer seltener. Das Einhorn lag zusammengekauert in einer Ecke, sein Fell war verschmutzt, es ließ den Kopf hängen. Alles an ihm war grau geworden, bedauernswert, zerknittert; sein Horn war von der Nässe zerfressen, es hatte sich dunkel gefärbt wie das Horn eines gewöhnlichen Haustiers, eines Widders oder eines Ochsen.

Die kurzen, kargen Wintertage vergingen damit, dass wir für die Schule lernten, vor den Lebensmittelläden Schlange standen und uns am Küchenherd aufwärmten. Mit der Zeit geriet das Einhorn immer mehr in Vergessenheit. Oma Spomenka brachte ihm Futter, aber auch das war dürftig, aus Abfall und Resten zusammengeklaubt, fast schon armselig. Wenn wir – selten genug – in den Schuppen gingen, sahen wir dort den geschrumpft wirkenden, schmutzigen Leib des Einhorns und seinen abgemagerten Kopf, in dem nur die Augen in einem geheimen Fieber brannten, und liefen schnell in die Küche zurück.

So verging der Winter. In jenen Tagen, als im Hinterhof die letzten kümmerlichen Inseln des verkrusteten, schwärzlichen Schnees schmolzen, fand Oma Spomenka das Einhorn tot auf. Wir betrachteten aus sicherem Abstand seinen ausgemergelten Körper, aus dem steif die hässlich verkrampften Beine ragten, und wandten uns ab, als hätten wir etwas Beschämendes und Verbotenes gesehen.

Onkel Jakov, der immer noch ein wenig humpelte, und Opa Simon brachten den Kadaver in der Nacht fort und verscharrten ihn heimlich irgendwo in den Gemüsegärten am

Stadtrand. Als sie zurückkamen, hörten wir, wie sie draußen vor dem Tor die Spaten säuberten. Am folgenden Abend erwähnte niemand das Einhorn.

Einige Tage später schleppte Opa Simon erneut seine großen Bücher aus dem Mansardenzimmer in die Küche. Da waren die große und schwere ›Monstrorum historia‹ von Ulisse Aldrovandi, das vergilbte und zerfledderte ›Theatrum universale omnium animalium‹ von Johannes Johnston, die in einst violetten und jetzt ganz verblichenen Samt gebundene ›China illustrata‹ des Athanasius Kircher. In den Illustrationen dieser Bücher existierte eine höchst aufregende und fantastische Welt voller Greife, Zentauren, Salamander, Basilisken, Sphingen und Hippogryphen. Opa Simon verweilte bei den Seiten, auf denen es herrliche Bilder von Einhörnern gab. Er blätterte in Wörterbüchern und verglich unterschiedliche Quellen. Ein paar Angaben überprüfte er mehrmals. Schließlich klappte er alle Bücher zu, nahm die Brille ab, schaute sich um und sagte ganz ruhig: »Allen wissenschaftlichen Erkenntnissen zufolge haben Einhörner trotz allem niemals existiert.« Seine Worte duldeten keinen Widerspruch, sie strahlten die Weisheit des Alters und durch Lektüre zahlreicher dicker Bücher angehäuftes Wissen aus. Niemandem von uns wäre in den Sinn gekommen, ihm zu widersprechen. Dann fügte er an Oma Spomenka gewandt hinzu: »Das Sauerkraut muss umgefüllt werden, die Temperaturen steigen und es könnte uns verschimmeln.«

WINTERREISE

Warm war es in diesem Winter nur in den Zügen. Überhitzte, rot glühende Lokomotiven rasten zwischen den öden, schneebedeckten Bergen hindurch, neigten sich gefährlich über zugefrorene Flüsse, stießen in den Tunneln, wo sich noch feindliche Soldaten versteckten, Dampf aus und pfiffen verzweifelt vor roten Haltesignalen. Die Heizkessel wurden mit allem Möglichen befeuert: mit alten Eisenbahnschwellen, mit Reisig, mit getrockneten Kuhfladen, sogar mit Mobiliar aus den verwüsteten Häusern der Reichen.

Die Stadt, in der meine Cousine Emilia und ich zur Schule gingen, war anderthalb Stunden von dem kleinen Ort entfernt, in dem wir damals wohnten. Jeden Tag fuhren wir mit dem Zug hin und zurück. Die Stadt war stark zerstört, vor dem Theater wurden Militärparaden abgehalten, oft fiel der Strom aus. Im Gymnasium saßen wir auf dem Boden: Die Bänke waren schon längst verfeuert worden. Die Lehrer bahnten sich zwischen den armlosen Gipsabgüssen antiker Statuen ihren Weg und bemühten sich, ihre Verbundenheit dem neuen Regime gegenüber deutlich zu bekunden. In den Kinos wurden alte, aus der Vorkriegszeit stammende Filme gezeigt, die Rollen waren ausgetrocknet und rissen andauernd.

Gerade erst von der Front zurückgekehrte Soldaten drohten damit, die Leinwand mit Kugeln zu durchlöchern.

Wir hatten allerdings nur wenig Gelegenheit, uns in der Stadt umzusehen: Den ganzen Morgen verbrachten wir im Zug, und auch den Einbruch der Dunkelheit erlebten wir dort. Durch das Fenster sahen wir zu, wie über dem Zug Funken flogen, ein kleines Feuerwerk stob in die Nacht, der Schnee war weithin erleuchtet. Ganz von Schnee bedeckt raste der Zug durch die Nacht, mit eingefrorenen Türen und Fenstern, die an jedem Bahnhof mit heißem Wasser bespritzt werden mussten, damit sie sich öffnen ließen. In Dampf und Rauch gehüllt blieb der Zug dann kurz stehen, während um ihn herum die mit Bündeln und Kisten schwer beladenen Reisenden kopflos durcheinanderhasteten, und setzte bald darauf seinen Weg durch Nacht und Schnee fort.

Meine Cousine Emilia und ich saßen in einem Winkel eines großen, schwach beleuchteten Waggons voller Menschen und schauten aus dem Fenster. Der Zug fuhr an einsam gelegenen Häusern vorbei, in denen nur eine Lampe brannte, an mächtigen, kahlen Bergen, über denen der Vollmond leuchtete, an zerstörten Brücken und ausgebrannten Fabriken. Hin und wieder blieb er auf freiem Feld stehen, Angehörige der Volksmiliz und des Grenzschutzes oder bewaffnete Bauern stiegen aus und schossen auf Wölfe, auf die Nacht, auf Tabakschmuggler. Die Lokomotive pfiff gellend, die Männer rannten an den Waggons entlang, verteilten sich über die Felder, gruppierten sich wieder. Dann fuhr der Zug wieder an, durch das Fenster sah man verschneite Felder, den Mond, unbelaubte Bäume.

In diesem Winter hatten die Züge laufend Verspätung, und einen Teil der Fahrt verschliefen wir aneinandergelehnt auf den Holzbänken des Waggons. Der Zug schaukelte und bebte wie in Krämpfen, das Holz knarrte; es war warm und wir dösten müde und verschüchtert vor uns hin. Die Haltesignale standen zum Verzweifeln lange auf Rot, die Züge mussten warten, in den Waggons stellte man die unterschiedlichsten Vermutungen an. Man sprach von der Möglichkeit, auf eine andere Strecke auszuweichen, und erwähnte alte Gleisstränge, die längst in Vergessenheit geraten waren. Die Türen zwischen den Waggons öffneten und schlossen sich. Männer in zerlumpten Militärmänteln gingen vorüber, sie stanken nach mit Maisstrünken verschlossenen Schnapsflaschen. Die Züge waren voller Falschspieler, Handleserinnen, Wahrsager mit weißen Mäusen, Taschendiebe, angeblicher Kriegsinvaliden, Hausierer. An den kleinen Bahnhöfen entlang der Strecke fielen Zigeuner-Blaskapellen, Gruppen von betrunkenen Feuerwehrleuten und versprengte Jäger in den Zug ein. Lichter und Schatten schwankten, die kalte Luft vertrieb rücksichtslos den Schlaf, der Zug fuhr langsam an, pfiff.

In den Ecken des großen Waggons dritter Klasse wurden zweifelhafte Kartenspiele gespielt. Bleich und verschwitzt murmelten die Spieler undeutlich vor sich hin und zogen zerknitterte Bündel Papiergeld aus ihren schmutzigen Taschen. Die gelben Lichter der kleinen Bahnhöfe, von denen sie jäh angeleuchtet wurden, um gleich darauf wieder im Halbdunkel zu versinken, verliehen diesem Bild etwas von einem Fiebertraum. Von Zeit zu Zeit stand ein Spieler auf. Wenn sie auf ihrem Weg in andere Waggons an uns vorbeikamen, zwinkerten sie meiner Cousine Emilia zu.

Der Winter wurde immer rauer und kälter. Mühsam kämpften sich die Züge durch Schneewehen, eingehüllt in Dampfwolken quietschten sie fürchterlich in den Kurven. Die Handleserinnen gingen von Waggon zu Waggon, ihnen folgten die Zigeuner mit weißen Mäusen in kleinen Schachteln, Bettler erzählten von ihren ausgebrannten Häusern und getöteten Verwandten. Im Zug war es warm wie in einem Badehaus, doch die Fenster waren zugefroren. Die Eisbäume an den Scheiben wurden eins mit den schneebedeckten Zweigen der echten Bäume. Draußen, in der Nacht, zog ein ungeheuerlicher Winter vorüber, mit gewaltigen Schneehaufen, mit Kirchtürmen, die ihrer Glocken beraubt waren, mit im Flug erfrorenen Krähen.

Durch den Zug schlichen von der Front geflüchtete Deserteure, verkleidete Volksfeinde, Berufsagitatoren. So mancher versuchte, sich meiner Cousine Emilia zu nähern: stämmige Burschen mit Schiebermützen und übergeworfenen Militärmänteln, Falschspieler und tölpelhafte Sportler, die zu Bezirksmeisterschaften fuhren. Sie zogen kleine Äpfel aus ihren Taschen und boten sie meiner Cousine Emilia an. Die zog sich jedoch in ihre Ecke zurück, schüttelte abweisend den Kopf oder tat so, als ob sie schliefe. Der Zug kreischte in den Kurven, tauchte in die Tunnel ein und schreckte die Wölfe auf, die sich dort versteckt hatten, beleuchtete die vereisten Felder mit einem Feuerwerk aus Funken.

Zwischen den Unterrichtsstunden am Gymnasium und der Abfahrtszeit streiften wir durch die Stadt.

An einem dieser grauen, faden Nachmittage des nicht enden wollenden Winters, der erfüllt war von Krähen und dem Rauch der Züge, blieben meine Cousine Emilia und ich auf dem Weg zum Bahnhof vor der Auslage einer Konditorei stehen. Damals vollbrachten die Konditoren kleine Wunder: Es gab keinen Zucker und die Kuchen wurden mit Saccharin gebacken. Statt Walnüssen fügte man gemahlene Carobfrüchte hinzu, die wegen ihrer Form auch Bockshörndl genannt wurden, und als Eiweißersatz wurde eine uns bisher unbekannte Wurzel zerstoßen, die dichten, weißen Schaum ergab, der nach Apotheke roch. Die Kuchen waren kleine, alberne Teilchen in den verrücktesten Farben: rosa, grün, dunkelviolett. Doch wir waren nicht ihretwegen stehen geblieben: In der Auslage stand eine große Servierplatte mit einem Bild, auf dem in einer Technik, die weder Fotografie noch Grafik war, ein Zug dargestellt war, der qualmend in einem Bahnhof wartete. Wir erkannten darin sofort den hiesigen Bahnhof, er war nur ein wenig abgewandelt. Der Zug sah lustig aus, er war klein und die Lokomotive erinnerte an eine Teekanne. Es war einer der fantastischen Züge vom Beginn des Jahrhunderts, die nur in den Illustrationen von Physiklehrbüchern und in alten Filmen überdauert hatten. Das Ganze war wirklich eine kleine Besonderheit, was sich auch in der Art und Weise zeigte, wie das Bild präsentiert wurde: Die Servierplatte stand in der Mitte der Auslage, und strahlenförmig um sie herum breiteten sich in Zweierreihen die bunten Kuchen aus, deren Sternendekor an Epauletten erinnerte, und erstreckten sich wie kopflose Reptilien die blassen, zitternden Körper des Lokums.

Als wir die Blicke von der Auslage hoben, entdeckten wir hinter der Scheibe das Gesicht des Konditors. Er winkte uns herein und wir folgten der Einladung, wobei wir verlegen etwas von der Abfahrt des Zuges und von Zeitmangel murmelten. Mit ausladenden Gesten erzählte uns der Konditor die Geschichte des Bildes, ganz so, als spräche er vor einem großen Publikum. Er flocht nebensächliche Geschehnisse aus seinem Leben mit ein und überhäufte uns mit Informationen über den Wiederaufbau der Bahnlinie in unserer Gegend. Mit der Unbeholfenheit eines Menschen, der lange Zeit mit niemandem mehr gesprochen hat, der zum Zuhören aufgelegt gewesen wäre, wollte er alles auf einmal sagen und brachte dann die Dinge durcheinander, verstrickte sich in Widersprüche, korrigierte sich und versuchte vergeblich, irgendwelche unbedeutenden Details zu erklären. Nebulös und verworren erzählte er uns, dass es einst zwei Eisenbahnstrecken gegeben habe, berichtete von ihrer Unwirtschaftlichkeit, von den Versuchen, die eine davon stillzulegen, von seinem Kampf – er sei damals Mitglied des Stadtrats gewesen –, dass die eine davon, die kürzere und bessere, weiter genutzt würde, und von den finsteren Machenschaften, mit deren Hilfe es den Anhängern des anderen Projekts gelungen sei, ihre Idee durchzusetzen. In der Konditorei roch es nach Zimt und nach unbekannten, orientalischen Düften, der Konditor bewegte sich, als versinke er in dicker, süßer Melasse, und seinem unklaren Bericht war zu entnehmen, dass sich vor allem die Kartenspieler für die Erhaltung der längeren Bahnstrecke eingesetzt hätten, weil die Reisezeit auf dieser Strecke ausgedehnten Partien entgegengekommen sei. Das alles ergab keinen Sinn, der Konditor hatte klebrige Finger und ein glattes, glänzendes Gesicht, wir fürchteten, den Zug zu verpassen, bedankten uns bei ihm und verabschiedeten uns hastig. »Das mit den Pferden war ein ganz gewöhnlicher Betrug«, sagte er, als er uns zur Tür begleitete, »das haben sie absichtlich gemacht.« »Was für Pferde?«, fragte ich, aber meine Cousine Emilia zeigte auf die Uhr und zog mich am Ärmel hinter sich her. Der Konditor führte uns zur Hintertür des Ladens, und plötzlich stellte sich heraus, dass der Bahnhof direkt hinter dem Laden lag, unglaublich nah, obwohl wir bisher angenommen hatten, dazwischen liege noch ein ganzer Stadtteil. Die Hintertür der Konditorei führte sogar direkt auf einen der Bahnsteige. Der Zug pfiff bereits zur Abfahrt, als wir in einen der Waggons stiegen, den letzten in der langen Reihe.

Im Waggon, in dem wir mit Müh und Not noch einen Platz fanden, hatte sich die Dämmerung bereits über alles gelegt, kaum konnte man die Kleidung der Mitreisenden erkennen, ihre Bewegungen blieben schemenhaft. Die in den Ecken hockenden Kartenspieler murmelten Unverständliches vor sich hin, von Zeit zu Zeit blitzten die Karten weiß im Halbdunkel auf, die Zigarettenstummel, die an den Mündern der mittlerweile nahezu unsichtbaren Spieler klebten, glühten orangerot. Der Schaffner kam vorbei und warf einen flüchtigen Blick auf die Fahrkarten. »In diesem Wagen gibt es keinen Strom«, sagte er und lächelte rätselhaft. Der gelbe Schein seiner Lampe entfernte sich schaukelnd durch den Waggon.

Meine Cousine Emilia war schon eingeschlafen. Unbekannte beugten sich über ihr Gesicht, murmelten Frauennamen, als würden sie sie wiedererkennen, und gingen weiter. In der Dunkelheit aß jemand schmatzend einen Apfel, dann hielt er plötzlich inne. Die Spieler waren nun gar nicht mehr zu erkennen, von ihrem Spiel hörte man nichts. Der Zug ächzte, schaukelte und versank in der finsteren Höhle der Nacht.

Die Nacht zog sich in die Länge, und auf seinem Weg wagte sich der Zug auf immer neuen Abzweigungen in ihre unerforschten Gegenden vor. Ich sah aus dem Fenster. Der Mond schien und die Berge waren weiß und rund wie große

Eier, aber ich erkannte nichts wieder. Es waren eine unbekannte Bahnstrecke und unbekannte Berge. Ob der Zug wohl, als ich eingenickt war, mittels eines komplizierten Manövers auf die andere Strecke umgeschwenkt war, oder war er schon von Anfang an auf diesen Gleisen gefahren? Der Mond zeigte sich mal auf dieser, mal auf der anderen Seite des Zuges. Wir durchquerten die Weiten der Winternacht, fuhren durch bisher nie geschaute Regionen. Ich berührte meine Cousine Emilia an der Hand: Sie war warm, und auf meine Berührungen reagierte sie, indem sie sich noch tiefer in den Schlaf zurückzog. Ich beugte mich über sie und küsste ihr vom Mondlicht erhelltes Gesicht. Sie öffnete die Augen. Das lag vielleicht an meinem Kuss, vielleicht aber auch daran, dass der Zug in diesem Moment zum Stehen kam.

»Was ist los?«, fragte sie verschlafen. »Wir stehen«, sagte ich. Als sei der Zug im dichten Mondlicht eingesunken und stecken geblieben, stand er mitten auf dem verschneiten Feld. Meine Cousine Emilia stand auf und reckte sich: Auf einmal sah sie ausgeschlafen und frisch aus. »Schau mal, der Mond«, rief sie begeistert. In ihren Augen funkelte es wie Katzengold, ihre Finger waren elektrisch aufgeladen. Verwirrt bemerkte ich, wie sich die Konturen ihrer Brüste abzeichneten. Sie war auf einmal älter geworden und erinnerte mich an die Frauen auf den schwarz umrandeten Postkarten, die ich in einer von Onkel Filips Schubladen entdeckt hatte. Ich wollte sie noch einmal küssen, doch sie legte den Finger an die Lippen, nahm mich an der Hand und ging zur Tür. Im Waggon schliefen alle – da waren hintenübergekippte Köpfe, offene Münder, seltsam verrenkte Arme. Es war wie ein Bild von einem Schlachtfeld: Alle waren tot, bestäubt mit dem Silberpuder des Mondlichts. Wir bahnten uns einen Weg durch den Waggon und öffneten die Tür zum nächsten. Dort war es dunkel, nur ein paar große Schatten bewegten sich, der Boden knarrte. »Pferde«, sagte meine Cousine Emilia, und tatsächlich, unter meinen Händen spürte ich die Konturen eines Pferderückens, über den unter meiner Berührung ein nervöses Zittern lief. Im Waggon standen große Pferde mit langen Mähnen. Sie waren ruhig, als seien sie sich der sie umgebenden Stille bewusst, nur eines fraß in einem Winkel geräuschvoll Heu. Während sie sanft ihre Körper berührte, führte mich meine Cousine Emilia weiter. Berauscht von dem schweren, süßlichen Geruch ihres Schweißes bahnten wir uns unseren Weg zwischen ihren nervös zuckenden Körpern hindurch. Große bleiche Käfer schienen über ihre Rücken zu laufen: Das Mondlicht fiel durch die Bretter des Daches auf die sich träge regenden Körper. Meine Cousine Emilia streckte die Hand aus: Auf ihrer Handfläche beruhigte sich der Käfer. Die Pferde betrachteten uns mit ihren großen, sanften Porzellanaugen und beschnupperten unsere Kleider und Gesichter, als wir an ihnen vorübergingen.

Wir liefen durch diesen langen Waggon voller massiger, friedlicher Körper und gelangten in den nächsten. Hier gab es Abteile – eine Seltenheit in den Zügen auf dieser Strecke, fast schon ein kleiner, ungewöhnlicher Luxus. Es war ein alter Waggon. Die Messingteile waren dunkel angelaufen, die Schrift auf den kleinen Emailtafeln war abgegriffen und unleserlich geworden. Auch hier schliefen alle. Aber diese Leute hier unterschieden sich von denen, an die wir als Mitreisende gewöhnt waren: Das war nicht das graue Gesindel der Personenzüge, diese Meute schmutziger kleiner Taschendiebe und Planetenverkäufer. Ausgestreckt auf dem Samt der ersten Abteile, der einst die Farbe vergorener Kirschen gehabt hatte und unter dessen Aschgrau sich jetzt nur noch hie und da ein Abglanz von Rot zeigte, schlummerten kurios gekleidete Damen in langen Kleidern, kleine rosafarbene und blaue Schirme neben sich. Ihre breitkrempigen Hüte mit Spitzenborten und Federn waren ihnen über die Gesichter gerutscht, die Ziernadeln, die darin steckten, wippten im Rhythmus ihrer Bewegungen wie die Fühler von Krebsen. Die Abteile ähnelten kleinen Unterwasserhöhlen, in denen die hellgrünen Algen des Mondlichts unbeweglich herabhingen und auf den Gesichtern der Schlafenden glänzende Spuren hinterließen, als wären Schnecken darübergekrochen. Auch ein paar Kinder in Matrosenanzügen und Lackschuhen waren darunter. In den anderen Abteilen schliefen feiste Händler mit silbernen Uhrketten auf der Brust und mit aufgeknöpften Westen, schwarze Halbzylinder neben sich.

In den Winkeln der Abteile drängten sich schreckhafte Schatten, Messing blitzte auf und verschwand dann wieder in der Dunkelheit. Vom Mondlicht angeleuchtet traten die Gesichter der Schlafenden hervor, tauchte dieses bunte Durcheinander von seltsam durcheinandergewürfelten Menschen in sonderbarer Kleidung und grotesken Verrenkungen auf. Sie wirkten wie fremdartige Schmetterlinge aus Papier, die der Wind aus einer anderen Jahreszeit hierhergetragen hatte. Wir gingen von Abteil zu Abteil, und nur meine Cousine Emilia quietschte hin und wieder leise auf, wenn sie ein Kleid von einem ungewöhnlichen Schnitt entdeckt hatte. Die tiefen Falten der Kleider öffneten sich gemächlich wie Kiemen, die Spitzenblumen dehnten sich wie bleiche Quallen aus. Der

Atemrhythmus war leicht und kaum spürbar: wie das Echo von großen Wellen, die sich irgendwo weit draußen auf dem Meer brechen. Wir kamen in einen weiteren Waggon, dann in noch einen. Überall lagen Frauen mit einem künstlichen Lächeln auf den Lippen, Männer mit geheuchelter Strenge in den Gesichtern. Die Männer hielten Stöcke mit Bernsteingriffen in den Händen, auf den Gepäckablagen standen massige Reisetruhen aus Weidengeflecht. In den Waggons war es warm, und vielleicht trugen deshalb alle Sommerkleider, obwohl dies nicht erklärte, warum an den Kleiderhaken keine Wintermäntel hingen. In einem Abteil ruhte ein alter Eisenbahner, dessen Uniform sich in einigen Details von den uns vertrauten unterschied. Um ihn herum lagen ausgebreitet auf den Polstern eigentümliche Eisenbahnkarten mit komplizierten Diagrammen und Zeichen für die Abfahrt und Ankunft der Züge.

Als wir auf unserem Weg durch die Waggons die letzte Tür öffneten, blieben wir stehen: Der Zug endete hier. Es gab keine Lokomotive. Vor uns ragte ein Prellbock mit einer großen Bahnschwelle in die Höhe, der das Ende der Gleise markierte. Der Zug stand mitten im Schnee, schwarz und unbeweglich. Ein paar hundert Meter entfernt war der Bahnhof unseres Ortes zu sehen. Es wirkte so, als hätte der Zug einfach keine Kraft mehr gehabt, den Bahnhof zu erreichen. Wir sprangen in den weichen Schnee und rannten auf das Gebäude zu. Doch dort war niemand – es war die graue und stille Zeit vor den ersten Anzeichen der Morgendämmerung. Hinter uns stand der Zug. Niemand stieg aus.

Wir gingen durch die stillen und bleichen Straßen nach Hause. Das Haus war hell erleuchtet – alle hatten sich Sorgen gemacht, weil wir ausgeblieben waren. Wir lächelten verschlafen und antworteten vage auf die Fragen. Der Zug sei schon längst eingetroffen, sagte man uns und fragte uns aus, wie wir denn heimgekommen seien – laut Fahrplan gebe es zu dieser nächtlichen Stunde nämlich überhaupt keinen Zug, und der Bahnhof sei sogar verschlossen. Wir tranken heißen Tee in großen Schlucken und wiegten schlaftrunken die Köpfe. Ich nuschelte etwas von der möglichen Existenz einer anderen Bahnlinie und den Vorteilen der kürzeren Strecke.

Alle starrten uns an. Dann sagte der Mann meiner Tante, ein hochrangiger Berater in Eisenbahnfragen, der jetzt im Ruhestand war, streng und in einem Ton, der keinen Widerspruch duldete, diese Strecke sei schon vor fünfzig Jahren stillgelegt worden. »Wegen der Affäre mit dem Waggon voller Pferde, der eines Sommers in ihren vertrackten Windungen verloren gegangen ist«, sagte ein anderer Onkel. Draußen dämmerte es. Und als sei dies die letzte Gelegenheit, mich von dem Aberwitz einer derartigen Idee überzeugen zu können, begannen alle gleichzeitig zu reden. Sie waren auf einmal gar nicht mehr daran interessiert zu erfahren, wie wir nach Hause gekommen waren. Voller Hingabe und Leidenschaft, als spielten sie irgendein Spiel, warfen sie sich Ziffern und Prozentzahlen zu, sprachen von der Festigkeit des Geländes, der Beschaffenheit des Erdreichs entlang der Gleise und der Rentabilität des Transports unterschiedlicher Waren. Doch das überstieg bereits mein Begriffsvermögen. Mir fielen die Augen zu.

Meine Cousine Emilia schlief schon, den Kopf zwischen Porzellantassen und Schälchen mit Zucker und Kompott auf dem Tisch, taub für alle Beweisführungen.

DREI KLEINE HEXEN
UND DER BAUM DER NACHT

– EIN MÄRCHEN –

1

Drei kleine Hexen, Muma, Guga und Dschudscha, saßen in den großen, verschlungenen Wurzeln des Baumes der Nacht. Die Wurzeln waren runzelig und knotig wie die Haut an den Füßen eines Elefanten. So tief in den Falten verborgen waren die kleinen Hexen unsichtbar. Aus der Dunkelheit drang von fern der Klang von Schritten zu ihnen. »Da kommen sie«, sagte die eine.

2

Die da kamen, das waren meine Cousine Emilia und ich. Durch den tagsüber von den Zäunen und den Mauern der umliegenden Häuser klar abgegrenzten Garten, den die Nacht in die Unendlichkeit wachsen ließ, gingen wir auf dem Weg, der vom Haus unseres Onkels wegführte, ins dunkle Unbekannte. Wir liefen über die weißen Steinplatten, mit denen der Weg gepflastert war, doch es schien uns, als träten wir auf die Bruchstücke eines geborstenen Eisbergs, als könnten sich die schwarzen Erdfugen zwischen den Platten jeden Augenblick auftun und uns verschlingen wie Spalten im Eis, unter denen die Abgründe des Meeres dräuen. So durchquerten wir den ganzen Garten und spürten dabei, wie uns Stromstößen gleich Gänsehaut über den Körper lief.

Ganz hinten im Garten wuchs ein Baum, der nur nachts existierte. Wir nannten ihn den Baum der Nacht. Tagsüber war an dieser Stelle nichts zu sehen außer Beeten mit Petersilie, karger Boden, durch den sich unermüdlich das Unkraut mit seinen scharfen Reißzähnen bohrte, und dahinter Distelbüschel, die ihre gelben Stricknadeln von sich streckten, wuchernder Holunder. Doch in der tiefsten Dunkelheit stand dort der mächtige Baum der Nacht, dieser Riese mit Wurzeln, die an Elefantenfüße erinnerten, einem festen, rauen Stamm und einer mit dem Blick nicht zu umfassenden Krone, die sich über uns verzweigte und mit dem dunklen Himmel verschmolz. Zwischen den Zweigen funkelten wie große, reife Früchte die Sterne. Der Baum der Nacht rauschte schwindelerregend.

Wir wussten, dass uns ganz hinten im Garten der Baum der Nacht erwartete. Und trotzdem spürten wir auf dem Weg dorthin immer wieder eine wohlige Unruhe im Bauch: Würden wir ihn an seinem Platz vorfinden oder nicht? Je näher wir kamen, desto stärker wurde die Gewissheit. Wir erahnten seine Konturen in der Dunkelheit, spürten tief in uns seine mächtige Präsenz. Wir streckten die Hände aus und berührten mit den Fingerspitzen seine raue Rinde, spürten den tiefen Falten darin nach, streichelten über die Erhebungen, Astknoten und Unebenheiten und vergewisserten uns auf diese Weise noch einmal der physischen Existenz des Baumes.

Wir reckten die Arme so weit wie möglich an seinem sich verzweigenden Stamm nach oben, erfassten aber nur einen Bruchteil. Der Baum ragte weit in die Abgründe des Nachthimmels hinein: Dorthin, nach oben, zu den Sternen, strömte – wir spürten es förmlich an unseren Handflächen – der nährende Saft, den seine Wurzeln aus der Erde sogen. Wir ließen die Arme sinken und standen wortlos in der Dunkelheit – Seite an Seite, aufgewühlt angesichts dieses Geheimnisses – und schwiegen.

3

Guga, Muma und Dschudscha spähten zwischen den Wurzeln hervor und betrachteten die beiden Menschenkinder, die da in der Dunkelheit standen. Die kleinen Hexen waren sehr alt, sehr erfahren und ein wenig boshaft. Sie feixten, zwinkerten einander zu und machten anzügliche Bemerkungen. »Küsst er sie oder küsst er sie nicht?«, fragte Muma. »Er küsst sie«, sagte Guga, »so machen das die Menschenkinder doch immer.« »Er küsst sie nicht«, sagte Dschudscha, »dafür hat dieser kleine Dummkopf nicht genug Mumm.«

4

»Wo wart ihr?«, pflegten Onkel und Tante uns nach unserer Rückkehr zu fragen.

Wir antworteten dann, dass wir nachgeschaut hätten, ob alle Blumen mit geschlossenen Blütenkelchen schliefen. Den

Baum der Nacht erwähnten wir nicht, denn wir wussten, dass die Erwachsenen kein Verständnis dafür haben würden. Wir verbrachten diesen Sommer bei Onkel und Tante in dem kleinen Provinzstädtchen, in dem einsamen, im Grün der Gärten versunkenen Haus, wo der Holunder in die Fenster mit den grünen Läden und den weiß gestrichenen Rahmen lugte, von denen die Farbe in dünnen Spänen abblätterte. Im Gebüsch neben dem Haus standen grüne Flaschen voller Sauerkirschen, die mit Tresterschnaps übergossen worden waren, und daneben Einmachgläser, in denen wie fette Salamander die pickeligen Gurken fermentierten. Man hatte sie in die Sonne gestellt, damit sie rascher sauer wurden. Auf dem Dach dörrten Aprikosenhälften auf flachen Blechen in der Sonne. Wo es Luftbewegung gab, trockneten aufgefädelte Okraschoten. Im ganzen Haus roch es nach Früchten, in den Wandschränken lagerten Nüsse, im Keller hingen Sträuße von Heilkräutern. Wenn Onkel und Tante bei der Arbeit waren, streiften wir durchs Haus, naschten vom noch nicht ganz gedörrten Obst, unterzogen die Marmeladentöpfe einer eingehenden Untersuchung und blätterten in den Büchern.

Das Haus war voller Bücher. Da gab es fantastische Bücher in fremden Sprachen, die – zumindest den Illustrationen nach zu urteilen – von den Sitten exotischer Völker handelten, vom Fortschritt technischer Erfindungen, von Schiffsreisen in der Südsee, von der Kriegskunst vergangener Zeiten, von Luftschiffen, Vulkanen, gewaltigen Katastrophen, von Ungeheuern und Sternbildern. Doch das fantastischste Buch von allen – gut verborgen, aber bei unseren Streifzügen doch entdeckt – war ein Lexikon der sexuellen Praktiken und Perversionen, voller finsterer, furchteinflößender und

zugleich wunderbarer Bilder, die wir fassungslos und hinge-
rissen betrachteten.

Zu Abend aßen wir alle gemeinsam in der Weinlaube.
Um die Lampen mit den Emailschirmen flatterten flaumige
Nachtfalter, glänzend gelbe Maikäfer und mahagonidunkle
Hirschkäfer mit verästelten Geweihen. Wenn sie gegen den
Lampenschirm flogen, klang es, als würde jemand auf ein Xy-
lophon schlagen. Und wenn die Tante und der Onkel sich
nach dem Essen mit den Gästen unterhielten, die sich Abend
für Abend einfanden, gingen wir in den Garten, um den Baum
der Nacht zu sehen.

5

Der grünliche Schein eines Glühwürmchens fiel flackernd
auf die drei kleinen Hexen. Der Körper des Glühwürmchens
war von einem Dorn durchbohrt und steckte in der Rinde
des Baumes der Nacht, doch die leuchtenden Adern blinkten
immer noch panisch in seinem Laternen-Bauch. Guga hatte
spitze Ohren, die an Fledermausohren erinnerten. Sie sagte: »Vielleicht umarmt er sie ja?« Muma hatte kleine Augen
mit schweren Lidern, die Krötenaugen ähnelten. Sie sagte:
»Vielleicht fasst er ihr an die Brust?« Dschudscha hatte ein
Gesicht, das runzlig war wie eine Walnuss. Sie sagte: »Nein,
nein, nein, ihr liegt falsch. Es wird etwas ganz anderes passie-
ren. Etwas ganz, ganz anderes.« Und sie lachte mit einem feinen, schrillen Lachen, das wie Mäusequieken klang.

6

Das Wetter war plötzlich umgeschlagen, der Regen durchweichte den Garten, und in den Zimmern wurde es kühl. Die nassen Blätter der Schwarzen Johannisbeere unter dem Fenster rochen nach Stinkwanzen, die abgeblätterten Stellen an den Fensterrahmen breiteten sich aus wie schwarzer Schorf, im Haus roch es nach Schimmel. Die Abende in der Weinlaube waren vorbei, und wenn wir zum Baum der Nacht liefen, mussten wir über Pfützen springen.

Eines Nachmittags kündeten die Tante und der Onkel an, dass sie erst spätabends nach Hause kommen würden. Es regnete weiter, unablässig regnete es, und wenn der Regen einmal für einen Augenblick nachließ, stieg zwischen den Büschen von der Erde weißer Dunst auf und es tropfte von den vollgesogenen Blättern. Wir lagen auf dem Kanapee im Arbeitszimmer des Onkels und blätterten in den großen illustrierten Nachschlagewerken. Um uns herum lagen Nussschalen, Kerngehäuse, aufgeschlagene Bücher mit Bildern aus fernen Ländern. Ich legte mir eine Decke über. »Mir ist kalt«, murmelte meine Cousine Emilia, »oh, wie ist mir kalt. Kann ich zu dir unter die Decke kommen?« Und dann sagte sie: »Wie warm du bist.« Draußen, im nassen Grün, knüpfte die sommerliche Abenddämmerung bereits ihr trügerisches Netz.

7

Die drei kleinen Hexen Guga, Muma und Dschudscha hingen mit ihren spitzen Fingernägeln am Fensterrahmen und verfolgten, was im Zimmer vor sich ging. Ihre Beine waren kurz und reichten nicht bis zur Erde. Hin und wieder schlugen sie damit gegen die Wand, wenn sie versuchten, sich in eine günstigere Position zu bringen. »Sie knöpft ihm die Hose auf«, sagte Muma. »Sie nimmt seinen kleinen Stößel in die Hand«, sagte Guga. »Oh, sie nimmt sein bleiches Stängelchen in den Mund«, sagte Dschudscha. Das Haar klebte den drei kleinen Hexen regennass an den Köpfen und war überpudert mit dem Blütenstaub aus den Kelchen der nassen Lilien.

8

Als es an der Zeit war, wieder nach Hause zu fahren, beluden uns die Tante und der Onkel mit Marmeladengläsern, mit Paketen voller Trockenobst, mit Bündeln von Heilkräutern für Wintertees. Eine Droschke sollte uns zum Bahnhof bringen. Als wir losfuhren, dämmerte es schon. Wir beugten uns über die Seiten und winkten der Tante und dem Onkel zum Abschied. Die beiden standen im Windfang des Hauses mit den grünen Läden und den weißen Fensterrahmen, von denen die Farbe abblätterte. Als die Droschke in die Pappelallee einbog, drehten wir uns noch einmal um, bevor das Haus ganz aus unserem Blickfeld verschwand: Über dem Dach, über dem immer dichter werdenden Grün erhob sich dunkel und geheimnisvoll die gewaltige, üppige Krone des Baumes der Nacht.

All das ist mir noch so lebhaft und farbig im Gedächtnis, als wäre es eben geschehen, denn es ist alles wahr. Und die drei kleinen Hexen? Die habe ich natürlich erfunden, um die Geschichte hübscher zu machen.

9

In den Wurzeln des Baumes der Nacht saßen die drei kleinen Hexen und steckten sich Stücke von den goldgrünen Flügeln eines Laufkäfers, dem sie zuvor den Kopf abgerissen hatten, ins Haar. »Glaubt ihr, dass sie irgendwann wiederkommen?«, fragte Guga und dachte dabei an die Menschenkinder, die an diesem Abend das Haus mit den grünen Fensterläden verlassen hatten. »Nein, sie werden niemals wiederkommen«, sagte Muma. »Niemals, niemals.« »Ja«, sagte Dschudscha, »das stimmt. Sie werden niemals wiederkommen. Aber der Junge wird viele Jahre später einmal eine Geschichte schreiben, in der er alles schildert, was passiert ist, und er wird auch uns darin erwähnen. Und am Schluss der Geschichte wird er schreiben, dass er sich uns ausgedacht hat – was das Beste sein wird, für ihn, für uns und für die Geschichte.«

Die drei kleinen Hexen nickten einmütig. Sie waren sehr alt und sehr weise und wussten natürlich, was am besten war.

KÄSTCHEN

Meine Cousine Emilia war verrückt nach Kästchen. Sie hatte welche aus allen möglichen Materialien: aus Silber, aus Perlmutt, aus Schildkrötenpanzer, aus Email, aus Bein, aus Corduanleder; einige stammten aus Indien (aus duftendem Sandelholz), andere aus Japan (auf dunklem Lack waren Kirschblüten gemalt) und aus Russland (aus dem Dorf Palech, mit einem Bild vom Feuervogel und der Zarentochter auf dem Deckel). Einige waren aus Stroh geflochten, andere aus Metall gefertigt, mit Einprägungen aus schwarzer Silberschlacke: eine alte Goldschmiedetechnik namens »Niello«, die vor langer Zeit aus dem Kaukasus eingeführt worden war. Einige waren aus zartem Wiener Porzellan und hatten eine bauchige Form, andere – aus Venedig – hatten Deckel aus feinem Glasmosaik. Es gab welche mit separaten Schublädchen und welche, die sich nur öffnen ließen, wenn man den Dreh kannte. Emilia füllte sie mit kleinen Feuersteinen, mit Glasperlen, mit Knöpfen und echten Perlen, mit einer zu einem Ring gedrehten Geigensaite, mit getrockneten Insekten, mit Locken ihres eigenen Haars, mit Bonbons, winzigen Muscheln, ausländischen Münzen, unbearbeiteten Bernsteinstückchen, Blumensamen, abgelutschten Kirschkernen und Murmeln, mit allerlei Krimskrams. Sie liebte es, in ein größeres Kästchen ein kleineres zu stellen, in dieses dann ein noch kleineres, und in das wiederum ein noch kleineres ... Zu guter Letzt band sie das Ganze mit einem rosa Schleifchen zusammen.

»Ich habe geträumt«, pflegte sie dabei zu erzählen, »wie ich in einem riesigen leeren Saal sitze ...« Alle ihre Träume spielten sich in leeren Sälen ab. Von dort aus drang sie in schmale Korridore vor, öffnete die Türen zu immer kleineren und kleineren Zimmern, verirrte sich im Inneren irgendeines komplizierten Gebäudes, das sie tiefer und tiefer in seine dunkle und bedrohliche Mitte zog. Aber sie kam nie dort an. Bevor sie die Schwelle des letzten Zimmers auch nur betreten konnte, schaffte sie es jedes Mal, in den Wachzustand zurückzukehren. »Und dann bin ich aufgewacht«, schloss sie stets ihre Geschichten.

Jener Winter war von den Träumen meiner Cousine Emilia erfüllt. Sie erzählte sie mir an den langen Nachmittagen, wenn wir auf der Ottomane neben dem Herd saßen und sich der Duft des Kaffees, den die Tanten tranken, während sie uns Pullover, Schals und Socken für die kommenden langen Winter strickten, in der Küche ausbreitete und den Mittagessensgeruch verdrängte. Draußen dunkelte der farblose, schale Nachmittag. Die Schatten ließen ihn pockennarbig erscheinen wie eine von Geschützfeuer verschandelte Hausfassade, er klumpte wie graues Blut, verlor seine Konturen wie eine Vorortkatze ihre Kätzchen und ging warm und gleichgültig in die Nacht über.

Wir beide schauten uns die Briefmarkenalben an, studierten das alte Kochbuch, brachten die Rezepte durcheinander und dachten uns die unmöglichsten Gerichte aus, blätterten in den Poesiealben unserer Tanten, lasen die Ansichtskarten, die Opa Simon vor langer Zeit von seinen Geschäftsreisen durch die Levante geschickt hatte, ordneten die Familienfotos und versuchten, entfernte Verwandte zu erraten und zuzuordnen. Nebenbei erzählte mir meine Cousine Emilia von ihren Träumen, in wenigen Worten, verstohlen, als wolle sie nicht dabei ertappt werden. Sie flüsterte, so vorsichtig, als würde sie das Losungswort einer Verschwörung nennen, als verriete sie ein Geheimnis, dessen Offenlegung mit dem Tode bestraft wurde, als wiese sie den Zugang zu einer unterirdischen Welt, die unentdeckt bleiben sollte.

»Was tuschelt ihr beiden denn da die ganze Zeit?«, fragte Tante Eleonora und löste sich für einen Moment von den Schnittbögen aus alten Frauenzeitschriften, um uns einen musternden Blick zuzuwerfen.

»Wir fragen uns gegenseitig Physik ab«, antwortete ich, während meine Cousine Emilia einen Augenblick lang innehielt, gerade so lange, bis die Aufmerksamkeit nicht mehr uns galt. Dann fuhr sie mit den rasch aufeinanderfolgenden, fiebrigen Bildern fort, die sie im Traum gesehen hatte.

Eines Abends, als am dunklen Himmel Wildgänse auf ihrem Weg nach Süden vorüberflogen, brach meine Cousine Emilia ihre Geschichte plötzlich ab. Gerade hatte sie erzählt, wie sie durch gewölbeartige Räume geirrt war, an Wänden entlang, deren undeutliche Verzierungen halb abgebröckelt waren. Auf ihrem Gesicht schien jäh das Licht der Erkenntnis auf. »Hör mal«, sagte sie, »ich glaube, das war im Hamam.«

*
*   *

Wir wohnten hinter dem Hamam, einem merkwürdigen, unförmigen Gebäude, das seine weiblich schwellenden Kuppeln
über einem Haufen hässlicher grauer Lagerhäuser und Werk-
stätten emporreckte. Es diente schon lange nicht mehr als Bad,
angeblich war es sogar noch nie als solches genutzt worden.
Es gab da eine Geschichte, die sich in der Abenddämmerung
die Frauen aus der Nachbarschaft mit gedämpfter Stimme erzählten: Gleich in den ersten Tagen nach Fertigstellung des
Hamam sei eine junge Türkin, die am Vorabend ihrer Hoch-
zeit zum rituellen Baden gekommen war, in seinen Gängen
verschollen. Die Geschichte war unklar, gewisse Teile wurden nur im Flüsterton erzählt. »Und was ist dann passiert?«,
fragten wir. Empört über unsere Neugier antworteten die
Frauen: »Nichts. Sie wurde nie gefunden.« Seitdem diente
der Hamam als Lagerraum. Bei den seltenen Gelegenheiten,
wenn Waren hinein- oder herausgebracht wurden, konnten
wir einen Blick in die Dunkelheit werfen. Der Boden bestand
aus großen Marmorplatten und an den Wänden waren, von
der Feuchtigkeit zerfressen, Reste einstiger Verzierungen zu
sehen. Der Hamam war riesengroß. In ihm gab es ein wah-
res Labyrinth von Korridoren, immer wieder öffneten sich
Türen, die in kleinere Räume und von dort in noch kleinere
führten. Aber es gelang uns nicht, hineinzuschlüpfen: Noch
bevor wir auch nur die Schwelle erreicht hatten, wurden wir
schon barsch von den mit dem Ausladen beschäftigten Arbei-
tern zurückgerufen – angeblich war dann irgendeine schwere Kiste hineinzutragen und wir sollten aus dem Weg gehen.
Aber eigentlich achteten sie die ganze Zeit nur darauf, dass
wir uns nicht zu weit in die geheimnisvolle Dunkelheit des
Hamam vorwagten. Die große Tür schloss sich immer rasch

wieder, und wir blieben im engen Hof zurück, der voller leerer Kisten, zerdrückter Kartons, Hobelspäne, Glasscherben und Stroh war.

Der Hamam nahm bei unseren Streifzügen einen bedeutenden Platz ein. Waren wir an Winterabenden, wenn bläulicher Nebel die weiter entfernt liegenden Abschnitte der Straße einhüllte, auf dem Weg dorthin, sagten wir uns immer wieder den Zauberspruch vor: »I do amam mama odi« – »Und zum Hamam ging die Mama«. Dieser Satz, der vorwärts und rückwärts gesprochen gleich lautet, war die geheime Losung, das wunderbare »Sesam öffne dich!«, das uns den Zutritt zum Reich des Geheimnisses ermöglichen sollte. Wir bezwangen die Angst, die die Geschichten über das alte Gebäude ausgelöst hatten, sprangen in der Dämmerung über den Zaun und kletterten auf den Haufen zerbrochener Kisten, um durch die kleinen Fenster in das finstere Innere zu spähen. Es kam uns so vor, als brenne irgendwo tief in dem dunklen Gebäude eine Lampe, als bewege sich dort jemand, und wir glaubten, menschliche Schatten zu sehen und Stimmen zu hören. Es war, als renne ein barfüßiges Mädchen in einem langen weißen Kleid durch die Dunkelheit – oder war das nur der Widerschein der im Wind schaukelnden Straßenlaterne? Vom Starren in die Finsternis müde geworden, traten wir den Rückzug zum Haus meines Großvaters an, wobei wir den geheimnisvollen Satz wiederholten. Wir flüsterten: »I do amam mama odi«, wobei wir uns bemühten, den Satz rückwärts aufzusagen, und ihn uns dafür in geschriebener Form vorstellten.

Über dem Hamam krächzten die Krähen, der Winterhimmel rötete sich, die Luft roch nach Schnee.

»Ich glaube, alles, was ich träume, passiert dort«, sagte meine Cousine Emilia, während sie durch das Fenster zu den dunklen Kuppeln des Hamam hinübersah.

*
* *

Ein paar Abende lang roch es nach Schnee: ein Geruch von sauberem, glänzendem Fell, von Kirschbaumrinde, die von Kaninchen angenagt worden ist, von frisch gewaschener Unterwäsche, von gelüfteten und gereinigten kalten Räumen. Die Wolken wurden immer schwerer.

Ich saß in der Küche und machte Hausaufgaben. Jemand klopfte gegen die Scheibe. Unter dem Fenster stand meine Cousine Emilia.

Ich bedeutete ihr, hereinzukommen; sie wollte nicht. Vom Hof aus schaute sie mich mit von der Kälte gerötetem Gesicht triumphierend an. Unvermittelt drückte sie meine Hand und flüsterte mir zu: »Das Schloss am Hamam lässt sich mit meiner Haarspange öffnen!« Ihre Hand war kalt, man merkte, dass sie lange draußen gewesen war.

»Woher weißt du das?«, fragte ich.

»Ich habe es ausprobiert«, antwortete sie triumphierend. »Ich wäre auch allein reingegangen, aber ich habe keine Streichhölzer dabei«, fügte sie hinzu.

Ich stand da, ohne die Bedeutung ihrer Worte in Gänze zu begreifen.

»Mach schnell jetzt, beeil dich«, sagte sie, »und nimm irgendeine Lampe mit.«

Wir stapften durch den zäher werdenden Schlamm und gelangten an die Tür des Hamam. Meine Cousine Emilia nahm die Spange aus dem Haar: Das Schloss klickte und ging auf.

Wir schlüpften durch die Tür in das tiefe Dunkel des großen Gebäudes.

Ich schaltete die Taschenlampe ein. »Die Tür«, murmelte meine Cousine Emilia, »mach die Tür zu, sonst sieht noch jemand, dass Licht ist im Hamam.« Widerstrebend gehorchte ich. Die Tür hinter uns zu schließen kam mir vor, als würden wir uns von allem Bekannten entfernen, von der Sicherheit des Alltäglichen, sogar von der Welt. Der dünne Lichtstrahl beleuchtete Kisten und Ballen: Dazwischen entdeckten wir schmale Gänge, durch die wir uns bewegen konnten. Wir kamen langsam voran, bemühten uns, so wenig Lärm wie möglich zu machen, und beleuchteten nur den Weg unmittelbar vor uns. Das Gewölbe über uns war nicht zu erkennen, aber die lastende Stille, die abgestandene Luft und die Gerüche ließen uns spüren, dass wir uns in einem geschlossenen Raum bewegten – eine große Schatzhöhle, der wundersame Palast des Geheimnisses, ein Zufluchtsort, der verlockend und furchteinflößend zugleich wirkte.

Die ersten beiden Räume, die größten und höchsten, standen voller Handelsgüter. Da waren unordentlich übereinandergestapelte Kisten, deren Inhalt nicht zu erahnen war und deren Aufschriften die Namen ferner Länder verrieten, wenn der Schein der Taschenlampe darauf fiel. Doch die nächsten Räume waren völlig anders: Wegen ihrer schmalen Türen konnte man dort keine großen Gegenstände lagern. Dort lagen Dinge herum, über die die Zeit hinweggegangen war, deren einstiger Wert jedoch verhinderte, dass sie einfach so auf den Müll geworfen wurden. In den Lichtkegel der Taschenlampe gerieten die Gesichter gestürzter Statuen, aus irgendwelchen Gymnasien stammende zerrissene Landkarten mit längst überholten Grenzziehungen, Schilder mit Beschriftungen in einem Alphabet, das seit langem nicht mehr gültig war; in einem Winkel glänzte der abblätternde schwarze Lack auf dem ausgemusterten Verdeck einer Kutsche, in einem anderen ein blinder Spiegel aus einem nicht mehr existierenden Hotel, der verstaubte, rote Samt eines Sessels und der geschnitzte, von Holzwürmern durchlöcherte Arbeitstisch eines früheren Stadtvaters. Mit den Gegenständen um uns herum veränderten sich auch die Gerüche: Zuerst hatte es nach frischem Holz, Teer und schlecht gegerbtem Leder gerochen, doch je weiter wir in den Hamam vordrangen, desto mehr wurden sie in den Hintergrund gedrängt, und Gerüche nach Fäulnis, Trödel und Feuchtigkeit nahmen ihren Platz ein. Wir rochen, wie sich – nur als Ahnung, kaum wahrnehmbar – die süßlichen, erregenden, beunruhigenden Düfte dazwischendrängten, die es früher im Basarviertel gegeben hatte: Moschus, Weihrauch, Sandelholz, Nelken, Zimt. Die Luft wurde drückend und wärmer, sie war gesättigt mit Feuchtigkeit: Es schien, als gelangten wir in andere Regionen, in Gegenden, die anderen Klimazonen angehörten.

Wir irrten von Raum zu Raum, kehrten um, kamen unerwartet an den gleichen Stellen heraus, verloren die Orientierung. Wir zwängten uns zwischen dem herumstehenden Gerümpel hindurch und drangen tiefer und tiefer zum Mittelpunkt des großen Bauwerks vor.

Einmal kamen wir an aufgerissenen, übel zugerichteten Sprungböcken vorbei, die auf ihren vier steifen, gespreizten Beinen dastanden wie geköpfte Tiere. Gleich dahinter lagen verstümmelte Schaufensterpuppen aus einem Galanteriewarengeschäft, ohne Beine und ohne Arme, in grauenerregenden Posen von Irrsinn und Metzelei. Es fanden sich Bäume aus einem Bühnenbild, Rahmen mit eingerissenen Bildern, sogar ein großer ausgestopfter Adler.

All das erstreckte sich vor uns wie ein ungeheuerlicher toter Wald, wie die Ruine eines verlassenen und vergessenen Tempels in den Tropen. An manchen Stellen hingen dichte Vorhänge aus Spinnweben von der Decke, hin und wieder spürten wir ihre fast wesenlose Berührung auf unseren Gesichtern. In solchen Momenten blieb meine Cousine Emilia stehen und suchte nach meiner Hand. Doch als sie mir die Finger fest zusammendrückte, wusste ich, dass es nicht an einem Spinnennetz lag: Sie bedeutete mir damit, stehen zu bleiben. Dann drückte sie meine Hand noch fester. Ich begriff und schaltete die Lampe aus. Wir standen im Dunkeln und lauschten.

In der Finsternis regte sich etwas schwer und unbeholfen; irgendwo hinter einem Haufen Gerümpel war etwas Lebendiges. Wir blieben regungslos stehen und versuchten, jedes Geräusch zu entschlüsseln, nichts zu überhören, was aus den bedrohlichen, dunklen Räumen zu uns drang. Lange war es still, dann erklang so etwas wie ein Seufzer, wie ein nicht ganz ausgesprochenes Wort, wie eine dunkle, heisere Klage, wie ein halb gemurmelter, halb gesungener Fluch, ausgestoßen von einem unglücklichen Wesen und gerichtet gegen alles Unheil der Welt.

Ich schaltete die Lampe ein und tat ein paar Schritte. Der Lichtkegel bewegte sich zuerst an der Wand mit dem abbröckelnden Putz entlang und beleuchtete dann einen Haufen Säcke, aus dem sich jemand ein Lager bereitet hatte. Inmitten dieser Lumpen regte sich etwas, als kämpfe es darum, freizukommen, als entwinde es sich der Umklammerung unsichtbarer Mächte. Dann tauchte aus dem Durcheinander von grobem, in Zerfall begriffenem Gewebe ein Kopf auf: verwühltes, schütteres Haar von der Farbe fauligen Strohs und ein Gesicht voller Falten. Es war eine alte Frau mit furchterregendem Antlitz, verrunzelt wie zerknülltes Pergamentpapier, und mit schlafverklebten Augen, die sie angesichts des unerwarteten Lichtstrahls zusammenkniff. In ihrem Blick lag im ersten Moment Erschrecken, dann jedoch Bosheit und ohnmächtige Wut. Sie öffnete ihren Mund mit den wenigen gelben Zähnen und spuckte in unsere Richtung. Dann begann sie sich kreischend unter dem Haufen Lumpen hervorzuarbeiten.

Wir warteten nicht, bis sie ihre Verwünschungen beendet hatte, sondern rannten durch das Chaos aus herumstehenden Gegenständen davon; der Schein der Taschenlampe wies uns den Weg. Aufeinandergestapelte, umgedrehte Stühle warfen fantastische Schatten, die an verendete und steif gewordene Tiere erinnerten, an die Wände.

Als wir die Tür des Hamam hinter uns zugeschlagen hatten, schloss Emilia die Augen und lehnte sich mit dem Rücken gegen die Wand. Wir waren verstört, als wären wir gerade aus einem Albtraum aufgewacht. Während wir im Hamam gewesen waren, hatte dichtes Schneegestöber eingesetzt; der Schnee bedeckte bereits die Straßen und lastete in dicken, sich hochtürmenden Lagen auf den Dächern, den Gartenzäunen und sogar den Telefonkabeln. In der stillen Luft kreiselten Schneeflocken. Meine Cousine Emilia hob ihr Gesicht und sie schmolzen auf ihren geschlossenen Lidern. Waren wir wirklich im Hamam gewesen? Gab es diese Welt aus alten, abgelebten Gegenständen und dumpfen Gerüchen tatsächlich? Hatten wir wirklich diese Alte gesehen, die hier von allen unbemerkt lebte, wer weiß wie lange schon? War das alles tatsächlich geschehen oder hatten wir einen Augenblick lang geträumt? Aber es war ja alles noch da, wenn auch vom Schnee verfremdet: der Hamam mit seiner dichten, undurchdringlichen Dunkelheit, die schwere Tür mit dem Vorhängeschloss, das Mauerwerk aus Ziegeln und Bruchsteinen und meine Cousine Emilia, die außer Atem an der Wand lehnte, die geschlossenen Augen gen Himmel gerichtet. Ich wollte nach Hause gehen und zupfte sie am Ärmel.

»Das Schloss«, zischte sie. »Du willst den Hamam doch sicher nicht offen lassen.« Ich drückte das eisig kalte Schloss zusammen; es klickte. Jenseits der Tür blieb die fantastische, verlockende und zugleich furchteinflößende Welt aus einer anderen Zeit zurück, durch die seit ein paar Jahrhunderten schon die verloren gegangene Braut eines türkischen Paschas irrte.

»Was meinst du, ist sie es?«, fragte ich.

»Vielleicht«, sagte meine Cousine Emilia.

»Aber das ist doch mindestens« – ich rechnete schnell nach –, »mindestens vierhundert Jahre her.«

Emilia hielt die Augen noch immer geschlossen. Sie hatte die Zunge herausgestreckt, und wenn sie damit nach Schneeflocken haschte, stiegen kleine Dampfwölkchen auf.

»Na und«, sagte sie. »Das ist doch nicht lang.«

»Aber vielleicht ist es auch irgendeine Zigeunerin«, sagte ich. »Eine ganz normale Bettlerin, die hier vor dem Winter Schutz sucht.«

»Du Idiot«, sagte Emilia, die Augen noch immer geschlossen. »Und wie ist sie wohl reingekommen?«

»Vielleicht kennt sie den Trick mit der Spange.«

»Du bist wirklich ein Idiot«, sagte meine Cousine Emilia. »Das Schloss kann man von innen nicht aufmachen. Wie soll sie denn rauskommen?«

*
* *

In dieser Nacht träumte ich vom Hamam.

Meine Cousine Emilia und ich hatten uns im Labyrinth der immer kleiner werdenden Räume verirrt. Hand in Hand rannten wir durch das verstaubte Dickicht aus Gerümpel, und auf einmal gerieten wir völlig unerwartet in Räumlichkeiten, die noch immer als Bad dienten. Durch den Dampf waren das Platschen nackter Füße und aufreizendes Frauenlachen zu hören. Die Marmorfliesen waren glitschig, in kleinen Pfützen trieben Reste von Seife. In dem Becken in der Mitte eines großen Raumes schwamm die Alte auf uns zu wie eine über und über mit Warzen bedeckte Kröte. Wir liefen davon, doch wir konnten den Ausgang nicht finden, und uns war klar, dass es uns auch nicht weiterhelfen würde, wenn wir ihn fänden – das Schloss ließ sich von innen nicht öffnen.

Ich wollte meine Cousine Emilia wieder an die Hand nehmen, aber das ging nicht. Sie hielt eine Schatulle fest, ein kleines silbernes Kästchen, rund, mit einem Deckel, in den schwarz eine Spirale oder eigentlich ein Labyrinth mit mehreren Eingängen geprägt war: Die Wege waren Sackgassen, und es war kompliziert, bis zum Mittelpunkt zu gelangen. Wie wir das Kästchen dann unterwegs verloren hatten, war unklar. Wir hätten zurückgehen sollen, um es zu holen, aber der Hamam hatte sich mit Menschen gefüllt, Arbeiter trugen große, massive Kisten durch das Getümmel, im allgemeinen

Durcheinander sahen wir, wie Opa Simon einen Stadtplan auseinanderfaltete und darauf etwas zeigte. Die Lehrer aus unserem Gymnasium standen in einer Gruppe zusammen, betrachteten die Verzierungen der Kuppel und diskutierten über den Baustil, im Hintergrund sah man ein Mädchen in Weiß mit einem Tablett, auf dem dampfende kleine Teegläser standen, durch die kleineren Zimmer gehen. In der Raummitte erinnerte das Ganze an einen festlichen Empfang, doch in den Ecken und kleineren Räumen herrschte eine lässige, gar zügellose Atmosphäre, wie sie sonst typisch ist für Hochzeiten. Auf kleinen Kinderwagenrädern wurde das Bronzepferd irgendeines Denkmals durch die Menge geschoben. Meine Cousine Emilia sollte etwas rezitieren. Sie wurde vor die Leute gezogen und sagte den Satz über den Hamam rückwärts auf, doch er geriet ihr sinnlos und unverständlich. Die Lehrer schimpften. »So geht das nicht, so geht das nicht«, kreischte die Alte, die aus dem Becken gestiegen war.

Ich wachte schweißgebadet auf. Mein Kopf war schwer und ich hatte furchtbaren Durst.

Am nächsten Morgen durfte ich nicht zur Schule gehen. Es war offensichtlich, dass ich mich erkältet hatte. Ich lag zu Hause, trank Lindenblütentee, schwitzte vom Aspirin und langweilte mich. Hin und wieder stieg das Fieber stark an. Der Arzt, der nach mir sah, meinte, ich hätte eine Lungenentzündung.

Als es mir wieder besser ging, kam meine Cousine Emilia zu Besuch. Sie setzte sich mir gegenüber und ordnete auf dem kleinen Tisch ihre Kästchen. In Opa Simons Schubladen hatte sie welche gefunden, in denen früher Medikamente verwahrt worden waren – Arzneien gegen Husten, gegen Migräne, gegen Blutarmut. Auf den Deckeln standen die Namen von Apotheken in Thessaloniki, Konstantinopel und Alexandria, die es sicher schon seit vielen Jahren nicht mehr gab. Wer weiß, wie lange sie schon in Opa Simons Schubladen gelegen hatten; wahrscheinlich empfahl er seinen Altersgenossen diese Medikamente noch immer. Als Emilia sie entdeckt hatte, ließ sie nicht locker, bis sie Opa Simon schließlich durch Bitten und Betteln dazu bewegt hatte, sie ihr zu schenken. Sie las mir die französischen Beschriftungen vor. Plötzlich wandte sie sich mir zu. Ich hatte den Eindruck, dass sie etwas von mir erwartete.

»Weißt du was«, sagte ich, »ich habe geträumt, dass du ein Kästchen verloren hast.«

Emilia schien zusammenzuzucken. Es trat ein Moment der Stille ein.

»Was für eins?«, fragte sie dann leise.

»Ein silbernes, rundes«, sagte ich. »So eins habe ich noch nie bei dir gesehen.«

Emilia kauerte sich auf dem Stuhl zusammen. Ihre Augen glänzten, als hätte sie hohes Fieber, während ich ihr alles über das Kästchen erzählte: wie groß und aus welchem Material es war, wie die Zeichnung darauf aussah.

»Ich habe so ein Kästchen noch nie gesehen«, sagte sie. »Aber ich hätte es gern. Wie habe ich es verloren?«

»Es ging drunter und drüber«, sagte ich. »Irgendwas Komisches ist passiert. Wir mussten verschwinden.«

»Konnten wir nicht zurückgehen?«, fragte sie.

»Ich glaube nicht«, sagte ich. »Es waren Lehrer aus unserem Gymnasium da. Und auch die Alte war in die Sache verwickelt.«

»Schade«, sagte sie. »So ein schönes Kästchen, und ich bekomme es nie wieder zurück. Aber dein Ring war auch schön.«

»Was für ein Ring?«, fragte ich.

»Du hattest einen Ring«, flüsterte meine Cousine Emilia stockend. »Einen von diesen alten Ringen, mit einem Siegel. Ein Siegelring. Es war ein Zeichen eingeritzt, sehr klein, aber ich habe es mir eingeprägt. Es war ein Mohnkelch.«

»Von was für einem Ring redest du denn da«, sagte ich.

Draußen schmolz der Schnee, gleichförmig tropfte es von den Dachtraufen, im Zimmer nistete sich Halbdunkel ein. Das Gesicht meiner Cousine Emilia glühte: Entweder hatte sie Fieber oder der Widerschein des Feuers fiel aus dem angelehnten Ofentürchen auf sie.

»In der Nacht, als wir aus dem Hamam zurückkamen, habe ich geträumt, dass dir ein Ring heruntergefallen ist«, sagte sie. »Ich habe geträumt, dass ich zurück in den Hamam gegangen bin, um ihn zu suchen. Aber drinnen waren so viele Leute ...«

»Dann sind wir uns in der Nacht noch einmal dort begegnet«, sagte ich. »Weißt du noch, in der Menge waren die Lehrer aus dem Gymnasium und Opa Simon, und diese Alte schwamm im Becken, aber das war ja noch davor ...«

Das Gesicht meiner Cousine Emilia wirkte angespannt. Sie versuchte angestrengt, sich an etwas zu erinnern, schloss die Augen und runzelte die Stirn, sie bedeutete mir mit der Hand, dass ich sie nicht unterbrechen solle, ihre Lippen öffneten sich, um ein Wort zu formen, doch dann erschlafften sie wieder, ihre Hand fiel herunter, ihr Blick irrte hilflos umher.

»Nein, nein, nein«, sagte sie. »Ich erinnere mich nicht.

Quäl mich doch nicht. Und überhaupt, das ist doch ganz unmöglich ... «

Sie verbarg ihr Gesicht in den Händen und verharrte lange so, als wollte sie sich vor etwas schützen.

Im Zimmer wurde es dunkel. In der abgestandenen Luft verströmten die auf dem Schrank liegenden Äpfel ihren beruhigenden, einlullenden Duft.

»Gleich kommen die Tanten, um mir Tee zu bringen und Fieber zu messen«, sagte ich. »Schnell, küss mich.«

Meine Cousine Emilia küsste mich. Vom Fuß der Holztreppe her waren bereits die Stimmen der Tanten zu hören.

*
* *

Ein paar Tage später durfte ich wieder hinunter in die Küche. Dort saß Opa Simon, faltete die alten Stadtpläne auseinander, die der österreichische Generalstab zu Beginn des Jahrhunderts ausgearbeitet hatte, und betrachtete sie. Er fuhr mit dem Finger den Verlauf längst nicht mehr existierender Straßen nach, tippte auf die für ehemalige Konsulate stehenden Kreise, las durch seine Lupe die winzigen Bezeichnungen. Über seine Schulter gebeugt schaute ich mir den ungleichmäßig ausgebreiteten Schmetterling der Stadt an. »Schau, hier sind wir«, sagte Opa Simon. Ich folgte seinem Zeigefinger und sah neben der Stelle, die er verdeckte, den Hamam eingezeichnet. *Türkisches Bad* stand darüber. Mir kam es so vor, als hätte es zwei Eingänge, den einen an der heutigen Stelle und den anderen, wo es jetzt nur eine fensterlose Mauer gab. Aber vielleicht war das auch nur ein Fleck, der zufällig dorthin geraten war, ein Druckfehler, ein verirrtes Häkchen von einem in der Nähe stehenden Buchstaben in gotischer Schrift. »Der Hamam hat also zwei Eingänge«, sagte ich. Opa Simon zuckte zusammen, sah mich argwöhnisch an und presste dann miss-billigend die Lippen zusammen. »Es hat immer nur einen Eingang gegeben«, sagte er. »Dieser Plan ist heimlich ange-fertigt worden. Möglich, dass er fehlerhaft ist.« Dann faltete er den Plan zusammen – ein wenig hastig, wie mir schien – und brachte ihn in sein Mansardenzimmer.

*
* *

Als ich wieder zur Schule ging, war der Frühling bereits an-gebrochen. Die noch schwache, fahle Sonne rollte durch die Pappeln, die gerade ihre ersten grünspanfarbigen Blätter aus-trieben.

Mittags ging ich vom Gymnasium zu Fuß nach Hause. Mein Weg führte mich am Hamam vorbei. An den Mauern, in denen sich in orientalischen Mustern Ziegel und Bruchstei-ne miteinander verschränkten, wuchsen die ersten Brennnes-seln und glänzten fortgeworfene Töpfe mit durchlöcherten Böden. Die Tür des Hamam stand offen. Überall waren Leute.

Vor den Kellerfenstern lagen noch immer die letzten Res-te des eingebrachten Brennholzes, doch die Schatten waren schon dunkelviolett geworden und oben auf den Gartenmau-ern breitete sich grünlich bleiches Moos auf den Ziegeln aus.

»Weißt du was«, verkündeten mir die Tanten, als ich kaum zur Tür herein war, »aus dem Hamam wird ein Museum ge-macht.«

*
* *

An einem dieser Tage kamen Lastwagen und der Hamam be-gann sich zu leeren. Zuerst wurden die Kisten mit Handels-

85

ware herausgebracht, die Fässer, die Drahtrollen, die Öfen, die emaillierten Wannen, die Kaninchenställe, die zerbrochenen Parkbänke, die beschädigten Schnapskessel, und danach kamen Steinmörser zum Zerstoßen von Kaffeebohnen ans Tageslicht, Säulen aus zerstörten Moscheen, Teile von Kutschen, Bronzepferde von gestürzten Denkmälern, große siebenarmige Leuchter aus zerstörten Synagogen, marmorne Gedenktafeln mit halb ausgelöschten Goldbuchstaben, Glocken aus dem Turm der abgebrannten Georgi-Kirche, das Laufwerk der kaputten Stadtuhr, abgehängte Ladenschilder inzwischen verstaatlichter Geschäfte, Pappmodelle von Fabriken, noch von den ersten Maifeiertags-Paraden nach dem Krieg, große Holzpuppen aus dem türkischen Schattentheater, Feuerwehrpumpen mit Handantrieb, eine Äskulap-Skulptur ohne Kopf aus irgendeiner Apotheke, Abschussvorrichtungen für Feuerwerkskörper, die an Nationalfeiertagen abgefeuert wurden, sogar ein Flügel eines Schulungs-Doppeldeckers, der eines Tages in den Fluss gestürzt war, sowie ein römischer Sarkophag, den man bei der Arbeit am Fundament eines Neubaus ausgegraben hatte – eine ganze Sturzflut von Gegenständen, die die jüngere Geschichte der Stadt ohne jegliche Ordnung hier aufgehäuft hatte. Gegen Mittag wurden die Arbeiten plötzlich eingestellt. Eine Aufsehen erregende Nachricht verbreitete sich im Viertel und vor dem Hamam strömten die Leute zusammen.

Beim Durchwühlen eines Haufens mit Lumpen hatten die Arbeiter die Leiche einer alten Frau gefunden. Man nahm an, dass es sich um eine obdachlose Zigeunerin handelte, wahrscheinlich eine Bettlerin. Wie sie hineingekommen war – dafür hatte niemand eine Erklärung. Rund um den Hamam stand eine große Menschenmenge: Das ganze Basarviertel hatte sich eingefunden, um an der allgemeinen Aufregung teilzuhaben. Es hieß, die Leiche sei völlig ausgetrocknet. Manche behaupteten, es handele sich um eine Mumie, und deshalb wurde Ägypten ins Spiel gebracht. Es wurden die unwahrscheinlichsten Vermutungen angestellt.

Opa Simon ging los und kam wieder zurück. Danach saß er lange über dem alten Stadtplan, maß etwas darauf ab und schüttelte den Kopf.

Dann kam Onkel Jakov und übermittelte uns das Gerücht, die Alte habe in einer ihrer vertrockneten Hände ein kleines silbernes Kästchen fest umschlossen gehalten. Darin habe man einen Ring gefunden.

Im Haus herrschte Kommen und Gehen. Alle sprachen über die Alte im Hamam. Ich saß in einer Ecke der Küche und las. »Kommst du nicht rüber?«, fragten die anderen. Ich schüttelte den Kopf.

In diesem Augenblick kam meine Cousine Emilia herein. Ihr Blick war abwesend, leer. Die Tanten fragten sie, ob sie dort gewesen sei. Sie nickte, sagte aber nichts weiter.

Ich zog meine Cousine Emilia von dem Familiengetümmel fort und fragte sie flüsternd, ob sie das Kästchen und den Ring gesehen habe. Sie war einen Moment lang wie erstarrt und schüttelte dann den Kopf.

Ihr verlorener, starrer, leerer Blick, der etwas verbergen, vor etwas flüchten, sich vor irgendeiner Erkenntnis schützen wollte, verriet mir, dass sie log.

Wir gingen in den Hof. Die schwarzen, spitzen Knospen an den Zweigen der Sauerkirsche waren angeschwollen und die Rinde des Stammes zeigte einen weichen Glanz, den sie nicht gehabt hatte, solange es noch Winter war. Im Haus summten die Stimmen wie in einem brodelnden Bienenstock.

»Du hast sie gesehen«, sagte ich leise.

Meine Cousine Emilia blickte in eine andere Richtung, schluckte mühsam ihren Speichel hinunter und sagte mit ganz veränderter Stimme: »Ja, sie waren es.«

*
* *

Später, als aus dem Hamam längst ein Museum geworden war, entdeckte man, dass er noch einen Eingang gehabt hatte. Dieser hatte zu unserem Hof geführt, war aber schon vor langer Zeit zugemauert worden. Die Fachleute meinten, das sei vor über zwei Jahrhunderten geschehen. Die Arbeiten waren sehr gut ausgeführt: Von außen war nichts zu erkennen.

Im Hamam wurde eine große ethnologische Sammlung eingerichtet. In einer Vitrine in einem der kleinsten Räume bemerkten meine Cousine Emilia und ich das Kästchen und den Ring. Zufällig hatte man sie nebeneinander platziert; um sie herum lagen Ohrringe, Gürtelschnallen, kleine Silbermünzen, Zigarettenspitzen und Tabatieren. Das Kästchen war geschlossen. Auf seinem Deckel verflocht sich die Spirale des Labyrinths zu einer komplizierten Zeichnung, aus der der Weg zum Mittelpunkt nicht ersichtlich war. Auf dem Ring war ein Mohnkelch zu sehen. Daneben lag ein kleines Stück Pappe mit der Aufschrift: »Beispiele von Schmuckstücken der Stadtbevölkerung. Ende des 18. oder Anfang des 19. Jahrhunderts.« Nur wir, meine Cousine Emilia und ich, wussten, dass sie keiner Epoche zugehörten. Sie kamen aus dem Land des Traumes: Sie zu datieren war unmöglich, denn im Land des Traumes fließen alle Zeiten in einem großen Strom.

BEWEIS

Sich Onkel Filips prophetischen Träumen zu entziehen war im Alltagsleben unserer Familie nicht möglich. Sie drangen aus seinem Dachkämmerchen hervor und zogen ihre Fäden durchs ganze Haus. »Ach«, riefen die Tanten, »was unser Filip nicht alles träumt! Na, so was aber auch!« Und sie schüttelten die Köpfe, während sie weiter an dicken Wollsocken strickten – Socken für all die schrecklichen Winter, die uns, auch ohne dass die Träume unseres Onkels davor gewarnt hätten, in der näheren und ferneren Zukunft ganz sicher bevorstanden.

In seinen Träumen hatte Onkel Filip den Kriegsausbruch vorhergesagt, den Verlauf so manchen Manövers auf den Schlachtfeldern, meist in Afrika, Überschwemmungen, die Gehaltserhöhungen und Erkältungen der Familienmitglieder, die Erstürmung berühmter Gipfel in aller Welt, den Anstieg des Ölpreises, den Sturz gekrönter Häupter, den Stromausfall in unserem Haus, ja sogar eine Sonnenfinsternis.

»Das mit der Sonnenfinsternis gilt nicht«, meinte meine Cousine Emilia, »das kann er auch in einem astronomischen Kalender gelesen haben.«

Opa Simon sagte, er glaube nicht, dass sich Onkel Filip mit

astronomischen Kalendern auskenne. »Und woher sollte er denn einen haben?«, fügte er hinzu.

Ohne sich um unsere Einwände zu kümmern, träumte Onkel Filip auch weiterhin seine Träume, des Nachts, aber auch während seines Mittagsschlafs an Sonn- und Feiertagen. Danach kam er immer mit schweißnassem Haar und abwesendem Blick aus seiner Dachstube und lief noch eine Weile ziellos durchs Haus. Er wartete, bis der Wasserkessel auf dem Ofen nicht mehr pfiff, Oma Spomenka in der Küche nicht mehr mit dem Geschirr klapperte und die Unterhaltung der Tanten verstummt war. Dann räusperte er sich, setzte sich zurecht und verkündete scheinbar bescheiden, jedoch mit einer Prise Pathos: »Ich habe geträumt …«

Nicht alle Träume Onkel Filips waren wahrhaft prophetisch. Bei manchen von ihnen ließ sich niemals eine Verbindung zu späteren Ereignissen herstellen, andere sagten ganz offensichtlich gar nichts voraus. Zumindest konnten wir in ihnen keine greifbare Bedeutung ausmachen. Es waren verstörende und unverständliche Träume darunter, konfuse und bruchstückhafte, und manchmal kam Onkel Filip beim Erzählen durcheinander, wurde unsicher und suchte nach Worten. Dann stand er mit ausgebreiteten Armen da und zuckte hilflos mit den Schultern.

»Und was geschah dann?«, fragte eine Tante.

»Wahrscheinlich bin ich aufgewacht«, antwortete Onkel Filip und erkundigte sich, wie es denn mit Kaffee aussehe.

Wenn dann ein paar Wochen oder Monate später etwas geschah, was den prophetischen Charakter seiner Träume bestätigte, tauchte er natürlich mit triumphierender Miene und leuchtenden Augen in der Küche auf, mit einem etwas gekünstelten, theatralischen Gebaren, das in Kombination mit seinem fiebrigen Eifer seinen Bewegungen etwas mechanisch Abgehacktes und irgendwie Unvollständiges verlieh. Er wartete darauf, dass einer von uns über sein ungewöhnliches Benehmen stutzen, sich an den zurückliegenden Traum erinnern und dessen Zusammenhang mit den kürzlich eingetretenen Ereignissen erkennen würde. War dies nicht der Fall, spulte er umständlich und mit zahlreichen Pausen, die den Anwesenden Gelegenheit geben sollten, sich rechtzeitig auf die zuvor verpasste Gelegenheit zu besinnen und den Zusammenhang zwischen dem Traum und seinem Gegenpart in der Realität doch noch festzustellen, den vom Traum ausgehenden Faden ab. Und der führte langsam, aber sicher zu der Feststellung, dass der Traum Wirklichkeit geworden war, und bestätigte somit dessen warnende Natur.

Onkel Filip begann stets mit den Worten: »Wahrscheinlich habt ihr noch im Gedächtnis« oder »Ich hoffe, es ist euch nicht entfallen«, und erzählte dann den Traum noch einmal, wobei er ein paar Details besonders hervorhob, die – das war sofort zu spüren – von ausschlaggebender Bedeutung für die bevorstehende Verwirklichung seiner jetzt immer deutlicher zu Tage tretenden Botschaft sein würden. Schließlich passte alles zu dem jeweiligen Vorkommnis, und jedem war vollends klar geworden, dass es sich genau so hatte ereignen müssen, dass alles schon im Vorfeld erkannt und beschrieben worden war und dass es sich eben nur so und nicht anders hatte abspielen können.

Im Haus herrschte bezüglich der prophetischen Macht, die Onkel Filips Träumen innewohnte, ein kunterbuntes Durcheinander von Meinungen. Die Tanten genossen es, ihn zum

Erzählen seiner Träume zu ermuntern, und ließen sich, wenn auch etwas theatralisch, auf die Rätselhaftigkeit ihres geheimnisvollen Wesens ein, wobei sie jedoch unterschwellig eine ironische Haltung bewahrten – allzu übertrieben betonten sie ihr Interesse und drangen allzu lebhaft darauf, dass er mit der Geschichte fortfuhr. Die anderen Onkel hielten nichts von alldem; sie verzogen geringschätzig den Mund und verließen die Küche, wenn er noch mitten im Erzählen begriffen war, womit sie deutlich machten, dass sie auf die ganze Sache keinen Pfifferling gaben. Oma Spomenka bekreuzigte sich und meinte bang, das alles werde kein gutes Ende nehmen. Und Opa Simon runzelte die Stirn. Bei manchen Abschnitten der Erzählung hörte er aufmerksam zu, andere ließ er nicht gelten, winkte nervös ab und murmelte Unverständliches. Sein abschließender Kommentar lautete stets: »Da ist schon was dran, aber es sollte – das versteht sich ja wohl von selbst – wissenschaftlich überprüft werden.«

Meine Cousine Emilia und ich mochten diese Momente schamloser Entblößung im Kreise der Familie nicht. Trotz der Anziehungskraft, die Onkel Filips Träume auf uns ausübten, fanden wir etwas Abstoßendes darin, dass einer seine nächtlichen Geheimnisse so offen zur Schau stellte, und fühlten uns angesichts dieser öffentlichen Bekenntnisse von Ahnungen, die auch nur Ahnungen hätten bleiben sollen, unbehaglich und beklommen.

Onkel Filip war unverheiratet, ein Hagestolz, wie Oma Spomenka mit leichtem Vorwurf in der Stimme zu sagen pflegte, und lebte etwas abseits von der Familie in seinem Dachkämmerchen. Frauen spielten in seinem Leben keine besondere Rolle. Hier und da hatte es wohl mal eine gegeben, die Tanten erwähnten ein paar Namen und Oma Spomenka war manchmal unruhig, wenn der Onkel nachts nicht nach Hause kam (was, so viel hatten wir begriffen, irgendwie mit diesen Namen zusammenhing), aber die meiste Zeit verbrachte er in Gesellschaft seiner Freunde, eingefleischte Junggesellen wie er, und wich Gesprächen über das Heiraten aus.

Die Überraschung war daher groß, als in seinen Träumen immer wieder eine Frau mit einem schwarz verschleierten Gesicht auftauchte. Der Onkel beschrieb sie nicht genauer, aber die Tanten lächelten vielsagend. Als die Frau dann in einem Traum einen Ring in seinem Zimmer zurückließ, taten alle so, als hätten sie es überhört. Nur meine Cousine Emilia schaute mich an, gab mir ein Zeichen, dass ich ihr folgen solle, und verließ die Küche.

Ihr Plan stand da zweifellos bereits fest und war bis in alle Einzelheiten ausgearbeitet.

Als ein paar Tage später die Zigeuner, die Altwaren aufkauften, durch unsere Straße kamen, nutzte Emilia die Gelegenheit, dass wir allein zu Hause waren, öffnete den Schuppen und holte zwei alte Gaslampen mit bunten Porzellanschirmen, einen gewaltigen blauen Grammophontrichter und ein Kupfertablett mit einer beeindruckenden Gravur auf Türkisch heraus und tauschte alles gegen einen Ring ein, den ihr eine zahnlose Zigeunerin gezeigt hatte. Es war ein Ring aus einem weißlichen Metall (die Zigeunerin schwor, er sei aus Silber, aber wir waren überzeugt, dass es sich um eine Legierung aus Zinn und Blei handelte), der früher wahrscheinlich als Siegel gedient hatte, denn auf seinem Oval standen ein paar kaum leserliche Buchstaben. Er war schwarz angelaufen und unansehnlich; wir putzten und polierten ihn mit Zahnpasta und einer Wollsocke.

Der zweite Teil des Plans ließ sich leicht in die Tat umsetzen.

Als Onkel Filip am nächsten Sonntagmittag von seinem Frühschoppen im Wirtshaus am Fluss zurückkam, warteten wir, bis er an der Straßenecke auftauchte, und legten den Ring auf die dunkle Steinplatte am Hofeingang.

Einen Augenblick lang blieben wir im Ungewissen, ob er den Ring entdecken würde. Doch dann sahen wir, gut versteckt hinter dem Vorhang eines Fensters zum Hof, wie er sich bückte und ihn aufhob.

Er kam in die Küche, wo sich die Familie bereits zum sonntäglichen Mittagessen versammelt hatte, und sagte: »Wie ihr sicher noch wisst … «

Der Onkel war unermesslich stolz auf seinen Fund. Endlich hatte er einen handfesten Beweis, dass seine Träume die Zukunft wirklich vorhersagen konnten, hatte die endgültige und unwiderlegbare Bestätigung, dass seine Träume prophetische Kraft in sich trugen. Er nahm an, der Ring sei sehr alt und wertvoll. Also brachte er ihn in sein Zimmer, schloss ihn in der Nachttischschublade ein und zeigte ihn nur bei seltenen Gelegenheiten Gästen, die uns einen Feiertagsbesuch abstatteten.

Meine Cousine Emilia und ich sagten nichts. Onkel Filip nahm seinen Fund zu wichtig, als dass wir es gewagt hätten, unsere Rolle in der ganzen Geschichte einzugestehen. Wir waren zu weit gegangen, um nun noch eine Kehrtwendung machen zu können.

Doch dann wurde Oma Spomenka krank. Sie lag im Krankenhaus, wo wir sie voller Sorge besuchten. Wir brachten ihr

Äpfel mit, die sie dann unter den anderen Patienten verteilte, da sie selbst sie nicht essen konnte. Die Ärzte redeten von Penicillin, das sich aber nirgendwo auftreiben ließ. Damals war Penicillin teurer als Gold und man bekam es nur auf dem Schwarzmarkt.

Endlich tauchte jemand auf, der uns versprach, Penicillin zu besorgen. Dafür war viel Geld auf einen Schlag nötig. Die ganze Familie geriet in Aufruhr. Es wurden Namen von Verwandten genannt, von denen sich vielleicht etwas leihen ließe, und Gegenstände erwähnt, die möglicherweise verkauft werden konnten. Onkel Filip kam der Ring in den Sinn. Er stieg hinauf in sein Dachkämmerchen, schloss die Nachttischschublade auf und kam mit dem Ring in der Hand in die Küche. Dann zog er sich an und ging los; er sagte, er werde mit viel Geld zurückkommen. Meine Cousine Emilia und ich schauten ihm traurig hinterher, verzweifelt angesichts der Wendung, die unser Spiel genommen hatte. Beklommen warteten wir auf seine Rückkehr. Im Haus war es still und traurig, außer uns war niemand da. »Ich werde ihm alles erzählen«, sagte meine Cousine Emilia und begann zu weinen. Wir saßen da und warteten.

Der Onkel kehrte spät zurück. Er kam in die Küche gestürmt und schüttete einen Haufen Geld auf den Tisch. Der Goldschmied, zu dem er den Ring gebracht hatte, war der Meinung gewesen, er sei alt und wertvoll, und hatte ihm geraten, sich ans Museum zu wenden. Im Museum hatten sie den Ring lange untersucht und schließlich festgestellt, dass es sich um ein ganz außergewöhnliches, sechshundert Jahre altes Stück handelte; dem Onkel war eine Summe angeboten worden, die er sofort akzeptiert hatte. Strahlend vor Stolz schaute Onkel Filip uns an – uns Zweifler und Spötter, die wir alle nicht fest an die in Träumen verborgenen gewaltigen Wunder geglaubt hatten. Es war sein großer Moment des Triumphes.

Oma Spomenka starb trotzdem. Das Penicillin, das unter fragwürdigen Umständen von dem Erlös aus dem Verkauf des Wunderrings erstanden worden war, stellte sich als wertlos heraus: Man hatte dem Onkel irgendeine trübe Flüssigkeit angedreht, die niemandem hätte helfen können. Doch deshalb verdunkelte sich für Onkel Filip der strahlende Glanz seiner Träume noch lange nicht. Er glaubte weiterhin mit unbeirrbarer Überzeugung an ihre tiefen, geheimnisvollen und unerforschlichen Botschaften. Wenn er die Geschichte vom Traum mit dem Ring erzählte, wandelte er hin und wieder ein paar Details ab. Die Frau mit dem schwarz verschleierten Gesicht erwähnte er nie mehr.

Der vergrabene Schatz

Dass am Stadtrand beim Fluss, wo die Häuschen der Vorstadt sich in Sumpfwiesen verloren, eines Frühlingsabends die Schmiede samt dem Schmied Jašar und seinen Söhnen bei einer furchtbaren Explosion in die Luft flog, stand in keinem erkennbaren Zusammenhang mit den Träumen meines Onkels Filip.

Jeder kennt die Geschichte aus ›Tausendundeiner Nacht‹, in der ein Mann aus Kairo davon träumt, dass in Isfahan in Persien ein großer Schatz auf ihn wartet. Als er nach vielen Mühen in Isfahan ankommt, wird er in einen nächtlichen Tumult verwickelt und ins Gefängnis geworfen, nicht ohne vorher noch ordentlich durchgeprügelt worden zu sein. Im Verhör gesteht er, wegen des Traums nach Isfahan gekommen zu sein. Als der Kommandant der Gefängniswache davon hört, sagt er, das sei doch alles Unsinn. Er glaube jedenfalls nicht daran, denn wenn er daran glaubte, müsste er nach Kairo reisen, wo laut einem Traum, den er immer wieder habe, ein Schatz auf ihn warte – in einem Garten versteckt, wo hinter einer Sonnenuhr ein Feigenbaum wachse, hinter dem Feigenbaum eine Quelle sprudle und hinter der Quelle der Schatz liege. Natürlich erkennt der Mann aus Kairo im Traum des

Kommandanten der Isfahaner Wache seinen eigenen Garten wieder, kehrt nach Kairo zurück und gräbt den Schatz aus.

Diese Geschichte hier handelt hingegen von einem Traum, den Onkel Filip mehrmals träumte – und von seinen Folgen. Bis zu einem gewissen Grad unterscheidet sie sich von jener aus ›Tausendundeiner Nacht‹.

Diese Unterschiede traten aber natürlich nicht sofort zutage. Als Onkel Filip an einem strahlenden und frostigen Wintermorgen in die Küche kam und verkündete, er habe in dieser Nacht davon geträumt, dass in unserem Weinberg, und zwar in dem Teil, der noch von Brombeersträuchern bedeckt war und wo Opa Simon eines Tages Pfirsichbäume zu pflanzen gedachte, ein Schatz vergraben sei, zeigte sich niemand sonderlich interessiert. Die Morgensonne säumte die vereiste Schneekruste auf den Dächern der Nachbarhäuser mit orangefarbenem Glanz, kroch schlangengleich über das Blech der Regenrinnen und sandte ihre leuchtenden Morsesignale über die Spitzen der silbernen Eiszapfen, die von den Traufen hingen. Der Kater Fjodor saß auf der Fensterbank und leckte sich mit seiner rosigen Zunge das Fell, das von der Kälte glänzend und prächtig geworden war. Tante Natalia, die Älteste der Tanten, schob Holz in den großen, bullernden Ofen. In den Tassen dampfte der Tee. Alles war hell und festtäglich.

Onkel Filips Traum stand aus irgendeinem Grund in auffälligem Gegensatz zur heiteren Atmosphäre dieses Morgens. Er brachte Unruhe und Unfrieden in die Sorglosigkeit, die gerade im Haus herrschte. Wir spürten, wie ein kalter Schatten durch das Morgenlicht glitt. Als sei ihm plötzlich kalt geworden, sträubte der Kater Fjodor sein Fell und rollte sich zusammen.

»Mein lieber Filip«, sagte Tante Milena, »das mit dem Schatz da ist wirklich vollkommener Blödsinn.«

Onkel Filip verzog beleidigt den Mund.

»Gut«, sagte er, »wenn ihr es nicht hören wollt, dann eben nicht.«

»Und übrigens«, mischte sich meine Cousine Emilia ein, »dieser Traum erinnert mich sehr an einen aus ›Tausendundeiner Nacht‹. An den aus der Geschichte vom Mann aus Kairo, der nach Isfahan geht.«

»Was wollt ihr denn?«, fragte Onkel Filip, mittlerweile wütend geworden. »Etwa neue Träume? Es gibt keine neuen Träume, alle sind schon geträumt worden.«

Wir mussten uns also mit dem Gedanken abfinden, dass unsere Träume nichts anderes waren als Träume, die schon viele Male durch das Bewusstsein von anderen Träumern gegangen waren. Ob sie dabei ihre Bedeutung änderten, ob ihre Botschaften andere wurden, da ihre wirren Inhalte schon so häufig kundgetan worden waren, ob neue Elemente dazukamen – all das hing als Frage inmitten der Gerüche nach Suppe vom Vortag und dem Brot vom Frühstück in der Küchenluft, aber niemand vermochte sie zu beantworten.

»Ich denke, dass im Weinberg jetzt hoher Schnee liegt«, meinte Onkel Jakov. Er betrachtete seine zerrissenen Schuhe, die neben dem Ofen standen, und stopfte alte Zeitungen hinein.

Das war das Ende der Diskussion über die Originalität von Onkel Filips Traum, aber nicht das Ende der Geschichte vom vergrabenen Schatz.

Obwohl es gegen Mittag schon von den Dachtraufen tropfte, presste der Winter das Haus noch immer in seiner Panzerung aus verharschtem Schnee zusammen, als Onkel Filip sich wieder mit der schon bekannten Nachricht zu Wort meldete: In der Brache oberhalb des Weinbergs müsse gegraben werden, denn dort liege der Schatz. In seinem neuen Traum war die bewusste Stelle präzise beschrieben worden. Onkel Filip meinte, er liege im Mittelpunkt des Dreiecks zwischen dem Haufen alter, längst ausgemusterter Rebpfähle, dem halb verfaulten Baumstumpf, von dem Opa Simon behauptete, er stamme von einer Ulme, und dem großen runden Stein, der wie das Ei eines Riesenvogels inmitten der Brombeersträucher lag. Wir alle kannten diese Stelle ganz genau, aber abgesehen davon, dass wir dort hin und wieder ein Feuer entfachten, um Pilze zu braten, verbanden wir nichts damit.

»Meine Träume wiederholen sich grundsätzlich nicht«, sagte Onkel Filip, nachdem er uns den Traum in groben Zügen erzählt hatte. »Das hier ist eine sonderbare Ausnahme. Dieser Schatz erscheint mir sicher nicht zufällig gleich zwei Mal im Traum.«

»Vielleicht wegen der Schulden«, meinte Tante Natalia.

»Was für Schulden?« Onkel Filip sprang auf. »Wovon redest du da?«

Im Haus ging die Rede, dass Onkel Filip große Summen verspielt habe und jetzt nervös sei, weil er diese Schulden nicht bezahlen könne.

»Wir werden einen ganzen Haufen Geld brauchen, um das Dach zu reparieren«, sagte Tanta Natalia scheinbar arglos. »Geld kann man nie genug haben.«

»Ich sage euch, dass im Weinberg ein Schatz vergraben ist, und ihr plappert von irgendeinem Dach«, sagte der Onkel und knallte die Tür hinter sich zu.

Eines Morgens war der Schnee auf einmal verschwunden. Der Erdboden zeigte sich nackt und fröstelnd und voller bunter Abfälle, die den Winter über unter einer Schneedecke gelegen hatten und auf einmal wieder auftauchten, wie fortgeworfene Dekorationen einer längst vergangenen Feier, die nun unnütz im Hof herumlagen. Der Küche war der behagliche und stille Frieden eines warmen Zufluchtsorts, den sie den ganzen Winter über gehabt hatte, verloren gegangen. Türen gingen auf und zu, jeden Moment kam irgendjemand herein oder ging hinaus, und der Kater Fjodor konnte nirgendwo ein ruhiges Plätzchen finden.

Und an einem dieser Vormittage, als der Frühling noch nicht da war, die Sonne aber den im langen Wintergrau ausgeblichenen Gegenständen im Hof langsam ihre eigentliche Farbe zurückgab, wurde es in der Küche ungewöhnlich lebhaft. Es war der Tag des Heiligen Tryphon und traditionsgemäß wollten wir in den Weinberg gehen. Tante Natalia buk große Mengen Mekici und schichtete sie in mehrere Töpfe. Opa Simon holte ein paar Flaschen Wein aus dem Keller. Mit Körben und Taschen beladen brach die gesamte Familie zum Weinberg auf.

Auf dem steilen Pfad gerieten wir alle außer Atem und zogen es vor, zu schweigen. »Vor zwei Nächten«, ließ sich da Onkel Filip vernehmen, »habe ich wieder von dem vergrabenen Schatz geträumt. Aber ich wollte euch gar nicht davon erzählen, ihr glaubt mir ja sowieso nicht.«

Das Gehen war anstrengend. Vielleicht äußerte deshalb niemand seine Meinung zur Bedeutung von Onkel Filips Träumen, weder um ihn zu ermuntern noch um ihm zu widersprechen.

Doch kaum waren wir im Weinberg angekommen, richteten sich aller Blicke auf die Stelle, wo der Traum den vergrabenen Schatz verortet hatte. Und jeder von uns sah es: Mitten zwischen den Rebpfählen, dem Baumstumpf und dem großen Stein lagen kleine Haufen frisch ausgehobener Erde. Wir rannten alle los, stürmten durch das Brombeergestrüpp, und die Tanten fluchten, während sie ihre Schals von den Dornen der Sträucher nestelten, die sie am Laufen hinderten.

Dann standen wir im Kreis um die tiefe Grube und starrten nach unten. Am Boden der Grube war nichts außer ein paar Splittern morsches Holz und einem Stück Strick.

»Das ist ja wie in der Geschichte aus ›Tausendundeiner Nacht‹«, rief meine Cousine Emilia.

»Ich hab's euch doch gesagt«, sagte Onkel Filip mit vorwurfsvollem Tonfall. »Drei Mal wurde mir diese Stelle im Traum gezeigt, aber es hat ja niemand auf mich gehört. Und da ist der Traum eben zu einem anderen gegangen. Und der hat auf ihn gehört und hat sich den Schatz geholt.«

»Aber das hier ist unser Land«, sagte Opa Simon wütend. »Und niemand hat das Recht, uns etwas wegzunehmen, was hier vergraben ist.«

In den darauffolgenden Tagen führte die Familie umfassende und langwierige Nachforschungen durch, um herauszufinden, welcher dreiste Eindringling es gewagt hatte, in unserem Weinberg zu graben, und vor allem, was er da gefunden hatte. In unserer Küche gaben sich morgens, mittags und abends die unterschiedlichsten Menschen die Klinke in die Hand: die Besitzer der angrenzenden Weingärten, Feldhüter, Steuereintreiber, Lastenträger, Altwarenhändler, Kesselflicker, seltsame alte Männer, die sich illegal mit archäologischen Ausgrabungen beschäftigten, Goldschmuggler, Jäger und Landvermesser – alle, die die Grabung vielleicht beobachtet oder etwas über ihr Ergebnis erfahren haben mochten. Die Gäste wurden von den Tanten mit dem besten selbst gebrannten Schnaps aus unserem Keller versorgt und Opa Simon fragte sie umständlich und vorsichtig aus nach den »Schurken, die in meinem Weinberg gegraben haben«. Onkel Filips Träume wurden dabei natürlich mit keinem Wort erwähnt.

Die Tanten gingen auf einen Kaffee zu ihren Freundinnen und fragten ganz beiläufig, ob in letzter Zeit vielleicht irgendjemand antiken Schmuck zum Verkauf angeboten habe, und am Wirtshaustisch lenkten die Onkel das Gespräch auf das Ausgraben verborgener Schätze und auf Gold, das außer Landes geschafft wurde. Doch dann führte die Spur ganz woandershin.

Zuerst erzählte ein Kutscher Opa Simon, dass der Schmied Jašar es abgelehnt habe, ihm eine kaputte Feder an der Kutsche zu reparieren. Außerdem sei ihm zu Ohren gekommen, dass dieser in letzter Zeit auch andere Kunden abgewiesen habe, mit der Begründung, sehr beschäftigt zu sein. Ein Spediteur erwähnte beiläufig, er habe dem Schmied Jašar just in den Tagen vor unserer Wanderung in den Weinberg sein Fuhrwerk ausgeliehen. Und als schließlich Onkel Filip erfuhr, dass nämlicher Jašar bei einem Seiler aus dem Basarviertel einen mehrere Meter langen, dicken Strick gekauft hatte, schloss sich der Kreis der Nachforschungen.

Opa Simon berief den Familienrat ein und in der Küche, aus der man mich, meine Cousine Emilia und den Kater Fjodor verbannt hatte, wurde lang und breit darüber beratschlagt, was zu tun sei. Der Nachmittag war bereits in eine durchscheinende, frühlingshafte Dämmerung übergegangen, als sie mit entschlossenem Ausdruck in den Gesichtern aus der verrauchten Küche kamen.

»Also«, sagte Opa Simon. Er blieb auf der Türschwelle stehen und nahm die Pose eines Heerführers ein, der seine Generäle über den Augenblick in Kenntnis setzt, in dem die Schlacht beginnen soll. »Morgen früh gehen wir zum Schmied.«

Die Onkel nickten nachdrücklich.

Eine knappe halbe Stunde später, als meine Cousine Emilia und ich gerade am Fluss spazieren gingen, ereignete sich in der Ferne, dort wo die Stadt aufhörte, eine heftige Explosion. Zuerst lief ein Beben durch die laue Luft und dann brach der Knall los wie eine aufplatzende Blase. Wir sahen, wie sich am dunklen Himmel eine feurige Faust öffnete, wie die orangenen Flammenfinger versuchten, etwas zu packen, wie sie sich kraftlos krümmten und kleiner wurden, um im nächsten Moment in einem violetten Widerschein zu verschwinden, gefolgt von kleineren Detonationen. Die Leute an der Uferstraße blieben in der Erwartung stehen, dass sich noch etwas ereignen würde, aber es tat sich nichts mehr. Nur die Hunde in den Vorstädten meldeten sich mit wütendem Gebell.

Spät nachts, als wir schon fast alle im Bett lagen, kam Onkel Jakov und im Haus wurde es unruhig. Kerzen wurden angezündet, Türen geöffnet und nervöser Lärm lief von Raum zu Raum. Ich rannte von dem Zimmer im ersten Stock, wo mich das Stimmengewirr aufgeweckt hatte, die Treppe hinunter; aus der anderen Tür kam im Nachthemd meine Cousine Emilia gelaufen. Auf den untersten Treppenstufen stehend, hörten wir die Neuigkeit: Jašars Schmiede war von einer heftigen Explosion völlig zerstört worden.

Der Polizeibericht am nächsten Tag war kurz. Der Schmied hatte eine große Ladung Munition, die aus dem Krieg stammte, ausgegraben und in der Schmiede versteckt. Beim Versuch, das Metall vom Sprengstoff zu lösen, waren er und seine zwei Söhne getötet worden.

Wir saßen in der Küche; die Frühlingssonne schien in den Hof, wo in einer Ecke die ersten Krokusse leuchteten. In den Zweigen der Sauerkirsche tauschten zwei Elstern lautstark kurze Mitteilungen aus. Im Gegensatz zu der Heiterkeit des Morgens wirkte die Küche wie ein Ort weit oben im Norden, auf dem ein kalter Schatten lastet. Die Familienmitglieder gingen auseinander, einer nach dem anderen fand einen Vorwand, um sich zu verabschieden.

»Das hier ist trotzdem anders als die Geschichte aus ›Tausendundeiner Nacht‹«, sagte ich. »Aber ich komme nicht darauf, woran das liegt.«

»Der Schmied hätte von einem von uns von dem Traum erfahren müssen«, sagte Emilia.

»Oder einer von uns hätte von der Explosion träumen müssen.«

»Oder Onkel Filip und der Schmied hätten sich in einem zufälligen Gespräch über ihre Träume austauschen müssen.«

»Oder der Schmied hätte vom Schatz träumen müssen und Onkel Filip von der Explosion.«

Wir versuchten vergeblich, Onkel Filips Träume in Einklang mit dieser bemerkenswerten Geschichte zu bringen. Immer passte irgendetwas nicht, immer wollte ein Detail der uns bekannten Ereignisse sich nicht in den Mechanismus der

Geschichte fügen, entsprach etwas nicht seiner Funktion, wich von ihr ab oder sperrte sich gänzlich. Es war, als hätten beide Geschichten – die aus dem arabischen Buch und die von uns erlebte – denselben Ursprung gehabt, seien dann aber auf ihrem Weg durch die Träume von Generation zu Generation in unterschiedliche Richtungen gegangen, um schließlich Formen anzunehmen, die von völlig unterschiedlichen Inhalten kündeten. Hatten die Träume in ihrer endlosen Aneinanderreihung auf dem Weg von einem Träumer zum nächsten etwa Schaden genommen?

»Ich habe den Eindruck«, sagte ich, »dass das alles anders hätte ablaufen sollen. Gleich von Anfang an. Schon seit Onkel Filips erstem Traum.«

»Was wollt ihr?«, fragte Onkel Filip, der in diesem Moment in die Küche gekommen war, gerade rechtzeitig, um meine letzten Worte mitanzuhören. »Wollt ihr etwa, dass ich nach euren Vorgaben träume? Ha, das könnte euch so passen!« Und er ging türenschlagend hinaus.

Der Kater Fjodor lag seiner winterlichen Gewohnheit gemäß am Ofen, der aber entgegen seiner Erwartung schon völlig erkaltet war. Er streckte sich und gähnte, als öde ihn das alles mittlerweile an.

DIE NACHTDROSCHKE

»Steigt niemals, wirklich niemals in eine Droschke ein, die in
Mondnächten euren Weg kreuzt!« Das war eines jener merkwürdigen, unverständlichen Verbote, die uns Opa Simon an
langweiligen Winterabenden aufzuerlegen pflegte. Dies geschah meistens vollkommen unvermittelt, und die Verbote
selbst klangen oft geradezu widersinnig. Er ging dann auch
immer schnell darüber hinweg – ganz so, als fände er sie selbst
ungehörig und schämte sich ihrer.

Ich hatte das Verbot schon wieder vergessen, als ich in einer
Aprilnacht auf dem Rückweg von Klassenkameraden, mit denen ich gelernt hatte, der Droschke begegnete. In der engen
Straße wirkte sie von fern wie ein riesiger schwarzer Schmetterling. Sie bewegte ihre großen Lederflügel, wackelte mit ihren seltsamen Verzierungen wie mit Fühlern und schepperte
kaum hörbar. Es sah lustig aus, wie sie sich fortbewegte: Auf
dem holprigen Straßenpflaster fuhr sie wie auf Eiern, wiegte
sich ungelenk in den Hüften, rollte schwankend dahin. Die
Straße war von grünlichem, kaltem Mondlicht übergossen.
Alles war in Reichweite und doch nicht greifbar, alle Dinge
waren durch ihre blassen Schatten verdoppelt und doch in ihrer Blässe eins mit ihnen. Die Luft war voller kleiner silberner

Bläschen: Erste Frühlingselektrizität durchströmte sie und die kleinen säuerlichen Kügelchen des Kohlendioxids stiegen auf wie in einer gerade geöffneten Flasche Mineralwasser.

Über und über von feinstem Mondstaub bedeckt kam die Droschke langsam näher. Ein Gesicht mit Schnauzbart beugte sich vom hohen Kutschbock zu mir herunter und nuschelnd sagte der Kutscher seinen Zauberspruch auf: »Wohin wünscht der junge Herr zu fahren?«

Obwohl es schon spät war, kam mir der Gedanke, ich könne ja bei meiner Cousine Emilia vorbeischauen. Plötzlich erschien mir eine Kutschfahrt durch die Straßen voller Mondlicht in der schon schlummernden Stadt ausgesprochen verlockend. Die Droschke war noch nicht ganz zum Stehen gekommen, da hatte ich schon den Messinggriff gepackt und war eingestiegen. Im Halbdunkel des Fonds schimmerte der abplatzende Lack, es duftete nach Heu. Ich bemerkte, dass ich nicht allein war: In einem Winkel saß jemand. Aus einem hochgeschlagenen Pelzkragen drangen leises Lachen wie Mäusequieken und das Geraschel von Stanniolpapier. In die Sitzecke gekauert aß jemand Bonbons.

Ich hustete ein paarmal, um zu unterstreichen, wie unangenehm meine Situation war, und sagte dann, wenn auch mit einer gewissen Verspätung: »Guten Abend.«

Die Droschke fuhr unter einer Straßenlaterne hindurch und aus dem Pelzkragen tauchte ein verwuschelter Haarschopf auf. »Guten Abend«, erwiderte meine Cousine Emilia dort in der Ecke. »Ich habe vorzügliche Bonbons«, sagte sie und lachte wieder spitz und quiekend wie eine Maus. »Magst du?«

Zuerst wollte ich sie fragen, was sie eigentlich so spät am Abend in einer Droschke zu suchen habe, überlegte es mir aber dann doch anders. Sie hätte mich ja genauso gut das Gleiche fragen können. Und außerdem wäre ich gar nicht in der Lage gewesen, etwas zu sagen. Meine Cousine Emilia hatte nämlich sofort begonnen, mich mit Bonbons zu füttern, mir den Mund mit ihren klebrigen Formen zu füllen, mich mit ihnen vollzustopfen. Sie wickelte das Stanniolpapier ausgesprochen geschickt auf, biss ein Stück vom Bonbon ab, um zu kosten, und steckte ihn mir dann in den Mund. Dabei nannte sie immer den Namen der Frucht, aus der die Füllung bestand.

Draußen zogen in tiefen Schlaf versunkene Häuser mit vollkommen grünen Fassaden vorüber. Das Mondlicht lag glänzend darauf wie alter, verschlissener Futterstoff, wie ein Seidenkleid, das lange getragen und dann beiseitegelegt worden ist. Ganze Straßenzüge standen da wie unbrauchbare, vergessene Kleiderständer, als die Droschke mit uns beiden in der Obhut ihres Verdecks groß und ungeschlacht durch sie hindurchfuhr.

Der Kutscher fragte nicht, wohin er fahren sollte: Die Droschke hielt auf ein ganz bestimmtes Ziel zu, bog überraschend ab, drang in unbekannte Stadtviertel vor, versank in Dunkelheit und tauchte gleich darauf wieder in den runden Lichtinseln unter den Straßenlaternen auf.

Doch auf einmal kam sie unter einer Laterne langsam zum Stehen.

»Na endlich«, sagte eine Stimme, und in der Türöffnung der Droschke erschien, überraschend groß, ein Kopf mit wirren weißen Haaren. »Ich bin der Advokat Antonio Zuzarte da Costa e Silva«, sagte der Unbekannte mit einem liebenswürdigen Lächeln. So ein Name war natürlich auch für einen Advokaten ungewöhnlich, aber er tat so, als wäre er sich dessen nicht bewusst. Passend zu seinem Namen hatte er den Kopf eines Löwen, der gerade durch eine Baumwollmanufaktur gerannt ist: Überall an ihm hingen Federn, Haarbüschel und kleine Baumwollwölkchen. »Was für eine Nacht«, sagte er. »Ich störe doch nicht?«

»Überhaupt nicht«, sagte ich, »machen Sie sich da mal keine Gedanken.« In einer solchen Nacht, so viel war mir klar, war es vollkommen logisch, dass jemand, der einen so langen und unmöglichen Namen trug, Advokat war und eine Droschke mit Fahrgästen mitten auf der Straße anhielt.

Als hätte ich ihn damit ermutigt, machte es sich der Advokat auf dem Sitz bequem. »Ich habe es eilig«, sagte er plötzlich in einem offiziellen Tonfall. »Ein wichtiger Mandant erwartet mich im Hotel Lissabon. Hotel Lissabon!«, rief er dann lauter, damit ihn der Kutscher hörte. »Rasch!«

Ich wollte ihm sagen, dass das Hotel Lissabon, wie in diesen Tagen aus der Lokalzeitung zu erfahren war, seinen Namen gerade in Hotel Fortschritt geändert hatte, aber ich schwieg. In einer solchen Nacht war das nur eine belanglose Kleinigkeit.

Als antworte es auf den Zuruf, schlug das Pferd ungeduldig mit dem Schwanz gegen das Geländer des Kutschbocks. Ohne sich umzudrehen, knallte der Kutscher mit der Peitsche und die Droschke rumpelte schaukelnd und hüpfend über das holprige Pflaster. Über ihr flogen, die Dunkelheit wie blitzende Messer durchschneidend, Fledermäuse vorbei.

Der Advokat Antonio Zuzarte da Costa e Silva schaute auf seine große Taschenuhr, schnippte mit den Fingern und rief unablässig: »Schneller, schneller!«

Wie Schatten sausten die großen Kronen der Bäume rauschend über uns vorbei. Die Droschke rumpelte unter

weit ausladenden Linden dahin. Alles an ihr klapperte und
schepperte. Der alte, rissige Lack ächzte: Die ganze Droschke ähnelte einer betagten, verstimmten Ziehharmonika. Wir
drinnen schaukelten wie an Deck eines Schiffes im Sturm hin
und her. Der Kutscher saß unbeirrbar auf dem Bock. Er knallte mit der Peitsche durch die grüne Luft, rief dem Pferd etwas
zu, ließ die Zügel knallen, und die Droschke raste durch die
grüne, scheel blickende, unruhige Nacht.

»Hoppla«, rief der Advokat Antonio Zuzarte da Costa e
Silva, wann immer ein Rad gegen einen größeren Stein
schlug, und wie auf Kommando hielten wir uns an den Messinggriffen fest.

»Schneller«, rief der Advokat, dessen Stimmung immer
besser zu werden schien. Im Mondlicht schimmerte sein weißes Haar grünlich. Er rieb sich die Hände, zwinkerte meiner
Cousine Emilia zu und klopfte mir freundschaftlich auf die
Schulter, als verspreche er mir unbekannte und verbotene Ge-
nüsse, die uns am Ziel unserer Fahrt erwarteten. »Was werden wir für einen Spaß haben!«, murmelte er und lachte zufrieden. Den Mandanten, der ihn zu dieser ungewöhnlichen
Nachtzeit im Hotel erwartete, schien er vergessen zu haben.

Hin und wieder warf ich einen Blick nach draußen und versuchte, mich zu orientieren. Aber dort glitten unbekannte
Straßen vorbei, Häuser mit seltsamen Schatten auf den Fassaden, Gärten voller Pflanzen, deren Blätter glänzten, als wären
sie aus Wachs. Es war, als folgte der Kutscher einem geheimen
Stadtplan, als wäre er mit ihren verstecktesten Wegführungen
vertraut. Er fuhr mit hoher Geschwindigkeit, ohne an Kreuzungen zu zögern, wählte präzise den Abbiegewinkel und vermittelte so den Eindruck, dass er genau wusste, wohin er fuhr.

»Wir sind da«, sagte der Advokat plötzlich und die Droschke kam tatsächlich zum Stehen. Ich sah hinaus: Offenbar waren wir durch enge Seitenstraßen, die ich immer für Sackgassen gehalten hatte, zum Hotel gelangt. Jetzt standen wir
vor dem erleuchteten Hoteleingang, und zu meiner großen
Verwunderung prangte über dem Eingang noch immer in
Leuchtschrift der Namenszug »Hotel Lissabon«. Vielleicht
war die Änderung noch nicht in Kraft getreten, oder es handelte sich um die übliche Trägheit, wie immer, wenn in der
Stadt etwas verändert werden sollte.

Der Advokat sprang aus der Kutsche, hielt kurz inne und
reichte mir dann seine große schwarze Tasche. »Ich bin gleich
zurück«, sagte er. »Ich sehe nur einmal nach, ob man noch
auf mich wartet.« Dann verschwand er hinter der großen
Glastür des Hotels.

Wir warteten. Die Straße war leer, vom Rücken des Pferdes
stieg Dampf auf, der Kutscher gähnte. Im Mondlicht erkannte man selbst die kleinsten Details der Verzierungen des Pfer-
degeschirrs, Lederrosetten, blaue Fayence-Perlen, Pailletten,
Glaskügelchen. Ich zählte sie, verzählte mich, begann von
Neuem. Meine Cousine Emilia räkelte sich schläfrig. Der Advokat blieb verschwunden: Im Hotel war alles ruhig, außer
dem Vestibül waren nur noch zwei Zimmer im ersten Stock
erleuchtet. Hin und wieder hörte man von fern ein Geräusch;
vielleicht ein Gespräch oder auch nur schlafende Gäste, die
im Traum ihre zusammenhanglosen Selbstgespräche führten.

»Wir können nicht die ganze Nacht hier bleiben«, sagte
meine Cousine Emilia. »Ich gehe los und suche ihn.« Schon
war sie mit der Leichtigkeit einer Schlafwandlerin hinaus-
gesprungen, und während ich noch die Hand ausstreckte und

etwas sagen wollte, war sie bereits durch die Eingangstür geschlüpft und im Inneren des Hotels verschwunden.

Die Nacht wurde langsam kälter. Am Himmel wechselten die Sternbilder: Orion fuhr auf seinem Weg quer über den Himmel in seinem Wagen vorbei, vor ihm flohen die Plejaden und ihm auf den Fersen breitete der Skorpion seine Scheren aus. Das Pferd döste bereits, der Kutscher auch.

Ungeduldig und nervös geworden, beschloss ich schließlich ebenfalls hineinzugehen. Ich wollte den Kutscher nicht aufwecken, sonst hätte er sich womöglich aufgeregt, hätte sofort sein Geld verlangt, hätte uns hier stehen lassen. Ich nahm die große schwarze Tasche des Advokaten, öffnete vorsichtig die Hoteltür und stahl mich geräuschlos hinein.

Drinnen schlief hinter dem Empfangstresen der Pförtner, den Kopf auf die mit Zeitungen bedeckte Tischplatte gelegt. Ein Ohr war ans Holz gepresst, als lausche er auf etwas. Entferntes Schnarchen in wechselnder Lautstärke war zu hören: In einem der zahlreichen Zimmer rang ein Schläfer nach Luft.

Mir fielen die beiden erleuchteten Zimmer wieder ein. Vorsichtig, um den Portier nicht aufzuwecken, schlich ich zur Treppe. Der äußere Eindruck vollkommener Stille hatte getrogen, das Hotel war von Lauten erfüllt: Im Schlaf murmelten, stöhnten und seufzten die Gäste. Manche summten fröhlich vor sich hin. Ich tastete mich zu einer Tür vor, hinter der Licht brannte, und klopfte leise an. Es kam keine Antwort. Behutsam öffnete ich die Tür: Es war eine kleine Kammer, sicher eine von denen, die den Zimmermädchen als Schlafzimmer dienten. Darin befand sich eine Unmenge gebügelter und ordentlich aufgestapelter Handtücher. Auf den Stühlen, dem Tisch und dem Fußboden erhoben sich wahre Türme aus aufgeschüttelten Kissen. Und auf dem Bett lag in einem gewaltigen Haufen Kissen meine Cousine Emilia und schlief. Es war offensichtlich, dass sie auf der Suche nach dem Advokaten hierhergelangt war, der großen Versuchung, die das Bett voller Kissen darstellte, nicht hatte widerstehen können und eingeschlafen war.

Ich wollte das alles endlich zu einem Ende bringen. Ich musste ja nur noch dem Advokaten die Tasche zurückgeben und dann meine Cousine Emilia wecken, damit wir die Droschke nehmen und nach Hause fahren konnten. Fest entschlossen, diese unsinnige Spritztour zu beenden, verließ ich die kleine Kammer und ging zu der anderen Tür, hinter der Licht zu sehen war. Sie stand halb offen.

Bevor ich eintrat, spähte ich erst einmal hinein. Es war ein großer Raum voller Spiegel, eine Art Salon, in dem wahrscheinlich Geschäftsverhandlungen, offizielle Abendessen und intime Feierlichkeiten stattfanden. Ganz hinten im Salon saß der Advokat, und ihm gegenüber, in dem riesigen Samtsessel fast versunken, unser Opa Simon. Die beiden waren in ein vertrauliches Gespräch vertieft. Sie lächelten einander zu, tätschelten sich die Knie, zwinkerten und hoben bedeutungsvoll die Brauen. Vor ihnen auf dem Tisch lagen aufgeschlagen schwere Geschäftsbücher, alte, in Leder gebundene Mappen, einzelne Blätter voller Zahlenkolonnen. Darauf standen Gläser, in denen Reste von grünen und rosafarbenen Likören leuchteten. Aus dem Verhalten der beiden ließ sich leicht schließen, dass sie einander schon lange kannten und sich viel zu sagen hatten.

Plötzlich wurde mir bewusst, dass sich meine Lage jäh verkompliziert hatte. Das Verbot, in die Nachtdroschke zu steigen, die Unmöglichkeit, meine Anwesenheit im Hotel zu dieser nächtlichen Stunde zu erklären, die Gegenwart meiner Cousine Emilia im Nebenzimmer – all das versetzte mich in Panik. Genau in diesem Moment erhob sich der Advokat mit dem seltsamen Namen, klatschte in die Hände und rief: »Meine Tasche!« Niemand antwortete. Nur in einem der benachbarten Zimmer hörte man einen Gast schnarchen, erstaunlich hoch und mit wiederkehrenden Aussetzern.

»Meine Tasche!«, rief der Advokat noch einmal und näherte sich der Tür. Panisch rannte ich durch den Korridor. In der Tür der kleinen Kammer erschien meine Cousine Emilia, eben erst aufgewacht und noch ganz verschlafen. »Schnell«, sagte ich und zog sie an der Hand hinter mir her. Wir waren schon auf der Treppe, als oben, im dunklen Korridor, der Advokat mit tiefer Stimme zu brüllen begann. Der Schall verstärkte sich noch in den leeren Fluren, durch ihre Windungen gebrochen.

»Meine Tasche!«, donnerte der Advokat gebieterisch; in den Zimmern wachten die Gäste auf. Jäh aus dem Schlaf gerissen galt ihr erster Gedanke einer Überschwemmung oder einem Erdbeben. »Meine Tasche!«, brüllte der Advokat Antonio Zuzarte da Costa e Silva und weckte damit das ganze Hotel auf. Wir stürzten die Treppe hinunter. »Stehen geblieben!«, rief der Portier uns nach. Ich schlug die Glastür hinter uns zu. In den Zimmern gingen die Lichter an.

Der Kutscher war wach und erwartete uns schon. Das Pferd stampfte ungeduldig mit den Hufen auf das Pflaster. »Vorwärts«, rief ich, als ich, meine Cousine Emilia mit mir ziehend, in den Sitz fiel, »vorwärts!«

Darauf schien der Kutscher nur gewartet zu haben. Die

Droschke flog förmlich durch die Nacht. Über uns sprühten die Sternbilder auseinander und fügten sich dann wieder zu einem Gebinde. Im Handumdrehen war das aus seiner Ruhe aufgescheuchte Hotel in der Nacht versunken. Die Häuser flogen nur so an uns vorüber, die Schläfer wurden vom Hufgeklapper auf dem Straßenpflaster aus ihrem Schlaf gerissen. Dröhnend und donnernd wie schwere Artillerie stürmte die Droschke voran: In den Häusern, an denen wir vorbeifuhren, träumten die Schläfer von der Explosion, die sich an Bord der Guadalquivir ereignet hatte.

Wir rasten durch die Stadt, deren Grundriss der Mond verändert hatte. Die Nacht war zu einer großen, unerforschten Gegend geworden, die nur wir durchreisten, die einzigen Zeugen ihrer doppelten Wesenheit. Ihre zwei Ebenen waren fast sichtbar geworden: die eine, übersichtlich und vereinfacht, auf der reglos und versunken die Körper der Schlafenden lagen, und die andere, unendlich verworren und voller Überraschungen, auf der wir uns bewegten.

»Die Tasche«, sagte meine Cousine Emilia. »Du musst die Tasche loswerden.« Da sah ich, dass ich noch immer die Tasche des Advokaten umklammert hielt. »Schnell«, sagte meine Cousine Emilia. »Wirf sie fort!« Wir fuhren gerade über eine Brücke. Unten schimmerte die grünlich geschuppte Oberfläche des Flusses. Die Tasche beschrieb einen weiten Bogen. Man hörte nicht, wie sie ins Wasser klatschte: Die Brücke dröhnte unter der dahindonnernden Droschke.

»Schnell«, sagte meine Cousine Emilia. Die Droschke hatte gehalten. Wir standen vor dem Haus, in dem sie wohnte. »Schnell, küss mich«, sagte sie mit verschlafener Stimme und schwang sich mit schon fast geschlossenen Augen aus der

Droschke. Im Hof schimmerte noch einige Male der Pelz ihres Kragens auf, doch dann flogen über den Rosenblättern, die glänzten, als wären sie aus Wachs, wieder nur Fledermäuse dahin.

Vor unserer Haustür wollte ich den Kutscher bezahlen. »Das geht alles auf Rechnung des Hotels Lissabon«, rief er und knallte mit der Peitsche. Ich schlüpfte ins Haus. In den Fluren hörte man das Schnarchen eines Onkels, eine Tante murmelte im Schlaf. Aus meinem Zimmerfenster waren der im Mondlicht funkelnde Garten und darüber die gewaltige grüne Nacht zu sehen. Als ich einschlief, glaubte ich in der Ferne noch immer das Dröhnen der Droschke auf dem Straßenpflaster zu hören.

*
* *

Am nächsten Morgen sah ich auf dem Weg zur Schule, wie Arbeiter über dem Hoteleingang den neuen Namenszug anbrachten: Hotel Fortschritt. Die vergangene Nacht war die letzte gewesen, in der ein Hotel namens Lissabon existiert hatte. Es schien, als wäre dieser Name einer fernen Stadt damit für immer aus unserem Leben verschwunden, als wäre er von den Landkarten unserer Nächte gewischt worden. Doch dem war nicht so.

Etwa zehn Tage später bekam Opa Simon einen Brief in einem dicken gelben Umschlag. Auf dem Umschlag klebte eine große Marke mit dem Bild eines Würdenträgers in Samtrobe und Spitzenkragen.

Auf dem Stempel ließen sich Buchstaben erkennen: Lissabon. Opa Simon zog sich in sein Zimmer zurück und blätterte lange in dem Atlas, den Gesetzbüchern zu internationalem

Recht, den Preisverzeichnissen der Eisenbahn und dem portugiesisch-griechischen Wörterbuch aus der Stadtbücherei.

Verstimmt und besorgt murmelte er Unverständliches vor sich hin, zählte etwas an den Fingern ab und schnaubte durch die Nase.

Eines Abends war mir dann, als hörte ich wieder die Droschke. Im Hof, ganz nah bei meinem Fenster, wieherte das Pferd, rasselte das Geschirr, knarzte der Lack des Verdecks. Im Haus waren Schritte zu hören, jemand ging auf und ab, die Tanten weinten.

Ein paar Tage lang wurden in Opa Simons Zimmer große Kisten zusammengenagelt. Opa kam nur selten heraus. Einmal sah er meine Cousine Emilia und mich im Vorbeigehen an und sagte: »Was ich wegen eurer Dummheiten alles tun muss!«

Ein anderes Mal hörte ich, wie er schimpfend meinen Namen nannte und meinte: »So ist das, wenn man nicht auf meinen Rat hört!«

Die weinenden Tanten wiederholten ständig: »Das wird uns ruinieren!«

Einmal gelang es mir, einen Blick in eine der Kisten zu werfen: In Hobelspäne und Heu gebettet lagen da die Laternen der Droschke, ihre Messingverzierungen und Metallteile und das schwarz lackierte Verdeck, das an eine Ziehharmonika erinnerte.

Auf der Kiste stand in großen Buchstaben der Name der Stadt, in die sie verschickt werden sollte: Lissabon. Und kleiner darunter stand der Name des Advokaten Antonio Zuzarte da Costa e Silva.

In Einzelteile zerlegt, reiste die Droschke also, warum auch immer – infolge eines für uns natürlich unverständlichen Geschäfts, als Schadensersatz oder Begleichung einer Schuld, als Sonderprovision oder als Strafzahlung? –, nach Lissabon.

Vielleicht taucht sie in dieser fernen Stadt noch immer unverhofft an den Straßenecken auf und lädt die Vorübergehenden ein, mit ihr durch eine unglaubliche Mondnacht zu gleiten?

DAS HOTEL LISSABON

Das später in Hotel Fortschritt umbenannte Hotel Lissabon war ein regelmäßiges Ziel unserer Streifzüge. Ein einziger Blick durch die gewaltigen, dunkelgrünen Wolken der städtischen Linden auf seine graue Fassade genügte, und schon überkam uns eine eigenartige Erregung. Diese Fassade war das Lebenswerk eines Sonderlings mit wirren Architekturkenntnissen und einem Hang zur Verschwendung: Da hingen schwere Rosengirlanden, entleerten sich Füllhörner, neigten sich Körbe voller Obst. Auf dem grauen Mörtel des Schmuckwerks hatten sich mit den Jahren feiner Sommerstaub und verkrusteter Taubenkot abgelagert. Über der Tür hingen Schilder längst nicht mehr bestehender Versicherungsanstalten, und oben, auf der Balustrade der Dachterrasse, auf die niemals jemand hinaustrat, reihten sich Skulpturen von Männern und Frauen in opulenten Kleidern und feierlichen Posen.

Oft starrte meine Cousine Emilia hinauf und wiederholte dann: »Ach, wenn ich doch nur eine Nacht dort verbringen könnte!« Dabei trat immer der abwesende Ausdruck von Träumenden auf ihr Gesicht. »Du bist verrückt«, sagte ich. »Du bist vollkommen verrückt. Du hast ja keine Ahnung, was sich dort alles abspielt.«

Über das Hotel waren in der Stadt unglaubliche Geschichten im Umlauf, man erwähnte es mit vielsagendem Zwinkern und mit anzüglichem Grinsen. Aber es ließ sich nichts Bestimmtes und Handfestes in Erfahrung bringen. Alles blieb im Ungefähren, ging über rätselhafte Anspielungen nicht hinaus. Jedes Gespräch ähnelte bereits vorangegangenen, in denen alles schon gesagt worden war, sodass sich die Gesprächspartner nur noch mittels Andeutungen an das früher Gesagte erinnern mussten. Ging man am Hotel vorüber, war Zweideutiges zu vernehmen, jeder senkte die Stimme und flüsterte nur noch. Und über den Tratschenden erhob sich die graue Schimäre, das merkwürdige, unförmige Hotelgebäude, mit Schmuckwerk überladen wie eine Geburtstagstorte.

Meine Cousine Emilia und ich kamen oft am Hotel vorbei. Wir versuchten dann, hinter das Geheimnis zu dringen, das das Gebäude umgab wie eine nicht bis zum Ende erzählte Geschichte. Wenn wir am Eingang vorbeigingen, verlangsamten wir unsere Schritte, blieben stehen und taten so, als interessiere uns in diesem Moment etwas ganz anderes. Wir schauten zum Himmel: Dort wuchsen schiefe Wolkentürme, flogen Löwenzahnsamen, zog ein Flugzeug vorüber. Im Vestibül hinter der Glastür war nichts zu erkennen außer den glänzenden Messinggriffen und einem roten Fleck – dem Teppich. Es schien uns, als würden wir das Geheimnis niemals ergründen.

Doch plötzlich, in den letzten schönen Herbsttagen, als von den Kastanienbäumen an den Boulevards die glatten und glänzenden Früchte fielen, machte sich bei uns zu Hause Unruhe breit. Ein Brief war eingetroffen: Auf dem Rückweg von einer weiten Reise würde ein entfernter Verwandter mit seiner Kinderschar durch unsere Stadt kommen. Aus irgendeinem Grund wollten alle, dass sie bei uns übernachteten. Es war von irgendwelchen Schulden die Rede, vom Vermögen des Verwandten, von einer Erbschaft. In dem engen Haus wurde es turbulent, ein Familienrat nach dem anderen wurde einberufen, die Nervosität summte wie eine Fliege an der staubigen Fensterscheibe. Schließlich war die Entscheidung gefallen: Opa Simon und ich würden im Hotel übernachten, um den Gästen Platz zu machen.

Abends, als sich die Gäste unter halbherzigem Protest in ihrem Zimmer eingerichtet hatten, machten Opa Simon und ich uns auf den Weg ins Hotel. Opa trug einen kleinen schwarzen Koffer, den er nur zu besonderen Gelegenheiten dabeihatte, was unserer Mission einen nicht alltäglichen Anstrich verlieh. Der Sommer war vorbei, in der Stadt roch es nach geschmorter Paprika, nach Trester und nach gegrillten Maiskolben. Durch das spärlicher gewordene Laub der Bäume blitzten die jäh vergrößerten Sterne und in der immer dünner werdenden Luft hörte man die durchdringenden Töne abendlicher Zurufe und Pfiffe: Die Stadt lebte nun das Leben der ersten Herbstnächte, ein Leben voller Eigentümlichkeiten.

Vor dem schwach beleuchteten Hoteleingang standen zwei Männer. Aufgeregte Stimmen waren zu hören, einer schimpfte, doch dann wurden die Stimmen plötzlich leiser, bis sie schließlich nur noch ein vertrauliches Flüstern waren. Den einen der beiden erkannten wir sofort: Es war der Hotelportier, doch ohne seine übliche Streifenmütze und in einem ärmellosen Hemd. Er nahm von dem anderen eine große Wassermelone entgegen, wobei er irgendetwas zu versprechen und zu bejahen schien. Als wir näherkamen, erkannten wir auch den anderen: Muto, der Stadtverrückte, ein im Müll schlafender Obdachloser, versuchte, dem Portier etwas in seiner stockenden, klebrigen und schlecht durchgekauten Sprache aus unvermittelten Schreien und klanglosem Gemurmel zu sagen. Ich kannte Muto aus den Gruselgeschichten, die an den Abenden erzählt wurden: Die Mädchen hatten furchtbare Angst vor ihm, und meine Cousine Emilia erzählte, dass er ihr einmal stundenlang hinterhergelaufen sei und ihr geifernd seine kehligen Wörter nachgerufen habe, seine verzweifelten Schreie voller Hoffnungslosigkeit. Es war mehr als ungewöhnlich, dass sich ein Hotelportier mit ihm unterhielt – ganz davon zu schweigen, dass er im Austausch gegen wirre Versprechen Geschenke von ihm annahm.

Der Portier spürte, dass er beobachtet wurde, zuckte zusammen und stand einen Augenblick lang unschlüssig da. Opa Simon rief ihn an, der Portier erkannte uns und kam mit der Melone auf den Armen auf uns zu. Doch auf halbem Weg überlegte er es sich anders, kehrte mit offensichtlichem Bedauern um und legte sie dem Stadtstreicher in die Hände. Muto stieß einen seiner dunklen und gutturalen Schreie aus, die tief in seinem Körper entstanden und abrupt abbrachen, wenn sie nach draußen gelangten. In seinem Schrei lag etwas zwischen Bitte und Vorwurf, zwischen Überraschung und Kränkung.

Ohne ihn weiter zu beachten, führte uns der Portier über die Treppe und durch die Korridore des Hotels. Er versuchte, den schlechten Eindruck, den er durch die Gesellschaft, in der er von uns ertappt worden war, hinterlassen haben mochte, um jeden Preis wettzumachen. Seine Bewegungen wirkten gekünstelt und übertrieben: Er wedelte mit den Händen, um uns auf eine gefährlich weit vorragende Ecke aufmerksam zu machen, ging auf Zehenspitzen, um uns zu bedeuten, dass wir leise sein sollten, und spreizte bei leicht angehobenem Ellenbogen die Finger der linken Hand ab, als wolle er uns auf ein besonders schönes Detail der Hoteleinrichtung hinweisen. Mein Opa verfolgte diese Bewegungen mit offensichtlichem Missfallen, er runzelte die Stirn, wandte sich ab und wischte sich mit einem weißen Taschentuch den Schweiß von der Stirn.

»Ungeheuerlich«, sagte er, als wir schon im Bett lagen. »Das ist ungeheuerlich. Zu meiner Zeit haben Portiers keine Melonen von den Stadtverrückten angenommen.«

Ich lauschte seinem verdrießlichen Gemurmel und schlief darüber ein.

Als ich aufwachte, stand mitten im Fenster ein gewaltiger roter Mond. In der Luft hing der Duft von Wassermelonen. Mein Opa lag nicht in seinem Bett.

Verwirrt und beunruhigt setzte ich mich auf. Ohne mich zu rühren, wartete ich ein paar Minuten ab und stand dann auf. Im Zimmer war es taghell, nur die Schatten waren von einer tiefvioletten Dichte, wie die Schatten von Gräsern am Grunde eines Flusses.

Ich zog mich an, allerdings ohne in die Schuhe zu schlüpfen. Jemand schien durch den Korridor zu gehen. Als ich annahm, derjenige sei vorüber, glitt ich hinaus.

Es war niemand zu sehen. Die langen Bahnen der Teppiche erstreckten sich in die Ferne wie Wege, denen man folgen sollte. Ich ging bis zur nächsten Ecke und dann weiter zur nächsten. Der Gang schlängelte sich in unerwartete Richtungen, verzweigte sich, führte einige Stufen nach unten, dann wieder hinauf. Von außen sah das Hotel ziemlich klein aus, aber hier drinnen hatte es sich in einen unübersichtlichen Bau verwandelt, in ein unbegreifliches Wirrwarr aus Durchgängen und Treppen.

Es machte mir Spaß, mit bloßen Füßen auf dem weichen Teppich lautlos durch die vollkommen stillen Korridore zu laufen. Der Mond zeigte sich mal von links, mal von rechts, seine blassgelben Streifen strichen über die Wände und den Fußboden. Bevor ich auf sie trat, berührte ich sie vorsichtig mit den Zehenspitzen, wobei ich ständig darauf gefasst war, ihre Kälte auf der Haut zu spüren. Ich bewegte mich langsam durch das große, von leuchtender, unermesslicher Stille erfüllte Haus wie durch das riesige, verschlungene Gehäuse einer längst ausgestorbenen Schneckenart. Dass ich eigentlich losgegangen war, um meinen Opa zu suchen, hatte ich vergessen. Jetzt lockte mich das Haus selbst – die Anordnung seiner Korridore, die ganze irritierende Konstruktion. Durch die Zimmertüren drangen gedämpfte Geräusche. Schwer lasteten die Unterwasserträume auf den Schläfern, sie tauchten in die Tiefen der Laken ein und schwammen hin und wieder nach oben, um röchelnd wie Ertrinkende nach Luft zu schnappen.

Ich lauschte ihren sinnlosen Selbstgesprächen und endlosen Klagen und fand mich am Ende eines Korridors plötzlich vor einer Glastür wieder, die auf eine der Seitenstraßen rund um das Hotel führte. Dort stand Muto. Er hielt die großen Messinggriffe umklammert und starrte mit riesigen, blutunterlaufenen Augen und halb geöffnetem Mund herein. Als er mich entdeckte, schaute er mich sehnsüchtig an, brabbelte etwas, das wie eine Bitte klang, und deutete auf den Türgriff: Er wollte, dass ich ihn einließ. Einen Augenblick lang stand ich wie erstarrt da, dann wich ich zurück. Muto bemerkte, dass ich mich entfernte. Er schrie verzweifelt auf und begann, mit aller Kraft an den Türgriffen zu rütteln.

Ich rannte zurück. Doch ich irrte mich in den Korridoren, geriet an Abzweigungen ins Zweifeln, kehrte immer wieder um. Die Gänge sahen alle gleich aus, und panisch stellte ich fest, dass die Verzierungen, an denen ich mich orientiert hatte, überall dieselben waren. Und schließlich, als ich so blindlings durch die dunklen, nur hin und wieder in großen, leuchtenden Quadraten vom Mondlicht erhellten Korridore lief, wurde mir klar, dass ich die Zimmernummer vergessen oder genau genommen nie gewusst hatte.

Ich versuchte, mich an irgendein charakteristisches Detail zu erinnern, doch vergebens. Die Türen sahen alle gleich aus und der Mond hinter den Fenstern verfremdete den Ort noch zusätzlich.

Trotzdem versuchte ich an der Stelle des Korridors, die mir noch am ehesten bekannt vorkam, ein paar Türen zu öffnen. Sie waren verschlossen. Dann probierte ich es mit der letzten in der Reihe. Die Klinke gab nach. Vorsichtig öffnete ich die Tür. Sie führte auf einen kleinen und engen gewundenen Gang. Ich schlüpfte hinein und versank in der Dunkelheit. Mir schien, als hörte ich aus der Ferne, vom Ende des Ganges, Stimmen. Dann verstummten sie. Ich ging weiter den Gang entlang und drückte die Klinke der Tür am anderen Ende herunter.

Die Tür öffnete sich. Als sich meine Augen an das Licht gewöhnt hatten, bemerkte ich, dass ich auf einer Empore stand, unter der sich eine Art Theatersaal erstreckte. Rundherum brannten blass-gelbe Leuchter und brachten die Vergoldungen zum Glänzen. In den Sesseln saßen Hotelgäste und warteten auf irgendetwas. Ein paar von ihnen saßen offenbar schon länger hier, zumindest ließ die Schläfrigkeit, die sie überkommen hatte, darauf schließen. Sie waren tief in die großen Sessel aus rotem Samt gesunken und hatten die Kraft verloren, ihre Köpfe aufrecht zu halten, die wie weiche, welke Blüten auf die Lehnen gesunken waren. Obwohl ich nie davon gehört hatte, dass es in der Stadt so etwas wie ein Theater gab, war das hier doch ganz offensichtlich eines: Auf der einen Seite öffnete sich der Raum zu einer Art Bühne, die von einem großen verschnörkelten Rahmen aus vergoldetem Gips umgeben und mit einem schweren Samtvorhang verschlossen war.

Fast im selben Augenblick, in dem ich auf der niedrigen Empore erschien, wo sich sonst niemand befand, schlüpfte hinter dem Samtvorhang ein Mädchen hervor. Ich erkannte sie sofort: Es war meine Cousine Emilia, in einem langen weißen Kleid und mit einem Gesicht von durchscheinender Blässe. Sie bewegte sich langsam zu den Klängen kaum hörbarer Musik, die langen Schöße ihres Kleides schwangen hin und her. Ihre Augen waren ungewöhnlich weit aufgerissen: Sie schien nichts damit zu sehen – oder aber sie sah etwas ganz anderes, das für uns Übrige unsichtbar blieb. Ihre Bewegungen waren weich, ganz langsam und fließend; sie glitt dahin, wie Träumende dahingleiten.

Ihr Erscheinen brachte die Menschen in den Sesseln nicht aus der Ruhe. Als seien sie schon an sie gewöhnt, öffneten sie nur kurz die Augen, hoben verschlafen die Köpfe und ließen sie dann erneut zurücksinken. Doch mochte sie ihnen auch gleichgültig sein – meiner Cousine Emilia waren sie es nicht. Sie verstärkte ihre Bemühungen, ihre Aufmerksamkeit auf sich zu ziehen, verrenkte sich, stellte sich auf die Zehenspitzen, rang flehentlich die Hände. Um sie herum blähte sich ihr langes Kleid wie eine Wolke. Sie tanzte immer schneller, immer angestrengter; auf ihrem Gesicht malte sich ein leidender Ausdruck.

Im Zuschauerraum war kaum jemand mehr wach. Von unbezwingbarer Müdigkeit, von irgendeiner schweren, erdrückenden Mattigkeit erfasst schliefen die Zuschauer einer nach dem anderen ein, versanken in den Tiefen eines Traums, aus dem es kein Zurück mehr gab. Hin und wieder verdrehten sie unnatürlich die Köpfe und stießen kehlige Laute aus, als würden sie gerade ersticken, als rängen sie verzweifelt nach Luft. Ihre Arme hingen wie die Fühler großer Meereslebewesen herunter: Ständig glitten sie nach unten und streckten sich zum Fußboden, doch sobald sie ihn berührten, zuckten sie nervös zurück, als überraschte sie seine Festigkeit. Meine Cousine Emilia hatte sich inzwischen bis zur völligen Erschöpfung getanzt. Sie schwankte, ihre Knie gaben nach, sie quälte sich. Das Kleid schnürte sie ein und behinderte sie in den Bewegungen, das Haar klebte ihr an der Stirn. Sie atmete schwer, ihr Mund verzerrte sich, die Hände zitterten. Plötzlich stolperte sie, taumelte, fiel beinah hin. Ihre Arme hoben sich in flehender Gebärde.

Es war eine Qual, dies mitanzusehen. Ich stützte mich auf die Balustrade, beugte mich weit darüber hinaus und schrie: »Die schlafen doch! Diese Dummköpfe da unten schlafen alle! Lass sie doch, quäl dich nicht für sie!«

Es war schrecklich. Meine Cousine Emilia hielt kurz inne und zuckte zusammen, über ihr Gesicht huschte ein trauriges, verwirrtes Lächeln. Dann konnte ich sie nicht länger betrachten. Im Saal brach ein Tumult los. Die Schläfer, noch nicht ganz wach und mit vom Schlaf grässlich verzerrten Gesichtern, sprangen auf und warfen dabei ihre Sessel um. Sie suchten mich mit trüben Blicken. Schon rannten einige zu den Türen. »Ergreift ihn!«, rief ein massiger, älterer Mann mit vom Schlaf verquollenem Gesicht, »ergreift diesen Schurken!«

Alle setzten sich in Bewegung, fielen mit ihren noch nachgiebigen Körpern über die Möbel, rempelten sich an. Unter mir brodelte es wie in einem Kessel. Türen schlugen und Schritte waren zu hören. Ich rannte durch den dunklen Gang davon, verlor die Orientierung, stolperte über Teppichfalten und stieß gegen Ecken. Hinter mir schwoll der Lärm an, dicht und gischtend wie das Brausen einer nahenden Flutwelle.

In dem riesigen Hotel hallte es von den Geräuschen wider wie in einer leeren und unermesslich großen Kiste. Ich lief an mondhellen Fenstern vorüber, querte weitläufige Aufgänge, rannte durch Salons, auf deren Tischen noch die nicht ganz geleerten Gläser der Gäste standen. Hinter mir hörte ich den Lärm der Meute wie eine Woge, die schäumend über Kieselsteine strömt.

Die Geräusche, die sich in der schneckenartigen Anlage der Korridore brachen, ließen mich darauf schließen, dass die Verfolger schon dicht hinter mir waren. Vor mir tauchte eine große Glastür auf. Ich öffnete sie – und befand mich auf der Dachterrasse des Hotels, die vom weißlichen Licht des Mondes überpudert war. Um mich herum standen auf der Balustrade – vertraut, aber jetzt plötzlich viel größer – die Statuen der Männer und Frauen in den ungewöhnlichen Kleidern.

Irgendwo ganz in der Nähe im Korridor fiel ein Gegenstand aus Glas zu Boden und zerbrach. Dann waren wieder Stimmen zu hören, die näher kamen. Ich lief zur Brüstung. Unten auf der Straße sah ich die Linden, stark verkleinert, wie

weiche, ebenmäßige Kugeln aus Laubwerk. Mit schlafwand-
lerischer Sicherheit kletterte ich auf die Balustrade und bemühte mich, nicht nach unten in den Abgrund der Straße zu
schauen. Mit einer Hand hielt ich mich an einer Statue fest,
die andere hob ich leicht in die Luft. Und dann stand ich ohne
die geringste Bewegung, erstarrt in der feierlichen Pose eines
Redners, vom Mond beleuchtet auf der Balustrade. Ich trug
weiße Kleidung, so wie die Statuen, und bemühte mich, die
gleiche steinerne Sicherheit auszustrahlen, die ich auf ihren
Gesichtern gesehen hatte.

Hinter der Glastür, die auf den Balkon führte, glaubte ich
Schatten wahrzunehmen; mir kam es so vor, als bemerkte ich
Gesichter, die sich gegen die Scheibe drückten. Ich schloss
die Augen: Ich hatte das Gefühl, dass der Balkon durch das
unwirkliche, aschweiße Meer des Mondlichts trieb, dass die
Dächer der umliegenden Häuser sich sacht wiegten. Dann
hörte ich, wie sich Schritte durch den Korridor entfernten,
die Stimmen verklangen im Inneren des Hauses. Ich blieb
noch eine Weile stehen und drehte dann langsam den Kopf
zur Statue neben mir. Im gespenstischen, blutleeren Mondlicht entdeckte ich das Gesicht meiner Cousine Emilia. Kein
Zweifel, das war sie: Im Stein zeichneten sich deutlich ihre
Züge ab, der Mund war zu dem ihr eigenen melancholischen,
bitteren Lächeln verzogen, das Gesicht hatte die gleiche ovale
Form eines Haselblattes wie das ihre. Und auch das Kleid war
genauso wie das, das sie vorhin in dem Saal der Schläfer getragen hatte: lang und faltenreich, mit Ärmeln, die zum Ende
hin weiter wurden.

Erschrocken trat ich einen Schritt zurück und stieß dabei
gegen die Statue. Sie neigte sich langsam, der Sockel, auf dem

sie stand, knackte, und dann kippte die Steinskulptur meiner Cousine Emilia und stürzte langsam wie im Traum in den Abgrund der Straße. Es krachte. Ich war von der Balustrade gestiegen, hielt mich an ihr fest und beugte mich vor: Auf dem leeren Gehweg lagen inmitten von Mörtelstaub die Bruchstücke des steinernen Körpers meiner Cousine Emilia. Über ihnen kniete Muto, der Stadtverrückte, schluchzte und brabbelte unverständliche Worte.

Zitternd lief ich auf wackligen Beinen durch die Korridore. Hinter mir ging eine Tür auf. Im Nachthemd und in einen Schal gewickelt erschien mein Opa Simon. »Wo hast du dich denn herumgetrieben?«, fragte er vorwurfsvoll. »Du warst ganz schön lange verschwunden.«

*
* *

Am nächsten Morgen gingen wir wieder nach Hause. Vor dem Hoteleingang war schon alles wieder in Ordnung gebracht worden: ein paar Mörtelbröckchen und Steinsplitter – die auch von dem Neubau gegenüber hätten stammen können –, das war alles. Bei der Verabschiedung war der Portier zurückhaltend. Das lag vielleicht an dem mickrigen Trinkgeld, das ihm mein Opa gegeben hatte, aber mir kam es so vor, als läge in seinem Gebaren auch etwas Vorwurfsvolles.

Meine Cousine Emilia sah ich ein paar Tage lang nicht. Dann erfuhr ich, dass sie krank war. Mit ernsten Gesichtern und aufgeregt tuschelnd sprachen die Tanten über ihre Krankheit. So vergingen drei Monate. In den ersten Tagen des Winters durfte sie das Haus wieder verlassen. Sie war blass, ein bisschen schreckhaft, in ihrem Lachen lag eine nervöse Fröhlichkeit. Wir gingen an der Uferstraße spazieren – die

Ärzte hatten gesagt, dass ihr das gut tun würde – und sie wedelte die ganze Zeit mit den Händen, machte Bewegungen, als tanze sie, wiegte sich in einem Rhythmus, der mir bekannt vorkam.

Plötzlich stieg sie auf die steinerne Brüstung des Kais. Sie schaute nach unten in die trüben Fluten des Flusses und lachte. Ich sprang auch auf die Brüstung und nahm ihre Hand.

Sie drehte sich jäh um: In ihren Augen standen Verzweiflung und Schrecken. »Du willst mich runterstoßen«, rief sie aus. Mit ihren schmalen Händen schob sie mich fort.

»Du willst mich runterstoßen«, rief das zierliche, abgemagerte Mädchen auf der Brüstung des Kais. Ich betrachtete sie; ihr Gesicht hatte den gleichen versteinerten, abwesenden Ausdruck wie die vom Mondlicht übergossenen Statuen. Ihre Augen waren unnatürlich weit aufgerissen: Sie sah nichts damit – oder aber sie sah etwas ganz anderes, das für alle anderen unsichtbar blieb.

FEUER

An manchen Abenden der farbenfrohen und nicht enden
wollenden Tage des Spätfrühlings kam die ganze Familie bei
uns zusammen. Dann kreuzten sich unverhofft die verschlungenen und ergründlichen Wege entfernter, schon fast in
Vergessenheit geratener Verwandter: Schwager, Onkel und
Cousinen, rotwangig und benommen von der anregenden
Abendluft, erhitzt vom Umherlaufen im stickigen Labyrinth
der frühlingshaft geschäftigen Stadt. Sie waren zum Einkaufen oder zu Spaziergängen aufgebrochen oder kamen aus dem
Kino zurück, und irgendwann gegen Ende ihrer langen Abwesenheit von zu Hause trafen alle fast gleichzeitig bei uns
ein. Als bunt gefiederte Schar strömten sie lärmend zu den
Türen herein, brachten ein fürchterliches Tohuwabohu in
jedes Zimmer und machten den ohnehin schon gefährlich
untergrabenen alltäglichen Ablauf unseres Lebens gänzlich
zunichte. Die Haustürglocke klingelte unnunterbrochen, Kinder, die aus verschiedenen Zimmern losgerannt waren, um
aufzumachen, stießen zusammen, aufgeregte Stimmen waren
zu hören und im Vorderflur wickelte sich das farbige Knäuel
der soeben eingetroffenen Verwandten auseinander.
Zwischen den geröteten und verschwitzten Gesichtern der

Tanten und Onkel, den hageren Gesichtern der Großmütter und dem vollen, von Fältchen und violetten Äderchen durchzogenen Gesicht Opa Simons, der die Gäste willkommen hieß, entdeckte ich das Gesicht meiner Cousine Emilia sofort. Wir begrüßten uns beiläufig und ohne einander anzusehen, um uns dann augenblicklich in den dunklen Fluren, im verschlungenen und von Geräuschen und Stimmen erfüllten Geflecht des Hauses zu verlieren.

Aber wo wir uns auch versteckten, man fand uns immer schnell – kleinere Kinder sollten gehütet oder unlängst auswendig gelernte Gedichte vor Opa Simon aufgesagt werden, oder wir sollten bei den unverständlichen Spielen und Unternehmungen der Erwachsenen helfen. In den seltenen Augenblicken, in denen wir allein waren, führte ich meiner Cousine Emilia neue Briefmarken aus San Salvador und Honduras oder große goldene Käfer in kleinen Spiritusflaschen vor und zeigte ihr meine Bonbonverstecke, und wenn sie schließlich von klebrigem Saft verschmiert zwischen den dunklen Möbeln saß, versuchte ich sie zu küssen.

Doch just dann pflegten die Tanten hereinzukommen und beunruhigt zu rufen: »Wo steckt ihr denn bloß?«

An einem dieser Abende wurden wir losgeschickt, um Muskatnüsse für die Kekse zu besorgen, die die jüngste Tante gerade unter lebhafter Anteilnahme sämtlicher anderen weiblichen Verwandten buk. Wir erhielten zahlreiche komplizierte Anweisungen, in welche Richtung wir gehen sollten, welche Straßen zu durchqueren waren und wo genau sich der Laden befand, das einzige Geschäft, das Gewürze aus fernen Ländern führte und abends geöffnet hatte. Wir sollten sofort wieder zurückkommen. Als wir losgingen, riefen alle durcheinander, gaben uns zusätzliche Anweisungen und versahen uns mit Ratschlägen und Warnungen.

Doch kaum waren wir auf der Straße, schien all das seine Bedeutung zu verlieren. Auf einmal war alles schwieriger, unübersichtlicher und unklarer. Die dichte und trunkene Luft des Frühlingsabends strudelte um uns herum, strömte durch die Straßen, ergoss sich lärmend in die Boulevards und rauschte tückisch in den kleinen, unbeleuchteten Gassen. Die Stadt hatte auf einmal ein neues Gesicht bekommen, von dem wir zuvor nichts geahnt hatten, sie hatte sich um neue Straßen erweitert, und links und rechts von uns erstreckten sich nun Stadtviertel, die wir nicht kannten.

Schon bald mussten wir von der empfohlenen Route abweichen. Meine Cousine Emilia war nämlich in Tränen ausgebrochen: In einigen dieser Straßen hätten ihr schon mal ältere Männer aufgelauert, hätten ihr zweideutige Zeichen gegeben, hätten sich ihr genähert und unanständige Angebote gemacht. Deshalb mussten wir nun einen Zickzackkurs einschlagen, längere Umwege um ganze Häuserblöcke machen und die ursprünglich vorgesehene Strecke ändern. Ohne nach rechts und links zu schauen rannten wir an adrett gekleideten Greisen mit Stöcken in den Händen vorbei, die aus dem Schatten der Bäume traten.

Das Sternbild des Großen Wagens, an dem wir uns orientierten, zeigte sich jetzt an den überraschendsten Orten: hinter den Schornsteinen der hohen Häuser, inmitten der Bäume in dunklen Gärten, am Ende langer Straßen. Meine Cousine Emilia erklärte das mit der Bewegung des gesamten Himmelsgewölbes, mit der Verschiebung der Sternbilder im Laufe der Nacht, mit der Erdumdrehung. Ich widersprach ihr, und so liefen wir Hand in Hand durch die mondhelle Stadt und stritten über die Mechanik des Himmels.

Zuerst waren nur sehr wenige Menschen auf den Straßen. Die letzten Kinder, die noch draußen gespielt hatten, gingen nach Hause, müde Familien kehrten von ihren Ausflügen zurück. Doch je weiter wir vorankamen, desto zahlreicher wurden sie. Man traf sie jetzt schon in Gruppen von zwei, drei, manchmal auch mehr Leuten an, wie sie im Lichtkreis einer Straßenlaterne standen und lebhaft über irgendetwas sprachen. Immer mehr Menschen kamen aus den unbekannten Mündungsarmen und Flusstälern der Nacht, aus den dunklen Gassen und schlummernden Häusern. Im Schatten der frisch belaubten Bäume war auf den Gehwegen das Geräusch ihrer Schritte zu vernehmen, als würden sehr kleine Insekten an den Blättern knabbern, und nur wenn sie eine beleuchtete Stelle ohne Bäume erreichten, waren ihre vorbeihastenden Silhouetten kurz zu erkennen.

Hin und wieder überholte uns ein Grüppchen eilig. Ihren Gesprächen konnten wir entnehmen, dass irgendetwas sie in Aufregung versetzt hatte und dass sie etwas erörterten, was gerade geschehen oder noch im Gange war, ein Ereignis, das sie aus dem gleichförmigen Ablauf ihres üblichen abendlichen Daseins gerissen hatte. Über den Köpfen der Passanten flatterten aufgeschreckte Nachtfalter umher, die Flügel der Fledermäuse schimmerten. Die Straßen füllten sich mit Gemurmel und Geflüster, nur hie und da hob jemand die Stimme oder stieß einen verblüfften Aufschrei aus. Alle hasteten in dieselbe Richtung, und jeder war sichtlich aufgeregt.

An einer Straßenecke entdeckten wir die Ursache dieser

Aufregung: Über den Dächern der Häuser zuckte und hüpfte der ausgelassene Feuerdrache in voller Pracht, seinen Schwanz hoch emporgereckt. Irgendwo brannte es. Aus den Kehlen der Leute brach ein lauter Schrei und jeder beschleunigte seinen Schritt. Schmächtige Radfahrer bahnten sich ihren Weg durch das Getümmel, sie drehten sich weiblich-kokett in den Hüften und zogen eigenwillige Sinuskurven durch die Menschenmenge. Auf den Pedalen stehend feuerten sie sich über die Köpfe der Menge hinweg mit knappen Zurufen an oder riefen einander Warnungen zu.

Gebannt presste mir meine Cousine Emilia die Hand zusammen und drückte sich an mich. Wir hatten schon fast vergessen, warum wir eigentlich aufgebrochen waren, obwohl uns der Gedanke an die unerledigte Aufgabe hin und wieder durchzuckte wie ein sanfter Stromstoß. Doch die Verlockung war zu groß, als dass wir ihr hätten widerstehen können. In der Ferne hüpfte die Flamme über den Hausdächern auf und nieder wie ein Gaukler, krümmte sich, schlang sich zu einem Knoten und fiel in sich zusammen. Verschwand sie kurz hinter den Hausdächern, äußerte die Menge lautstark ihre Missbilligung. Dann schoss die Flamme wieder in die Höhe wie ein Clown nach einer erfolgreichen Nummer, breitete ihren bunten Umhang aus leuchtenden Lumpen aus und wedelte damit, während sie sich verbeugte.

Im Geschiebe und Gedränge stellten die Menschen die unterschiedlichsten Vermutungen darüber an, was da in Flammen stand. Niemand wusste genau, in welchem Teil der Stadt es brannte, und jeder bemühte sich, den genauen Ort zu erraten. Doch obwohl alle rasch liefen und schon lange unterwegs waren, schien der Brandort immer noch weit entfernt zu sein:

Vom Feuer sah man weiterhin nur einige Flammenzungen, die in der Ferne an ihrer unsichtbaren Beute leckten.

Unterwegs tauchten unterschiedliche Hindernisse auf. Immer wieder führte eine Straße in eine andere Richtung, fort vom Feuer, deshalb mussten wir kleinere Gassen nehmen und länger suchen, bis wir wieder in die richtige Richtung gingen.

Plötzlich zeigte meine Cousine Emilia nach oben. Menschen waren auf die schwarzen Hausdächer geklettert. Schwarze, schmale Silhouetten liefen zwischen den Schornsteinen umher, hielten mit ausgebreiteten Armen das Gleichgewicht über dem Abgrund, balancierten auf den jäh abfallenden Dachkanten. Und über alles ergoss sich das trügerische, künstliche Licht des Mondes wie über die leere Bühne eines Provinztheaters. Um uns herum spielte sich ein Theaterstück mit Massenszenen ab, alle waren Schauspieler und bewegten sich gemäß einem zuvor festgelegten Ablauf, und nur wir zwei hatten uns zufällig hierher verirrt, zwei Eindringlinge, die dem bunten Haufen der Artisten gefolgt waren und sich plötzlich auf der Bühne wiederfanden.

In dieser Nacht verdoppelte und verdreifachte sich die gewaltige und unerforschliche Frühlingsnacht, ging auf wie ein Hefeteig, schwoll an und quoll über. Wir hatten keine Vorstellung davon, wie spät es war: Gewaltig und unendlich lang erstreckte sich die Nacht vor uns wie eine mondhelle Straße. Die Menschen, die sich dort im Mondlicht bewegten, waren müde geworden. Viele hatten sich schon auf den Gehsteigrand gesetzt und eine bescheidene Wegzehrung und Bierflaschen aus den Taschen gezogen. Niemand hatte es mehr eilig. Erschöpft sahen viele ein, dass das Feuer zu weit entfernt war, und kehrten um. Die Straße leerte sich langsam. Am Himmel erschienen neue Sternbilder. Der große, aufgeblähte Ballon der Nacht drehte sich müde und schwerfällig.

Plötzlich war die Straße, die wir entlanggingen, unterbrochen: Mitten hindurch verlief ein breiter Graben, um den herum bunte Warnschilder und kleine orangene Laternen standen. Die Leute kehrten um; ein paar traten gähnend in die Höfe der Nachbarhäuser, als wären sie zu Hause angekommen. Schon bald war außer uns fast niemand mehr zu sehen. Die Menschen verschwanden in den Häusern, man sah sie noch kurz in den Rahmen der erleuchteten Fenster, wie sie träge ihre Frauen küssten, dann war auch das vorbei. Auf der Straße stand nur noch das große Feuerwehrauto, das von der Grube gestoppt worden war, und darum herum, in wundervollen, polierten Helmen, unbeweglich und ernst, die Feuerwehrmänner.

Wir befanden uns in einem völlig unbekannten Teil der Stadt. Die Nacht veränderte das Antlitz der Häuser, der Mond fügte den Fassaden seine eigenen Verzierungen hinzu: Das war eine andere, uns bisher nicht bekannte Stadt, die sich in eine Sackgasse der Zeit verirrt hatte. Wir machten uns auf den Heimweg, doch auf einmal drückte meine Cousine Emilia fest meine Hand. Ich sah in die Richtung, in die sie ohne ein Wort zu sagen mit den Augen deutete. Oben am Himmel stand der Große Wagen. Und darunter, im Schatten der Bäume, befand sich im Erdgeschoss eines barocken Hauses mit Dreiecksgiebel ein Gewürzladen, noch immer hell erleuchtet. Die Tür stand offen. Es war unglaublich, dass zu dieser späten Stunde noch ein Laden geöffnet hatte. Das ließ sich nur mit der in der Stadt herrschenden Aufregung oder mit einer seltsamen Laune des Besitzers erklären. Wir liefen hinüber und ich trat ein, meine Cousine Emilia an der Hand hinter mir herziehend.

Drinnen roch es nach fernen, exotischen Inseln, nach San Salvador und nach Honduras, nach tropischen Wäldern und nach südamerikanischen Pampas, nach fantastischen Abenteuern und nach alten, illustrierten Romanen. Im Laden hingen dichte und schwere Düfte. Alles war von ihnen durchdrungen: die Regale aus schwarzem, speckigem Holz, die sich an den Wänden entlangzogen, die auf dem Boden liegenden Säcke mit großen und ungewöhnlichen Zeichen, die Porzellangefäße auf dem Ladentisch. Dahinter saß der bebrillte, weißhaarige Verkäufer. Als wir eintraten, hob er den Blick von der Zeitung, in der er gerade las. Es war eine alte und vergilbte Zeitung, und nachdem er unsere Bestellung aufgenommen hatte, wickelte er zehn kleine, harte Muskatnüsse darin ein.

»Die Straße ist gesperrt«, sagte er, »ihr müsstet einen großen Umweg machen. Besser, ihr geht hier entlang.« Und er öffnete die Hintertür. Wir gingen über den Hof, durchschnitten die Silberbänder des Mondlichts, die über die Zweige der großen Bäume fielen. Sie malten Muster in die Dunkelheit, die sich wie das Fell eines großen und warmen Tieres zwischen den Bäumen ausdehnte. Aus dem Hof hinaus gelangte man durch einen großen Vorbau, ein von Weinranken bewachsenes, überwölbtes Tor. Ich erkannte darin sofort den Hintereingang zu unserem Grundstück, und tatsächlich, kaum hatten wir zehn Schritte zurück in den Hof getan, stellten wir fest, dass wir ohne es zu bemerken durch den nur selten benutzten und fast vergessenen Seiteneingang, zu dem eine kleine Treppe emporführte, gegangen waren. Ich machte das Licht an. Der Hof um uns herum, der uns bisher völlig unbekannt vorgekommen war, erhielt seine vertrauten Konturen zurück.

Meine Cousine Emilia stand verwirrt da. »Was sollen wir denn nur sagen?«, fragte sie. Ich deutete auf die in die Zeitung eingewickelten Muskatnüsse: »Die Hauptsache ist doch, dass wir die hier haben.« Während sie klingelte, warf ich einen Blick auf die Zeitung. Es war eine sehr alte Lokalzeitung, die lange vor unserer Geburt erschienen war. Auf dem vergilbten Blatt stand in großen Buchstaben eine Überschrift: »Großbrand in der Stadt«, und darunter in kleineren Buchstaben: »Wegen Straßenbauarbeiten konnte das Feuerwehrauto nicht zum Brandort gelangen«.

Meine Cousine Emilia, die mehrfach geklingelt hatte, drückte die Klinke herunter. Die Tür war nicht verschlossen. Wir gingen ins Haus und tasteten in der Dunkelheit nach den vertrauten Vorsprüngen der Möbel. In den dunklen Zimmern schliefen die Kinder, noch angezogen, die Gesichter in den Kissen vergraben. Auf dem Küchentisch stand der schon aufgegangene Teig, über dem sich Fliegen sammelten.

Aus dem Innern des Hauses war das Summen einer Unterhaltung zu hören. Wir gingen zum Wohnzimmer. Doch vor der Tür schrie meine Cousine Emilia erschrocken auf. Im Halbdunkel funkelte auf dem kleinen Tisch ein wunderbar polierter, mit rätselhaften Zeichen verzierter Feuerwehrhelm.

Wir starrten ihn verblüfft an. Die Nacht war erfüllt gewesen von überwältigenden, dunklen und unbegreiflichen Ereignissen, und das hier war zweifelsohne noch eine weitere ihrer unerwarteten Botschaften.

Im geräumigen Wohnzimmer waren die Männer in ein Dominospiel vertieft. In ihrer Mitte saß unser entfernter Verwandter Petar, ein Berufsfeuerwehrmann, in einer Uniform voller Streifen und Messingknöpfe. Die Frauen drängten sich am Fenster zusammen und erzählten einander leise etwas. Von Zeit zu Zeit brachen sie in Gekicher aus. Milena, die jüngste Tante, wurde dann immer rot. Nur ein Onkel hob den Kopf, gähnte und fragte: »Ihr seid wohl fortgewesen?«

»Es hat gebrannt«, sagte ich schnell. Bei diesen Worten sprang Petar vom Tisch auf und musterte uns streng. »Wo denn?«, fragte er. »Wie kommt es, dass ich davon nichts weiß?«

Ich versuchte, es zu erklären. Sie hörten nur mit halbem Ohr zu, und ich war noch nicht weit gekommen, als sich auf ihren Gesichtern bereits Ungeduld abzeichnete.

»Was hast du denn da in der Hand?«, fragte ein Onkel und zeigte auf die Zeitung, die ich festhielt. Und bevor ich etwas sagen konnte, hatte er sie mir schon weggenommen. Als er das Datum auf der Zeitung bemerkt und die Überschriften gelesen hatte, drehte er sich zu den anderen um und verkündete feierlich: »Er hat das alles nur in einer alten Zeitung gelesen.«

Ich schwieg. »Er hat den Großbrand in den Gewürzlagerhäusern gemeint«, fuhr er fort. Alle schrien entzückt auf. Laut rechneten sie nach, wie viele Jahre seitdem vergangen waren, und äußerten ihre Meinung zu diesem Ereignis.

»Ich habe eine Fotografie davon«, sagte Opa Simon und ging in sein Zimmer. Als er zurückkam, fuchtelte er gewichtig mit einer großen vergilbten Fotografie, die auf einen dicken Karton geklebt war. »Hier«, sagte er. Alle beugten sich darüber. Sie entdeckten Bekannte und nannten ihre Namen sowie die Bezeichnungen von Straßen, von denen ich bisher noch nie gehört hatte. Ich trat näher, und während alle damit beschäftigt waren, die blassen Gesichter zuzuordnen, betrachtete ich die Fotografie. Darauf waren eine Straße voller Menschen, eine in der Mitte errichtete Absperrung, ein Feuerwehrauto und Feuerwehrmänner mit funkelnden Lichtflecken auf den Helmen zu sehen. Am Nachthimmel spielte der Widerschein des Feuers. Und ganz links auf der Fotografie stand das Haus mit dem spitzen Dach, in dessen dunkler Masse sich die helle Öffnung des uns bekannten Gewürzladens auftat.

»Das ist ein historisches Dokument«, erläuterte Opa Simon. »Diesen Teil der Stadt gibt es gar nicht mehr. Nichts von alldem.«

In diesem Augenblick kam eine Tante mit missmutigem Gesichtsausdruck aus der Küche zurück. »Was haben sie euch denn da angedreht?«, sagte sie. »Diese Muskatnüsse sind ja so hart, als hätten sie dreißig Jahre lang irgendwo herumgelegen. Seht mal«, sie zeigte sie überall herum. »Sie riechen nach überhaupt nichts mehr.«

»Dann schickt die beiden noch mal los, sie sollen sie zurückgeben«, sagte Opa Simon. »Und beim nächsten Mal sollen sie aufpassen, was sie einkaufen – und bei wem.«

Als hätten sie nur auf dieses Zeichen des Familienoberhauptes gewartet, stürzten sich alle mit Anweisungen, Drohungen, Warnungen und unmissverständlichen Befehlen auf uns. Es wurde von uns verlangt, sofort aufzubrechen und diese Muskatnüsse, diese schlechte Ware, dieses minderwertige Gewürz, das zu lange irgendwo herumgelegen hatte, um noch verwendbar zu sein, wieder zurückzubringen.

Meine Cousine Emilia und ich standen verlegen an der Tür. Nur wir beide wussten, dass das unmöglich war.

NEBEL

Im Spätherbst kam plötzlich der Nebel und begrub die Stadt unter seiner Last aus zerfledderten, unförmigen Ballen und Bündeln. Es half nichts, dass die Straßenlaternen schon in den frühen Nachmittagsstunden angezündet wurden: Der Nebel wurde dichter, sammelte sich in immer größeren Mengen, breitete sich aus. Und schon bald war von den Straßenlaternen nur noch ein kleiner blasser Kreis in der Höhe übrig geblieben, wie ein durchsichtiges Ei ohne Schale, in dem sich beinah der bläuliche Embryo erkennen ließ, der, vom Nebel erstickt, niemals zu richtigem Licht heranreifen würde. Der torkelnde, trunkene Sturzbach des Nebels ergoss sich in Straßen, Eingangstore und Höfe, schnüffelte an Türen und Fenstern, kroch an den Wänden entlang. Die Häuser verschwanden unter den schweren Nebelschichten, und die Menschen darin fühlten sich bedroht, alleingelassen, schutzlos.

In diesen Tagen, wenn draußen das Dumping schlechter atmosphärischer Ware andauerte, dieser Ausverkauf von Wetterramsch und Wetterausschuss, wenn ganze Nebelsäcke in der Farbe von Pferdeurin und Ammoniak, von Schwefelstangen zur Fassreinigung und von verdorbenem Eingemachten durch die Straßen rollten wie schmutzige Wollknäuel, blieben wir alle zu Hause. Besuch kam selten: Wenn jemand geklopft hatte und wir die Tür öffneten, tauchte aus dem Nebel irgendein Verwandter mit verstörtem Gesichtsausdruck auf, wie jemand, der durch schwere Fährnisse gegangen ist. War er wieder fort, lauschten wir noch lange auf die gedämpften Geräusche von draußen. Man konnte das Heranwogen neuer Nebelschwaden förmlich hören, hin und wieder durchbrochen von einem dumpfen Poltern: Das waren vereinzelte Passanten, die mit dem Kopf und den Knien gegen die Hausecke gestoßen waren und nun benommen zurücktaumelten.

An solchen Nachmittagen stieg Opa Simon in das mit allerlei Krimskrams und Gerümpel vollgestopfte Dachkämmerchen, öffnete die Luke und beobachtete den Nebel. Er behauptete, dass man von dort aus dessen Bewegungen besser verfolgen könne, die Anzeichen für seine Verdichtung oder sein Schwinden, seine Ausbreitung und die häufigen und abrupten Höhenwechsel. Angeblich konnte Opa Simon von dort oben den Ursprung des Nebels und die Wege, auf denen er gekommen war, erspüren: Ausgiebig bediente er sich seines Geruchssinns und sprach von den Sümpfen an der Vardar-Mündung, von verdorbenem Fisch in den Thessaloniker Fischgeschäften und – ganz offensichtlich eine blanke Übertreibung – von Altstadtvierteln in irgendwelchen Inselstädten und den modrigen Basarvierteln in arabischen Ländern. Mit geschlossenen Augen schnalzte er mit der Zunge und nahm solcherart seine präzise und deutliche Klassifizierung der Nebelarten vor. Er murmelte die Namen von Meeren und Inseln, von Duftpflanzen und Fischarten, von exotischen Gewürzen und auch von einigen befreundeten Händlern, Juden,

Aromunen und Armeniern aus den Städten Kleinasiens und der Levante.

In der frühen Abenddämmerung nahm er hin und wieder das große Horn, das im Vorderflur als Garderobenhaken diente, und blies hinein. Das ergab einen dumpfen und traurigen Ton, ähnlich dem Klang einer Schiffssirene, der lange über den Dächern widerhallte. Das Haus trieb durch den Nebel, kam von seinem Kurs ab, zwängte sich durch Engstellen, stampfte und schaukelte.

Wir hoben die Köpfe und lauschten. Alle wussten wir, dass er in der kleinen Kammer stand, halb aus dem offenen Fenster gelehnt, und die Bewegungsrichtung des Nebels prüfte, die Veränderungen der Luftströmungen, die Anzeichen für einen maritimen Einfluss. Dann vertieften wir uns wieder in die Fallgruben und Labyrinthe des Spiels »Mensch ärgere dich nicht«, bei dem alle mitmachten. Nur eine Tante, die darauf wartete, an die Reihe zu kommen, mochte brummeln, dass er sich da oben eine böse Erkältung holen würde. »Er ist daran gewöhnt«, sagte dann Onkel Jakov und würfelte mit viel Geschick eine Sechs.

Wegen des Nebels zogen die Kamine nicht gut und die Öfen qualmten. Das Feuer in ihrem Innern war ein träges Tier, das nicht fressen wollte, sich trotzig widersetzte und schließlich einschlummerte. In der mäßig warmen Küche saß Muto, der stumme Stadtstreicher, den die Tanten mit Essensresten verköstigt hatten und den vor die Tür zu setzen sie nun nicht übers Herz brachten.

Er saß dösend am Tisch, mahlte mit den Kiefern und ließ den Speichel über das Kinn laufen, während er darauf wartete, dass man ihn aufforderte, Holz hereinzuholen oder die

Öfen von der Asche zu reinigen. Er war friedlich und wirkte abwesend, mit dem ausdruckslosen Blick eines toten Fischs, der aber auflebte, sowie meine Cousine Emilia in die Küche kam. Dann stieß Muto kehlige Schreie tierischer Wollust aus, zitterte am ganzen Körper und streckte die Arme nach ihr aus. Das Seltsamste aber war, dass das meiner Cousine Emilia nicht zuwider war: Sie kicherte zufrieden, warf das Haar zurück und wich seinen Händen mit aufreizenden Bewegungen aus.

Manchmal kam Opa Simon herunter, um sich aufzuwärmen. Seine Kleider rochen nach angesengten Lumpen und feuchter Wolle. »Draußen stinkt es nach den Fischen aus Thessaloniki«, meinte er, »der Nebel wird noch einige Tage bleiben.« Dann entwickelte er seine Theorien über den Nebel, in denen er die Angaben des hydrometeorologischen Dienstes mit den neoplatonischen Lehren von Paracelsus und Mesmers Theorien über animalischen Magnetismus vermischte. Er sprach über die unklare Konsistenz des Nebels und die Tiere, deren natürliche Lebensumwelt er sei, und erwähnte den Feuersalamander, der an besonders nebelreichen Orten lebe. Muto hob seinen wässrigen Blick und begleitete die Thesen Opa Simons mit dumpfen Lauten der Zustimmung und des Respekts. Er wollte etwas sagen, was diese Theorien bestätigen würde, doch aus seinem Mund drangen nur undeutliche Klangknäuel, verklebte Vokale und kehlige Schreie, die von wer weiß welchen trostlosen Gedanken und Gefühlen kündeten.

An solchen Tagen verließ keiner von uns das Haus. Es war der einzig sichere Zufluchtsort, eine friedliche Insel im gewaltigen Nebelmeer. Doch an jenem Nachmittag ereignete sich etwas Überraschendes. Im Hof hörten wir die Schritte eines Fremden, und als wir die Tür öffneten, erschien dort ein Postbote, dessen Messingabzeichen nur so blitzten: stilisierte Brieftauben und schneckenförmig gewundene Trompeten. Er übergab der jüngsten Tante die Benachrichtigung darüber, dass ein Paket eingetroffen sei, und verschwand, nachdem sie die Empfangsbestätigung unterschrieben hatte, mit militärischem Gruß im Nebel, einen Stadtplan und eine große Eisenbahnerlaterne in der anderen Hand.

Die ganze Familie versammelte sich um die Benachrichtigung. Jeder bemühte sich, die Daten auf den Poststempeln zu entziffern, die Herkunft und Bedeutung der Aufkleber und Marken, die Notizen und verschlüsselten Abkürzungen, deren Bedeutung nur die Experten im Postamt kannten, und stellte die gewagtesten Vermutungen und fantastischsten Theorien über den möglichen Absender und den rätselhaften Paketinhalt an. Darüber stand in der Benachrichtigung nämlich kein Wort. Nach ausführlichen Beratungen und dem Austausch bedeutungsvoller Blicke wurde der Entschluss gefasst, dass wir, meine Cousine Emilia und ich, das Paket abholen sollten. Wir wurden in Schals eingewickelt, mit Hinweisen zur Orientierung versehen und zur Tür gebracht. »Geht immer an den Mauern entlang«, rief uns Opa Simon nach. Dann verschluckte der Nebel alles hinter uns Liegende.

Der Nebel lag über der Stadt wie ein betäubendes, mit Chloroform getränktes Tuch über dem Gesicht eines Kranken. Das Tageslicht war bereits geschwunden, doch inmitten des Nebels war noch eine milchige, aufgedunsene und schleimige Helligkeit zurückgeblieben, die dem Nebel selbst zu entstammen schien. Sie verlieh unseren Gesichtern sofort eine ungesunde Blässe. Wir schauten uns an und versuchten zu lachen: Unser Gelächter hallte dumpf, ohne Nachklang, verzerrt, und wir ließen es bleiben. Um uns herum ging der Nebel dank irgendeines ihm innewohnenden Triebmittels auf wie ein Hefeteig, den die Hausfrau vergessen hat und der nun unaufhaltsam über die Ränder der Schüssel quillt.

Anhand der verschwommenen, gelblichen Kleckse, die durch den Nebel drangen – so wie Flecken von früheren Mahlzeiten durch das Weiß des Tischtuchs dringen –, erahnten wir die erleuchteten Zimmer in den Häusern. Dort drinnen spielten sich irgendwelche langsamen, geräuschlosen Geschehnisse ab. Wie große Nachtfalter flatterten die Schatten unsichtbarer Menschen von einer Seite des Zimmers zur anderen, Arme hoben sich wie Flügel, aus den Köpfen wuchsen Fühler. Der Nebel dämpfte die Geräusche. Alles hatte sich in ein Drama ohne Worte verwandelt, voll verwirrender Verwicklungen und vager Gesten.

Auf dem Postamt schien niemand zu sein. Die Marmorplatten der Schalter glänzten matt im kalten Halbdunkel. Auf den Tischen lagen Listen mit Städtenamen herum, die große verzierte Kasse stand halb offen. Wir waren vor der eindrucksvollen kolorierten Weltkarte stehen geblieben, auf der die wichtigsten Routen des Postverkehrs eingezeichnet waren und konzentrische Kreise die Tarifzonen für Postdienstleistungen markierten, und horchten. »Guten Abend«, sagte die betagte Beamtin, die hinter dem Schalter saß und die wir – wahrscheinlich wegen des Halbdunkels – bisher nicht bemerkt hatten. »Ihr kommt sicher, um das Paket für euren Großvater abzuholen?«

Wir nickten. Sie nahm die Benachrichtigung entgegen,

musterte sie aufmerksam, blätterte in ein paar alten Handbüchern über internationalen Verkehr und Posttarife und sagte dann, sie werde das Paket sofort heraussuchen, wir würden ihr aber einen großen Gefallen tun, wenn wir zu einem Geschäft ganz in der Nähe gehen und ihr eine Stange rotes Wachs kaufen könnten. Ihren Erklärungen zufolge war das Geschäft nur ein paar Straßen entfernt und wir würden es mühelos finden.

Und tatsächlich, trotz des immer dichter werdenden Nebels entdeckten wir das Geschäft recht schnell. Das schmale Haus stand etwas zurückgesetzt zwischen zwei größeren Häusern, hatte nur ein ganz kleines Schaufenster und war als einziges in der Straße erleuchtet. Von außen sah es aus wie eine gewöhnliche Losbude oder eine Reparaturwerkstatt für Füllfederhalter, wie man sie in den entlegeneren Straßen der Stadt manchmal noch fand. Doch als wir eintraten, sahen wir, dass es sich um etwas völlig anderes handelte. Es war eine Mischung aus Antiquitätenhandel und Krimskramsladen, aus Kommissionshandlung und Privatsammlung, die aus Platznot in einem durch ein Schaufenster zur Straße hin geöffneten Raum untergebracht war. Über den ungeordnet herumliegenden Waren schwebte der Sammler und Verkäufer, ein hochgewachsener und vogelartiger Greis mit Brille, der mit seinen langen Fingern wirkte wie der virtuose Spieler irgendeines komplizierten Instruments. In den Regalen standen ausgestopfte Vögel, Hirschgeweihe und sogar präparierte Fische, glänzend von dem Lack, mit dem sie überzogen waren. Dazwischen befand sich ein Einmachglas mit Wasser, in dem kleine schwarze Feuersalamander voller gelber Punkte überraschend lebhaft umherschwammen. Und neben gewöhnlichen Dingen wie Pfeifentabakspäckchen und Stangen roten Wachses lagen in den Regalen seltsame Gegenstände, die eigentlich längst aus dem Gebrauch gekommen waren: glänzende Kolophoniumstücke und matte Kampferkörner, die Wurzel der indischen Ingwerpflanze und die Rinde des brasilianischen Pernambukbaums, Tütchen mit dem gelben Pulver ägyptischen Hennas und mit winzigen Sesamkörnern, Sammelbildchen aus Schweizer Schokoladetafeln, bunte japanische Lampions aus Reispapier, hölzerne Rosenkränze vom Berg Athos, Schächtelchen voller Streichhölzer mit gelben Köpfen, die sich an einer Mauer anreißen ließen, Fläschchen mit Rosenöl, Fläschchen mit einer Flüssigkeit zum Seifenblasenpusten, Wunderkerzen für Weihnachtsbäume, Scherzartikel wie Gläser, in denen sich die Flüssigkeit zwar den Lippen näherte, aber nicht auslief, Nagelknipser, Schachteln mit Futter für exotische Fische und Vögel, Seifen, die nicht untergingen, kleine Holzkästchen, die pfiffen, wenn man sie öffnete, Kastagnetten aus Spanien, Verjüngungselixier aus Chinarinde und Fläschchen mit dem wundersamen Massagetonikum »Alga«, der äußerst seltene weiße Pfeffer, ein ganzes Sortiment farbiger Flüssigkeiten zum Entfernen von Fettflecken aller Art, Bernsteinbrocken mit eingeschlossenen, längst ausgestorbenen Insekten, kleine Sanduhren, schwarze Spitzenfächer, Eier afrikanischer Vögel, Kamelpeitschen mit versteckter Klinge, Billardkugeln aus Elfenbein, Knallerbsen, Pappfiguren aus dem türkischen Schattentheater, aus Silber gefertigte menschliche Körperteile, die nach einer Genesung auf Ikonen angebracht wurden, Magneten in Hufeisenform, kleine Schildkrötenpanzer, aus Schmetterlingsflügeln gefertigte Bilder, große optische Linsen, Zähne von Seeungeheuern, jede Menge Krempel, alles Mögliche und Unmögliche.

Unter Glas lagen ungewöhnliche Briefmarken: Marken aus nicht mehr existierenden Staaten, die seltenen Marken von der Insel Mauritius mit dem Bildnis der Königin Victoria, Marken zur Erinnerung an missglückte Bündnisse, verhinderte Protektorate, eingebildete Eroberungen und kurzlebige Anschlüsse, an Interregnen und vorübergehend freie Städte; Marken aus winzigen südamerikanischen Staaten, ausgegeben von den Anführern letztlich gescheiterter Putschversuche, Marken mit Farbfehlern oder einem falschen Wert, berühmte Fälschungen, Marken, die in keinem Katalog der Welt aufgeführt waren. Und in einem Winkel ganz hinten im Laden stand eine umfassende Sammlung von Meeresmuscheln in allen Farben und Formen. Da waren die seltsamen Tiefwassermuscheln mit ihren schaurigen Auswüchsen und die großen Muscheln aus den warmen Gewässern; wie Leoparden gefleckte Muscheln, Muscheln geformt wie gigantische Fächer, Helme oder Kathedralen und Karavellen, Perlmuscheln und Felsbohrmuscheln. Sprachlos standen wir da und starrten auf diesen Schatz, über den sich das Licht der schwachen Glühbirne wie weicher Goldstaub legte.

»Kauf mir etwas davon«, sagte meine Cousine Emilia und sah mich schmeichelnd an.

»Sie wünschen?«, wandte sich der Verkäufer an uns. »Eine Stange Siegelwachs«, antwortete meine Cousine Emilia. »Nur eine Stange Siegelwachs?«, fragte der Verkäufer. Ich wollte noch etwas sagen, aber im selben Moment war von draußen ein Geräusch zu hören, von dort, wo das Geschäft noch einen Ausgang hatte, der wahrscheinlich auf irgendeine Seitenstraße führte. Jemand kratzte an der Tür, brummelte undeutlich vor sich hin, keuchte. »Geh weg«, rief der Verkäufer nervös. »Ich habe dir doch gesagt, du sollst nicht mehr kommen!«

Die Stimme war jetzt noch deutlicher zu vernehmen. Jemand stöhnte an der Tür, mühte sich ab, etwas zu sagen, quälte sich. Das waren Wortembryos, Wort-Totgeburten, schon verstümmelt, bevor sie aus dem Mund kamen. Jemand stotterte und brabbelte, rang mit der Lautbildung, heulte auf. »Verschwinde!«, schrie der Verkäufer. »Quäl mich nicht mehr.« Die Stimme von draußen wurde lauter: Das war kein flehentliches Bitten mehr, wie wir zuerst gedacht hatten; das waren Befehle, grobe Vorhaltungen, strenge Anordnungen. »Nein«, schrie der Verkäufer, »du weißt, dass ich dir nicht aufmachen darf.« Er wirkte verängstigt, verzweifelt, unglücklich. Dann sah er uns an und riss sich zusammen. »Da«, sagte er, »hier ist das Wachs. Und jetzt geht schon, ich habe zu tun.«

Wir verließen den Laden. Draußen hatte die Nacht bereits ihre bleich-violetten Adern durch das weiche Fleisch des Nebels gezogen. Das zarte, weißliche Gewebe des Nebels war vom giftigen Schimmel der Nacht angefressen worden, es lief blau an, klumpte, verlor seinen Glanz. Als wir kaum zehn Schritte getan hatten, blieb ich stehen. »Wir haben gar nicht bezahlt«, sagte ich. Langsam gingen wir zurück. Unsere Vorahnungen hatten uns nicht getäuscht: Im Laden stand Muto, der zornige Stadtstreicher, ein aus dem Reich der Sprache verbannter Irrer, ein verlorener Sohn, der zurückgekehrt ist, um sich an denen zu rächen, die ihn fortgejagt haben. Er befand sich inmitten des herrlichen Durcheinanders der wundersamen Waren und vernichtete sie in einem gewaltigen Zornesausbruch. Der alte Verkäufer stand in der Ecke und hielt sich die Augen zu. Es schien, als hätte Muto eine unsichtbare Macht über ihn, als wäre er sein Gebieter. Er ging von Regal zu Regal, fegte die kleinen, zerbrechlichen Gegenstände herunter und trampelte darauf herum. Er war wie ein vertriebener König, der nach einem missglückten Umsturzversuch zurückgekehrt ist, um die Aufständischen zu bestrafen; ein Herrscher, der durch Zerstörung seine grenzenlose Macht zur Schau stellt. Wir pressten unsere Gesichter an die Scheibe und beobachteten diese fürchterliche Szene unverständlicher Bestrafung. Plötzlich schien uns der stumme Stadtstreicher entdeckt zu haben. Er streckte die Arme nach uns aus, riss die Augen auf und schrie. Wir lösten uns vom Schaufenster und tauchten in den Nebel ein.

Es dauerte ziemlich lange, bis wir die Post wiedergefunden hatten. Dort war jetzt nicht einmal mehr die alte Beamtin zu sehen. Hinter dem Schalter lag nur noch ihr schwarzer Schal. Weder das Paket noch die Benachrichtigung waren da. Wir standen im Halbdunkel und sahen uns an. »Hör mal«, sagte meine Cousine Emilia und hob den Zeigefinger. Wir verharrten still und hielten den Atem an. Im Gebäudeinneren hörte man ein unbestimmtes Geräusch, ferne Stimmen, ein Brummen. Meine Cousine Emilia öffnete die Tür: Wir gingen durch einen langen Korridor, bogen einige Male ab und kamen durch ein paar leere und verlassene Räume. Nach und nach wurde die Innenausstattung auffallender, in den Korridoren lagen immer mehr Teppiche. Der Charakter des Gebäudes veränderte sich. Deutlich waren Stimmen zu vernehmen. Doch erst als wir in einen großen, strahlend hell erleuchteten Saal kamen, begriffen wir, dass wir uns im Hotel Lissabon befanden. Es war offensichtlich, dass es aufgrund einer verrückten Idee des Architekten oder wegen einer seiner zahlreichen Umbauten mit dem Postamt verbunden war, obwohl man das aus dem Äußeren der beiden Gebäude niemals hätte schließen können.

Da wir nun schon einmal dort waren, war es unsere größte Sorge, unbemerkt zu bleiben. Doch als wir durch die erleuchteten Korridore und Frühstückssäle eilten und uns hinter den großen Blättern der exotischen Pflanzen versteckten, die im warmen Klima des Hotels außergewöhnlich üppig gediehen, stieß mich meine Cousine Emilia leicht mit dem Ellenbogen in die Seite und deutete wortlos auf etwas.

Da hinten, im Schatten der großen Philodendren und Ficusbäume, saßen unter den glatten Blättern der tropischen Pflanzen der Stadtstreicher Muto und der alte Verkäufer. Beide waren vergnügt; der Verkäufer auf eine gekünstelte Art, geradezu unterwürfig, Muto hingegen voller Selbstvertrauen und Energie. Sie feierten irgendetwas: Vor ihnen standen bereits mehrere leere Likörgläser, und Muto gab gerade mit der Geste eines Menschen, der seinen Wert kennt, eine weitere Bestellung auf. Dabei lächelten sie einander ölig an, wie Leute, die begriffen haben, dass sie voneinander abhängig sind. In ihrem Verhalten lag etwas Schmieriges, Beschämendes. Der Verkäufer streckte seine zitternden Hände nach Muto aus und streichelte ihn. Wir flüchteten uns vor diesem aberwitzigen Anblick hinter einen roten Samtvorhang.

Als wir aus dem Hotel kamen und den Weg nach Hause abkürzen wollten, gerieten wir in ein uns völlig unbekanntes Viertel. Die dunkelbraun gestrichenen Haustüren waren verschlossen, aus den Häusern drang kein Laut. Über den Eingängen gab es undeutliche Verzierungen, nicht zu Ende geführte

Zeichen, übertrieben verschnörkelte Initialen. Nichts davon kam uns bekannt vor. Und so waren wir überzeugt, nie zuvor in diese Straßen gelangt, niemals an diesen Häusern vorbeigekommen zu sein. Es war ein völlig unbekannter Stadtteil.

Verstört von den unglaublichen Dingen, die wir erlebt hatten, und zitternd vor Kälte liefen wir durch den Nebel. Wir sprachen nicht. Alles war so vollkommen unerwartet geschehen, war so rätselhaft und unbegreiflich. Wir fühlten uns verloren.

Da drang von irgendwo hinter den Hausdächern durch den Nebel der Klang des Horns zu uns. Wir empfanden ihn wie einen Aufruf, eine Warnung, eine Aufforderung. Opa Simon blies, halb aus dem Fenster der kleinen Kammer unter dem Dach gelehnt und den Kopf vorgereckt wie ein Nackthalshahn, in das große Horn und rief uns.

Jetzt wussten wir wieder, wie wir gehen mussten. Und tatsächlich, schon bald waren die Straßen wieder vertraut. Wir begriffen, dass wir ein paar Durchgänge genommen hatten, die wir normalerweise vermieden, und dabei die ganze Zeit in der Nähe unseres Hauses geblieben waren. Der Klang des Horns drang weiterhin zu uns, immer deutlicher und klarer. Das letzte Stück bis nach Hause rannten wir.

Das Haus war von einem Duft erfüllt, den wir kannten, ein Duft, der sich wie eine klebrige Fliege auf die Nasenspitze setzte und abwartend zaghaft mit den Flügeln schlug. Auf dem Tisch stand ein geöffnetes Paket, aus dem ein Berg Rosinen quoll. Sie hatten die Farbe jungen Bernsteins, die kastaniengoldene Farbe spätherbstlicher Tage. Uns wurde umgehend mitgeteilt, dass ein Freund von Opa Simon sie geschickt hatte. »Aus Smyrna, aus Smyrna«, riefen die Tanten. Sie wiederholten den Namen der Stadt wie eine geheime Formel, wie ein Schlüsselwort, das das Geheimnis erklärte.

In der Küche kochte die Großmutter Tee aus Rosinen – ein unglaubliches Getränk, das unter Beigabe von Zimt, Honig, Ingwer und Gewürznelken zubereitet wurde. Die süßen Dämpfe zogen sich durchs Haus wie Schneckenspuren. Anhand ihrer Bahnen, die sich durch die Zimmer schlängelten, konnte man die Bewegungen der aufgeregten Tanten und schläfrigen Onkel verfolgen. Einer sagte uns, ein Postbote, der zufällig vorbeigekommen sei, habe das Paket gebracht. Von oben aus seinem Dachkämmerchen kam Opa Simon die wackelige, dunkle Treppe herunter und gab seinen neuesten Kommentar zur Wetterlage, den Bewegungen der Luftströmungen und dem Fallen des atmosphärischen Drucks zum Besten. »Der Nebel draußen riecht nach den orientalischen Zuckerbäckereien Konstantinopels«, sagte er. »Morgen wird es wärmer.«

Wir versuchten zu erzählen, dass wir Muto gesehen hatten, doch niemand schenkte unseren verworrenen Mitteilungen Beachtung. Als wir nicht locker ließen, öffnete eine Tante die Küchentür und schob uns hinein. Eingehüllt in die süßen Dämpfe saß dort der zerlumpte Stadtstreicher Muto und aß Rosinen aus der vollen Hand, als hätte er schon immer hier gesessen.

Duftend und klebrig lastete die Nacht mit dumpfer Seligkeit und sanfter Schläfrigkeit auf dem Haus. Draußen presste der Nebel sein aufgedunsenes Gesicht eines unausgeschlafenen Nachtschwärmers gegen die Fenster. Alle widmeten sich wieder dem Spiel »Mensch ärgere dich nicht«. Mithilfe der alten französischen Karte des Osmanischen Reiches erklärte mir Opa Simon die Veränderungen des Wetters, die Wege der Winde und die Launen des Klimas, bevor er dann wieder nach oben in sein Dachkämmerchen stieg. Ich ging zurück in die Küche.

Noch bevor ich eintrat, hörte ich schon das Kichern meiner Cousine Emilia und die unartikulierten Ausrufe Mutos. Ich öffnete die Tür. Vor meiner Cousine Emilia, deren Wangen sich gerötet hatten und deren weit geöffnete Augen leuchteten, kniete Muto und zog die Überreste seiner Raserei im Laden aus den Taschen und unter den Kleidern hervor: Muschelscherben, zerknitterte Etiketten von Konservendosen, zerrissene Briefmarken, Vogelfedern, tote Feuersalamander. Das waren die armseligen Überbleibsel des wundersamen Schatzes, Bruchstücke von herrlichen Dingen, kaum erkennbare Spuren einer nur flüchtig erspähten Pracht. »Woher hast du das?«, schrie ich. Muto stand auf. Ich streckte die Hände aus. »Gib das her«, sagte ich.

Muto wich zurück, brabbelte etwas Unverständliches und behielt mich mit seinen kleinen Wasserrattenaugen fest im Blick. »Gib her«, sagte ich herrisch und streckte die Hand aus. Er schaute erst mich an, dann meine Cousine Emilia. Einen Moment lang kam es mir so vor, als lächelte sie ihm zu. Doch gleich darauf hatte er sich umgedreht, war mit einem Satz an der Hintertür und dann auch schon auf dem Hof. Ich lief ihm nach. Zu spät. Da rannte er, patschte mit seinen nackten Füßen durch den Schlamm und warf mit winzigen Scherben und kleinen Papierfetzen um sich, ein närrischer Herrscher über unermessliche Schätze. Dann verschwand er mit einem grässlichen Lachen im Nebel.

Ein Schiff namens Skopje

In Novembernächten sammelt sich über Skopje in dichten Schwaden eine gewaltige, ausgedehnte Schicht lastenden Herbstnebels. Er gleitet durch Gebirgsschluchten, folgt dem Flusslauf, kriecht verstohlen über die Felder, hüllt geräuschlos die Vorstadthäuser ein und ist dann plötzlich in den Straßen: Wie ein feindlicher Eindringling, der die Stadtwachen überlistet hat und unerwartet an unzureichend geschützten Stellen hindurchgeschlüpft ist, späht er um die Ecken, hastet über Kreuzungen und erobert ein Haus nach dem anderen. Der Stadt bleibt keine Zeit, sich zu verteidigen. Wie ein Wächter, in dessen Rücken sich jemand angeschlichen hat und ihm plötzlich die Hand auf den Mund legt, bekommt sie keine Luft mehr, macht noch ein paar kaum wahrnehmbare Bewegungen und fällt dann in Ohnmacht. Ein Moment der Unaufmerksamkeit und schon hat sich der Nebel über alles gelegt – es sind keine Mauern mehr da, das ganze Haus ist verschwunden, und vom erleuchteten Fenster bleibt nur ein undeutlicher Lichtfleck zwischen Himmel und Erde zurück, um den sich in gewaltigen Wirbeln schwere Wollfäden wickeln.

An solchen Abenden verlaufen sich auch alteingesessene

Einwohner Skopjes ganz leicht. Eigentlich sind sie zum Bahnhof unterwegs, finden sich aber unverhofft vor dem Parkeingang wieder; sie stoßen gegen die Kaimauern am Vardar, die sich ihnen wer weiß wie in den Weg gestellt haben, und irren, während sie sich an den Häuserwänden entlangtasten, durch unbekannte Straßen, die sie nie zuvor gesehen haben. Selbst das eigene Haus ist nur schwer wiederzufinden; es hat sich ebenfalls verändert, das Hoftor scheint irgendwo anders hin zu führen, und erst die Haustür verleiht wieder Sicherheit: Endlich sind wir dem feuchten Chaos entronnen und zurück in der beruhigenden Sicherheit klar zu erkennender Gegenstände.

Bisweilen konnte man an solchen Abenden das Schiff hören. Sein Tuten drang durch die dichten Nebelschwaden, zog durch die dunklen, schon nicht mehr existenten Straßen und erscholl dann auf einmal ganz nah, als läge das Schiff gleich hinter der nächsten Häuserzeile.

Die Schiffssirene klang heiser, vom Nebel leicht gedämpft, aber dennoch deutlich. Das Schiff suchte seinen Weg, kündigte sich an, fragte und lockte. Es tutete ungeduldig und ausdauernd: Durch den endlosen, unfassbaren Raum voll undurchdringlichen Nebels sandte seine Sirene ihren Ruf aus, forderte eine Erwiderung. Ihr langgezogener, voller Klang wanderte über die feuchten Dächer. Darin echoten Stimmen aus fernen Landstrichen, Atemzüge aus anderen Breiten und das Wellenrauschen behäbiger Meere. Die Stadt, in den Wogen des Nebels versunken, lauschte atemlos, und die nur erahnten Bedeutungen, die unter dem scheinbar plumpen und schlichten Tuten aufzitterten, ließen sie schaudern. Die Nacht färbte den Nebel lila, blau wie Tinte, dunkelviolett wie Innereien; der Klang dröhnte wie ein dringlicher Aufruf über der Stadt, bald näher, bald weiter entfernt.

Ich weiß nicht, ob es euch bewusst ist: Skopje ist eine Stadt, die man nur über Gebirgsstraßen erreichen kann. Das Meer ist weit entfernt; vom Drin-Golf sind es quer durch die albanischen Berge achtzig Seemeilen Luftlinie, gute hundertzehn vom Golf von Thessaloniki. Der Vardar ist ein Fluss, der im Sommer nur wenig Wasser führt und über den niemals auch nur ein Kahn nach Skopje gelangt ist. Und dennoch lässt sich manchmal in der Stadt das Tuten eines Schiffs vernehmen, jeder Einwohner hat seine Stimme mindestens einmal im Leben gehört. Das ist jener tiefe, langgezogene Ton, der in Novembernächten über dem alten Basarviertel und den ehemaligen Lagerhäusern für Kolonialwaren in der Bahnhofstraße zu hören ist, der aber auch weit darüber hinaus trägt und Erregung und Unruhe in die vom Nebel eingehüllten Häuser bringt.

Wenn Opa Simon in solchen Nächten den fernen Klang vernahm, der oft unter den anderen Geräuschen der Stadt verschwand und dann wieder ganz klar und deutlich erschallte, rollte er die alten Seekarten der Mittelmeerregion auf, die über und über bedeckt waren mit Zeichen, die die Meeresströmungen markierten, mit Namen von Häfen und den gepunkteten Linien der Schifffahrtsrouten; er entfaltete die Karten des Türkischen Reichs, die auf dem Kopf standen, da sich der Süden mit den heiligen Stätten des Islam an der Oberseite befand, und die in Frankreich herausgegebenen Karten der Balkanhalbinsel, auf denen Mazedonien, Albanien und Griechenland zum Nahen Osten gezählt wurden. Da waren auch die trügerischen, ungenauen und längst hinfälligen

Lügenkarten von Bulgarien nach dem Frieden von San Stefano, die für die Zwecke des Vatikans ausgearbeiteten Karten der Balkanländer, auf denen alle Bezeichnungen auf Lateinisch und die Territorien nach Kirchendiözesen aufgeteilt waren, und Mazedonien-Karten des österreichisch-ungarischen Generalstabs, die nach den zweifelhaften Informationen von Spionen erstellt worden waren. Er maß etwas darauf ab, maß noch einmal nach und murmelte Zahlen vor sich hin, in denen man manchmal Höhen über dem Meeresspiegel und Entfernungen in geografischen, englischen, nautischen und sogar alten römischen Meilen erkennen konnte. Irgendetwas passte nicht und er winkte ab, schnaufte und fuhr sich über die Stirn. Dann blies er in die Hände: Im Dachkämmerchen wurde nicht geheizt und von unten aus der Küche riefen sie unablässig zu ihm hoch, er solle doch endlich ins Warme kommen, um sich nicht zu erkälten.

»Lasst mich in Frieden«, rief er dann, weil er in seinen Berechnungen gestört worden war und sich gezwungen sah, von vorn zu beginnen. In der Küche tranken die Tanten Tee aus Kirschenstielen und aßen Johannisbeerkompott, während die Onkel unterwegs waren und ihren ausnehmend wichtigen und unverständlichen Angelegenheiten nachgingen. Ich saß und las zum wer weiß wievielten Mal in den gesammelten Werken von Jules Verne mit den roten Einbänden, die mit prachtvollen Goldornamenten verziert waren. Durch die unsichtbaren Straßen drang von fern der Ruf des Schiffes: Sein Klang war näselnd und gedämpft, hob sich aber dennoch ganz deutlich von den anderen Geräuschen ab. Lange wollte sein Widerhall nicht verstummen: Er klang fort und fort, in hartnäckiger und ausdauernder Beharrlichkeit.

Ich schlug das Buch zu. »Da ist es wieder«, sagte ich.

»Was?«, fragten die Tanten scheinheilig. »Was denn?«

»Hört ihr es denn nicht? Es hat doch gerade getutet.«

»Das war der Wind«, sagte die eine Tante. »Oder ein Zug«, sagte eine andere. »Also, ich habe nichts gehört«, sagte die dritte und nippte an ihrem Tee.

Die Erwachsenen verhielten sich alle gleich. Sie taten so, als hörten sie nichts, als nähmen sie nichts wahr, als gäbe es kein Tuten, als gäbe es überhaupt kein Schiff.

Ich lauschte aufmerksam. Unten klopfte jemand am hohen Eingangstor. Er klopfte kaum hörbar, mit letzter Kraft. »Jemand hat geklopft«, sagte ich.

»Das ist der Wind«, sagte die eine Tante. »Oder ein Zug«, sagte die andere. Ich lief in den Flur, ohne die Küchentür hinter mir zu schließen, durchquerte die ungeheizten Teile des Hauses, rannte über den gepflasterten Hof und öffnete das Tor. Dahinter stand, ganz eingehüllt in die großen Schals des Nebels und blau angelaufen vom Atemhauch der ungesunden Ausdünstungen des Flusses, meine Cousine Emilia.

»Hast du es gehört?«, fragte sie. Ich nickte. »Es hat hinter unserem Haus getutet«, sagte Emilia. »Ich bin raus, um es zu suchen«, fügte sie hinzu, »aber ich habe mich verlaufen. Ich habe gerade noch euer Haus finden können.«

Der Nebel drang mit seinen übergroßen Knäueln, seinen Ballen und Bündeln durch das geöffnete Tor in unseren Hof ein, wie eine zudringliche Zigeunerin, die einem ihre Wahrsage- und Handlesedienste aufnötigt. Er drängte sich an uns vorbei, taumelte auf den Hof, ballte sich zusammen, türmte sich auf. Mir kam es so vor, als ob sich der gesamte Nebel der Stadt in unseren Hof ergießen würde, wenn wir auch nur einen Moment länger in der Toröffnung stehen blieben. Also schloss ich das Tor und wir beide liefen in die Küche.

Die Tanten gerieten in Aufruhr: Sie begannen sofort damit, Emilia aufzuwärmen, ihr Tee anzubieten, sie zu liebkosen und auszufragen. Emilia streichelte mit der einen Hand den Kater Fjodor, in der anderen hielt sie das kleine, aus Silberketten gefertigte Täschchen, das ihr die Tanten geschenkt hatten und das sie nur bei besonderen Gelegenheiten trug. Der Kater Fjodor schnurrte und Emilia, den Mund voller Johannisbeerkompott, ließ sich eine unglaubliche Geschichte einfallen, die die unsinnigsten Gründe enthielt, warum sie das Haus verlassen hatte.

»Bei so einem Wetter«, empörten sich die Tanten, »wie kann man bei so einem Wetter ein Mädchen allein herumlaufen lassen!« Ihr schriller Tonfall ließ das Gesagte unverständlich werden, der Wasserkessel auf dem Ofen pfiff, die Tassen und Löffel klirrten. Aus seinem Nickerchen auf der Ottomane aufgeweckt hob der riesige Kater Fjodor den Kopf und miaute.

»Ich muss zurück«, sagte Emilia.

Die Tanten krakeelten wieder los, alle zugleich. Der Kater Fjodor musterte sie, als erkennte er sie nicht wieder. Der Familienrat dauerte nur kurz. Es wurde beschlossen, dass ich Emilia begleiten und zurückkommen sollte, sowie ich sie zu Hause abgeliefert hätte.

Kaum waren wir vor der Tür, packte uns der Nebel wie eine Urgewalt: Wir liefen durch ihn hindurch wie Antarktisforscher, die sich in der Schneewüste verirrt haben. Die Nebelschwaden wälzten sich übereinander, quetschten sich zusammen, verdichteten sich. Als gingen wir durch einen gewaltigen

Kessel, der stumm vor sich hin köchelte; um uns herum vollzogen sich wundersame Veränderungen wie in dem Reagenzglas eines Alchemisten. Schwefelgelbe Schwaden krochen über den Boden, Kupferoxide verströmten grünen Rauch, Quecksilberdämpfe stiegen auf. Wir hielten uns an den Händen: Wir landeten als erste Raumfahrer auf einem Planeten, der gerade aus Magma entstand.

Es war unklar, ob es die Stadt um uns herum überhaupt noch gab. Hie und da war der Teil eines Wohnblocks über uns zu erkennen, eine graue und feuchte Mauer tauchte vor uns auf oder die große Qualle einer Straßenlaterne schwamm in den oberen Schichten des Universums über unseren Köpfen vorbei. Das waren Relikte einer untergegangenen Welt, Bruchstücke eines verschollenen Atlantis. Der Nebel verschluckte die Stadt wie ein lautloses Meer aus Watte.

Meine Cousine Emilia drückte meine Hand. »Ich habe keine Ahnung, wo wir eigentlich sind«, wisperte sie. Ihr blasses Gesicht verzog sich, ihre Lippen zitterten. »Wo sind wir denn nur?«

Und wie ein Echo auf ihre Worte meldete sich das Schiff. Irgendwo vor uns im Nebel ließ sich sein Horn vernehmen: In seinem Klang lag etwas Magnetisches, Violettes, furchtbar Verlockendes. Seine tiefen Töne erschütterten das Zwerchfell und uns wurde übel; es war, als trieben wir bereits auf die offene See hinaus.

Wir konnten nicht genau ausmachen, woher der Klang kam. Manchmal schien es, als käme er ganz aus der Nähe, hinter den Häusern hervor, aus der nächsten Straße. Dann entfernte er sich wieder, als führe das Schiff davon. Beim nächsten Mal schien der Klang dann aus einer anderen Richtung zu kommen, jetzt wieder in unbestimmter Entfernung. Das Schiff tutete tief, mit einer vollen, rauen, heiseren Stimme.

Wir blieben stehen und lauschten. Plötzlich vernahmen wir hinter uns Schritte. Ihr Klang war uns vertraut: Zwischen zwei schlurfenden Schritten hörte man noch ein klirrendes, helles, metallisches Geräusch – Opa Simons Stock prüfte die Unebenheiten des Weges. Ich konnte Emilia gerade noch zur Seite ziehen, als Opa Simon schon aus dem Nebel auftauchte. Er eilte irgendwohin, gebeugt, mit den zusammengefalteten Landkarten unter dem Arm. Wir drückten uns in die Höhlung eines Tors und ließen ihn vorbeigehen.

Dann liefen wir ohne ein Wort, ja sogar ohne einander anzublicken hinter ihm her. Er ging unbeirrt – er schien den Weg gut zu kennen –, so wie ein Mann geht, der eine feste Absicht und ein klares Ziel hat.

»Er weiß, wo das Schiff ist«, flüsterte Emilia. »Pssst«, zischte ich. Als ob er etwas gehört hätte, blieb Opa Simon stehen. Wir hielten den Atem an. Dann nahm er seinen Weg wieder auf. Die Metallspitze des Stocks klopfte bedächtig auf die Pflastersteine. Einander an den Händen haltend folgten wir dem Geräusch durch den Nebel.

Das Haus, das Opa Simon betrat, kannten wir nicht. Wir warteten, bis seine Schritte auf der Treppe verhallt waren, und traten in den Vorderflur. Er war kalt und ungepflegt, überall lag trockenes Laub herum, das der Wind schon im vergangenen Monat hierhergetrieben hatte. Von den schmutzigen Wänden blätterte der Putz ab. Nirgendwo gab es eine Tafel, der man hätte entnehmen können, ob es sich um eine Behörde, eine Gesellschaft oder einen Klub handelte. Gerade als wir uns auf die Treppe zu bewegten, ließen sich von draußen Schritte vernehmen. Jemand kam näher. Ich sah mich um: Am Ende des Flurs war eine Tür. Die Schritte hielten vor dem Hauseingang kurz inne und wir hörten Stimmen. Jemand schien gleich hereinkommen zu wollen. Ich öffnete die Tür und wir schlüpften in das Halbdunkel. Dort war es eng, und wir konnten nur mit knapper Not die Tür schließen. Es handelte sich um eine Art Rumpelkammer, ein Kabuff, in dem vermutlich die Putzfrauen ihre Gerätschaften abstellten, ein vergessener Ort, wie es ihn in allen alten Häusern gab. Spinnweben legten sich über unsere Gesichter, und wir standen da und warteten darauf, dass sich die Schritte, die da die Treppe hochstiegen, entfernten und ganz verstummten. Dann schauten wir uns um.

Allmählich gewannen die Gegenstände im Halbdunkel ihre Konturen zurück. Aus dem Chaos vor uns lösten sich schiefe Stühle, Besen, zerbrochene Vorhangstangen mit zerrissenen und verstaubten Gardinen daran, löchrige Koffer, verschnürte Pappkartons, die rostigen Kopfteile von Bettgestellen aus Metall. Wir erspähten eine alte Wanduhr mit einem verdrehten Pendel und ein längst verstummtes Trichtergrammophon. Außerdem bemerkten wir Billardqueues, Töpfe mit vertrockneten Ficusbäumen, Bündel alter Zeitungen, zerbrochenes Kinderspielzeug, ausgetretene Schuhe, deren Leder hart geworden war, leere Flaschen von alkoholischen Getränken, kaputte Nachttischlampen mit zerdrückten Schirmen, Fotografien in Rahmen, von denen die Farbe abblätterte und deren unsauberes Glas zerbrochen war. Und über alledem stand als Symbol des grausigen Geistes der Vergänglichkeit, der hier herrschte, ein ausgestopfter Vogel, dessen Flügel von

Spinnweben eingehüllt waren. Stumm betrachtete ich dieses unheimliche Durcheinander, als Emilia mich am Ärmel zupfte.

Ich drehte mich um. Verdutzt zeigte sie zur gegenüberliegenden Wand. Dort hing an einem Nagel, im schwachen Schein des durch ein hohes und trübes Fensterchen einfallenden Lichts, ein großer Rettungsring, wie man ihn auf Schiffen findet.

Der Rettungsring war weiß-blau gestreift, doch die Zeit hatte schon längst ihren grauen Staub auf seinen Farben abgelagert. Jetzt sah er schmutzig aus, die Farbe blätterte ab, in den Rissen hatte sich Dreck gesammelt; er war völlig zerschlissen und ungestalt. Aber es war der Rettungsring eines Schiffes, und das wollte schon etwas heißen.

Plötzlich bekamen die Dinge im Raum eine andere Bedeutung: Alle diese vergessenen und ausrangierten Gegenstände konnten noch etwas anderes darstellen, konnten auch von anderen Orten und aus anderen Umgebungen stammen als jenen, an die wir zunächst gedacht hatten. Und tatsächlich, als wir das aufgehäufte Gerümpel näher betrachteten, entdeckten wir, dass sich hinter dem fleckigen und verstaubten Glas der eingerahmten Fotografien keine Aufnahmen von Schulausflügen und Familienfeiern befanden. Als wir das Glas abwischten, bemerkten wir, dass die Menschen Kleidung trugen, die man früher einmal als Reisekleidung bezeichnet hatte. Daneben standen andere in Matrosenuniformen, mit Schiffszubehör in Händen. Einen Moment lang meinte ich einen von ihnen – er hielt ein langes Fernrohr – zu erkennen: Opa Simon in jüngeren Jahren. Doch es war zu dämmerig, um sicher sein zu können. Die Zeit hatte die Fotografie bereits unscharf werden lassen, die helleren Stellen waren verblichen und vergebens strengten wir unsere Augen an.

Von fern, weit über uns, vernahmen wir von Neuem den Ruf des Schiffes. Wir legten die Fotografie auf den Haufen Trödel zurück, und ohne uns abzusprechen, ohne einander auch nur anzublicken, verließen wir leise die Rumpelkammer und stiegen die Treppe hoch.

Nahe der Haustür war die Treppe vernachlässigt und verschmutzt, alles machte den Eindruck eines nicht eben sorgfältig gepflegten Wohngebäudes. Doch je weiter wir nach oben stiegen, desto mehr wandelte sich dieser Eindruck durch verschiedene Kleinigkeiten. Die Wände waren sauberer, in den Ecken standen Blumentöpfe mit exotischen Pflanzen, Rhododendren, Ficusbäumen und Zierspargeln, und wir entdeckten sogar kleine emaillierte Spucknäpfe. Vom zweiten Stock an lag ein Teppich auf den Stufen. In den Windungen glänzten matt die Messingkugeln. Oben, im dritten Stock, blieben wir vor einer großen Tür aus Nussholz stehen, deren polierte Oberfläche schimmerte. Dahinter waren undeutlich Stimmen zu hören, ein gedämpftes Gemurmel, das davon zeugte, dass sich mehrere Leute gleichzeitig über verschiedene Themen unterhielten.

Ich drückte die Klinke herunter, doch die Tür war verschlossen. Einen Augenblick lang standen wir unschlüssig da und wussten nicht, was wir tun sollten. Hinter dieser Tür, da waren wir uns sicher, lag der Schlüssel zum Rätsel. Wir legten die Ohren an das glatte Holz. Es war Gläserklirren zu hören, das Geräusch von Schritten, eine Stimme, die die anderen aufforderte, still zu sein und einer Ansage oder einer Rede zu lauschen. Was geschah da hinter der Tür? War Opa Simon dort?

Wer war noch bei ihm? Und in welcher Verbindung standen sie mit dem Schiff, dessen Tuten durch den Nebel drang?

Während ich lauschte, hörte ich eine Tür knarren. Ich sprang erschrocken zurück, doch es war eine andere Tür gewesen, auf der anderen Seite des Treppenabsatzes. Emilia hatte sie geöffnet. In früheren Zeiten war sie offensichtlich ein sogenannter Dienstboteneingang gewesen; sie war unauffällig, schmal, im Dämmerlicht kaum zu erkennen. Meine Cousine Emilia war schon dahinter verschwunden, ich sah nur noch ihre Hand, sie gab mir ein Zeichen, ihr zu folgen, mich zu beeilen, achtzugeben, nicht wie angewurzelt da herumzustehen. Innen herrschte Halbdunkel. Wieder (heute schon zum zweiten Mal) waren wir in eine Art Rumpelkammer geraten, in einen Raum, der dazu diente, überflüssige Gegenstände zu beherbergen. Einen Augenblick lang waren wir von der Dunkelheit blind, aber als wir uns daran gewöhnt hatten, entdeckten wir an den Wänden zahlreiche Rettungsringe. Eben erst hatten wir unten einen einzelnen gesehen, gewissermaßen wie eine Ankündigung, und jetzt umgab uns eine ganze Sammlung, ein riesiges Lager von schönen, glänzenden, neuen Rettungsringen, als befänden wir uns auf einem Ozeandampfer. Auf dem Boden lagen zwischen dicken, aufgerollten Tauen Leinwandbahnen, Signalfähnchen, sogar einige Ruder. Wir zwängten uns zwischen dem aufgehäuften Kram hindurch, durchquerten einen kleinen Flur, öffneten ein paar Türen. Die Stimmen wurden leiser. Zweifellos waren wir in einen zurückgesetzten und abgelegenen Gebäudeteil vorgedrungen.

An den Wänden entlang verliefen zierliche Geländer aus dunklem Holz, daneben waren aus unerfindlichen Gründen kleine Messingteile angebracht, zahlreiche Haken und Halterungen. Staunend gingen wir weiter, auf Zehenspitzen, als müssten wir aufpassen, niemanden aufzuwecken. Und dann blitzten in einem Zimmer die Instrumente auf: große Kompasse, Quadranten, Sextanten und Barometer. An den Wänden waren Karten unbekannter Inseln befestigt. Eine riesige Schiffsglocke hing von der Decke. Alles war blitzblank poliert und schimmerte mit warmem Glanz. Die violett glänzende Magnetnadel eines großen Kompasses zitterte leicht. Um sie herum breitete sich die Windrose mit ihren zweiunddreißig Zacken aus. Mit ausgestreckten Armen ging meine Cousine Emilia auf diesen blitzenden Schatz aus poliertem Messing zu.

»Fass das nicht an!«, flüsterte ich entsetzt. »Fass bloß nichts an.« Doch es war zu spät. Sie hatte sich bereits über das Pult gebeugt, auf dem ausgebreitet große Atlanten mit Karten von fernen Meeren lagen, tiefblaue Abbildungen des Sternenhimmels, Bücher mit langen Zahlenreihen, die das Verhältnis von geografischer Länge und Breite zum Stand der Gestirne bezeichneten. Sie hatte ihr Täschchen aus den wie zu einem Panzerhemd gefügten Silberkettchen abgelegt und blätterte in den Karten, brachte sie durcheinander und faltete sie aufs Geratewohl wieder zusammen. Mit Bleistift waren auf den Karten kaum sichtbar Fahrtrouten eingetragen worden, außerdem Entfernungsangaben und Daten. Einige Stellen waren eingekringelt, neben anderen standen knappe Bemerkungen in einer nur sehr schwer zu entziffernden Handschrift.

Aus der Ferne waren Stimmen zu hören, irgendwo schien sich eine Tür zu öffnen. »Hör mal«, sagte ich und fasste meine Cousine Emilia an der Hand. Sie wehrte meine Hand nicht ab, und so vereint lauschten wir gemeinsam mit angehaltenem Atem. Die Stimmen verstummten, doch nun hörten wir etwas anderes: Durch das ganze Haus lief ein permanentes, kaum wahrnehmbares Geräusch, ein schwaches Brummen, das kaum hörbare katzenartige Schnurren eines großen Motors. Erst jetzt merkten wir, dass davon das ganze Zimmer zitterte. In jedem Gegenstand, den wir anfassten, spürten wir diese unterschwelligen, kitzelnden, ein bisschen nervösen Schwingungen. Ob Metall, Glas oder Papier – alles verriet bei der Berührung mit unseren Fingern seine Verbundenheit mit dem kraftvollen, unverständlichen Pulsieren, das von irgendwo ganz unten im Haus kam.

Plötzlich drangen durch das leise Brummen der Zahnräder und Antriebsritzel Stimmen, sie wurden immer deutlicher, und dann waren Schritte zu hören. Kein Zweifel – jemand näherte sich. »Schnell«, sagte ich und zog meine Cousine Emilia am Arm. Wir sahen uns zwei Türen gegenüber, eine neben der anderen, beide gleich. Durch welche waren wir nur gekommen? Doch es blieb keine Zeit zum Überlegen: Die Schritte waren schon ganz deutlich zu hören. Ich lief zur rechten Tür. »Die linke«, sagte meine Cousine Emilia, und wir schlüpften beide im letzten Moment hindurch, als die Tür auf der anderen Seite des Zimmers sich bereits öffnete.

Wir standen (zum dritten Mal an diesem Tag) im Halbdunkel. Als wir unseren Atem wieder unter Kontrolle hatten, taten wir ein paar Schritte. Parkett knarzte unter unseren Füßen. Neben uns standen Glasvitrinen voller ungewöhnlicher Gegenstände, an den Wänden hingen große Bilder von unbekannten Landstrichen, Seestürmen, Vulkanausbrüchen und Feldzügen. Wir kamen an einem weißlich schimmernden Skelett vorbei. Unsere Augen hatten sich inzwischen an das

Dämmerlicht gewöhnt: Auf der Stirn des Skeletts entdeckten wir das Abzeichen der Piraten – einen mit Tinte gezeichneten Totenkopf, darunter zwei gekreuzte Knochen. »Das ist ja Käpt'n John«, sagte Emilia verblüfft. »Käpt'n John« war ein guter Bekannter sämtlicher Schülergenerationen des Gymnasiums, ein Skelett, anhand dessen wir in den naturwissenschaftlichen Unterrichtsstunden die menschliche Anatomie durchnahmen. Das bedeutete, dass wir uns im Schulkabinett befanden. Und tatsächlich, als meine Cousine Emilia die Hand nach der Stirn des Skeletts ausstreckte, hörten wir hinter uns die Stimme des Pedells: »Es darf nichts angefasst werden.« Der Pedell saß auf einem wackeligen Stuhl und musterte uns streng. »Wie seid ihr hier hereingekommen? Und was habt ihr hier überhaupt zu suchen?«, fragte er.

Wir dachten uns eine verwickelte Geschichte über Nachhilfestunden und eine Sitzung des naturwissenschaftlichen Zirkels aus und traten verlegen den Rückzug an. Der Pedell zweifelte an unserer Geschichte. Er begleitete uns bis zum großen Eingangstor des Gymnasiums und schloss dann mit dem riesigen Schlüssel hinter uns ab, wobei er uns argwöhnisch nachblickte.

Der Nebel warf uns wie eine zerlumpte Hexe sein giftiges Garn ins Gesicht. »Ach je, meine Tasche«, sagte Emilia und breitete verzweifelt die Arme aus. Da fiel es uns wieder ein: Emilia hatte sie bei den polierten und blitzenden Instrumenten auf das Pult mit den Karten gelegt, und dort war sie liegen geblieben. Es war nichts zu machen. »Ich werde mir für die Tanten etwas einfallen lassen müssen«, meinte Emilia. Der Nebel umwickelte uns mit langen lilafarbenen Fäden, während wir auf dem kleinen Platz vor dem Gymnasium standen.

Dann tasteten wir uns entlang feuchter Mauern, von denen der Putz bröckelte, kamen immer wieder vom Weg ab und orientierten uns neu. Einige Male glaubten wir das Tuten des Schiffes zu hören. Es klang weit entfernt, gedämpft, als müsse der Ton unermessliche Distanzen überbrücken.

Wir gingen diesem Klang nach und versuchten herauszufinden, woher er kam. Doch es war, als wechselte dieser Ort andauernd seine Position, als wäre er in Bewegung, als spielte er im Nebel ein hinterlistiges Blinde-Kuh-Spiel mit uns. Immer wieder kam es uns so vor, als seien wir auf dem richtigen Weg, um dann zu begreifen, dass wir in die falsche Richtung gegangen waren. Wir verloren die Orientierung, blieben stehen, kehrten um, und der Klang wurde immer schwächer, entfernter, trügerischer, um sich schließlich als undeutliches Geräusch im Nebel aufzulösen.

*
*   *

Später versuchten meine Cousine Emilia und ich noch oft, das seltsame Haus wiederzufinden, das unserem Empfinden nach in einem geheimnisvollen Zusammenhang mit dem Klang des Schiffes stand. An den Winterabenden streiften wir gemeinsam durch die Stadtviertel, von denen wir glaubten, sie könnten das Haus in ihrem Straßennetz verbergen, spähten in die Eingänge alter Gebäude und stiegen sogar ein oder zwei Stockwerke die Treppe hoch, wo wir von unfreundlichen Hausbewohnerinnen, die gerade Sauerkraut aus dem Keller holten, zur Rede gestellt wurden – doch alles war vergebens. Das Haus blieb unauffindbar, wir waren nicht in der Lage, die Straße zweifelsfrei zu bestimmen, drehten uns im Kreis, liefen ziellos umher.

Eines Abends machten wir uns eine Sitzung des Literatur-klubs zunutze. Der Pedell war abgelenkt, sodass wir in das Schulkabinett eindringen konnten. Doch wir wurden ent-täuscht: Die Wand, in der sich die Tür hätte befinden müssen, durch die wir in das Kabinett geschlüpft waren, war mit ei-nem massiven Schrank verstellt, in dem eine mineralogische Sammlung untergebracht war. Wir rüttelten am Schrank und versuchten, ihn von der Stelle zu schieben, aber es klirrten nur die Glasscheiben, die Kristalle aus der Sammlung schlugen gegeneinander und die eingestaubten Stücke erzhaltiger Mi-neralien funkelten auf.

Die an das Gymnasium angrenzenden Häuser waren alt, heruntergekommen, grau. Keines von ihnen war das geheim-nisvolle Haus, das wir in den Nebeltagen betreten hatten.

In jenem Winter streiften wir auch durch das alte Basarvier-tel. Wir spähten in die Barbierstuben, wo neben Käfigen mit Kanarienvögeln und Öldrucken, die Szenen aus »Othello« darstellten, ungelenke Stiche von Schiffen hingen. Auf ihnen sah man den Untergang der Titanic, die Explosion an Bord der Guadalquivir, die Versenkung der Lusitania. Dort blätter-ten die seltenen Kunden in zerlesenen Büchern, fuhren mit dem Zeigefinger durch irgendwelche Listen und murmelten Zahlen vor sich hin: Bruttoregistertonnen und geografische Breiten. Meine Cousine Emilia behauptete, das seien Kata-loge mit verschollenen Schiffen, die der Triester Lloyd jedes Jahr herausgebe, doch wenn wir in eine Barbierstube traten, stellten sich diese rätselhaften Druckwerke rasch als halb ge-löste Kreuzworträtsel oder als speckige Fotografien aus por-nografischen Zeitschriften heraus. Die meiste Zeit verbrach-ten wir vor der Kupferschmiede Tišina, wo die Straßen der

Bettdeckenmacher und der Blechschmiede abzweigten. Hier, im matten Glanz des Kupfers, hallten bis in die späten Nachtstunden die Hammerschläge der Handwerker. Ein rundes Kupfergefäß mit Rohren, die aus dem oberen Teil kamen und sich dann sofort nach unten bogen, zog immer wieder unsere Aufmerksamkeit auf sich. Das Gefäß hatte eine höchst ungewöhnliche Form. Alle meinten, es handle sich um einen außergewöhnlich großen Kessel zum Brennen von Schnaps, aber wir bezweifelten das. Es war vielmehr – da waren wir uns ganz sicher – ein Schiffskessel, der zwar vielleicht primitiv wirken mochte, aber auf jeden Fall nach gut verwahrten und eifersüchtig gehüteten Plänen gefertigt worden war.

Wenn Opa Simon aufbrach und seine zu einer dicken Rolle gewickelten Landkarten dabeihatte, folgten wir ihm auf seinen langen und geheimnisvollen Gängen durch das Basarviertel. Kam er ohne sie aus einem Laden zurück, gingen wir kurz darauf mit der Ausrede, wir suchten unseren Großvater, selbst hinein. Doch der Verkäufer zeigte uns dann immer nur ein Bündel Altpapier, das Opa ihm angeblich kurz zuvor verkauft hatte. Vor der Tür eines Büros, das nie jemand betrat und unter dessen halb verblichenem Schild »Advokat« ein kleiner vergilbter Zettel mit der ergänzenden Aufschrift »Seespeditions-Vertretung« hing, blieben wir unentschlossen stehen. Wen mochte dieser Advokat vertreten? Und von wo liefen die Schiffe der Seespedition aus? Uns schien, als würde sich alles nach und nach aufklären, wenn wir nur den Anfangsknoten fänden, doch der hielt sich versteckt, und schließlich löste sich das Rätsel in Luft auf – wie das Tuten des Schiffes.

*
*   *

Im Sommer wurden meine Klassenkameraden und ich zur Sommerfrische ans Meer gebracht. Ich war blutarm, mit durchscheinenden Ohren, ohne Appetit. Sie schoren uns die Köpfe kahl; wie große Fledermäuse sahen wir aus. Wir wurden in einem katholischen Kloster untergebracht, das für die Bedürfnisse des Volkes beschlagnahmt worden war, und mit Konserven aus amerikanischen Hilfspaketen ernährt. Eines Tages machten wir einen Ausflug zum Hafen. Dort lag am Kai vertäut ein großes Schiff namens Skopje.

Man ließ uns an Bord, um es zu besichtigen. Dass es den Namen unserer Stadt trug, fanden wir aufregend. Der Kapitän war sehr liebenswürdig, erklärte alles und erzählte uns, was er auf seinen Fahrten über ferne Meere erlebt hatte. Dann stiegen wir in den Maschinenraum hinunter und gingen schließlich auf die Brücke. Ich erkannte den Raum sofort wieder. Es war derselbe, in den meine Cousine Emilia und ich damals geraten waren. Alles war gleich: die Karten, die Instrumente, die Wände, sogar die Anordnung der Türen. Der Erste Offizier erläuterte uns, wie man das Azimut zum Navigieren benutzt und die eigene Position mithilfe der Sterne feststellt. Als ich mich über die Schultern der anderen beugte, bemerkte ich das silberne Täschchen meiner Cousine Emilia über dem Tisch, auf dem allerlei Karten herumlagen. Es war eindeutig ihr Täschchen, verziert mit der Initiale E – der senkrechte Strich nicht ganz durchgezogen –, das Kettchen, das als Griff diente, war an der gleichen Stelle gerissen und dann wieder gelötet worden, und in der linken Ecke fehlten ein paar Kettenglieder. Das Silber war schwärzlich angelaufen, es sah genauso aus wie damals, als Emilia das Täschchen beiseitegelegt hatte, um leichter in den Karten herumstöbern zu können. »Was ist denn das da?«, fragte ich und bemühte mich um einen gleichgültigen Tonfall. »Das hier?«, fragte der Erste Offizier und tippte an einen getönten Spiegel mit einem blitzenden Messingrahmen, auf dem viele Unterteilungen, Winkel und Gradangaben zu sehen waren. »Nein«, sagte ich, »das da drüben.« »Ach so«, sagte der Offizier, »das ist ein Damentäschchen, nichts Besonderes. Wahrscheinlich hat es irgendeine Schülerin, die das Schiff bei einem Ausflug besucht hat, hier vergessen. Zuerst haben wir es aufgehoben, weil wir dachten, sie würde zurückkommen. Und jetzt behalten wir es weiter hier, weil wir denken, dass es uns Glück bringt.« Unzufriedenes Murren erhob sich gegen mich. »So ein Schwachkopf«, sagte eine Stimme hinter mir. »Immer fragt er so einen Blödsinn.« Dann wurden wir in die Stadt geführt, um uns eine winzige Sphinx aus schwarzem Stein anzuschauen, die vor sehr langer Zeit aus Ägypten geholt worden war, sowie das in eine Kirche umgewandelte Grabmal eines römischen Kaisers und das Denkmal eines Mönchs, der drohend den Zeigefinger hob. Ich war mit meinen Gedanken woanders, nahm nichts wahr, die anderen rempelten mich dauernd an. Und die ganze Zeit über hatte ich das Gefühl, dass ich irgendetwas zu fragen vergessen hatte.

Auf der Rückfahrt im Autobus fiel es mir dann ein: Ich hatte vergessen zu fragen, wo sich das Schiff gerade befunden hatte, als das kleine silberne Täschchen meiner Cousine Emilia darin zurückgeblieben war.

*
 *   *

Hört auch ihr an nebligen Novemberabenden manchmal das Schiff? Was sagt es euch? Überzeugt es euch davon, dass das weit Entfernte manchmal ganz nah ist? Habt auch ihr dann das Gefühl, dass wir auf dem Meer treiben? Und dass wir schon im nächsten Augenblick das Unbekannte erreichen werden, dessen Umrisse wir bereits erahnen?

SOMMERGEWITTER

»Ihr werdet alle von der Schule fliegen«, schrien die Lehrer als Erwiderung auf unsere Scherze, auf Unfug und unbedachte Äußerungen. Sie drohten damit, wenn sie uns dabei erwischt hatten, wie wir in den versteckten Winkeln der Korridore rauchten, wie wir die Treppengeländer hinunterrutschten, wie wir alte pornografische Postkarten im Fotolabor der Schule vervielfältigten, wie wir in den Pausen ihre Gesten und Phrasen imitierten. Wir lachten nur darüber, da wir wussten, dass nichts dahintersteckte, dass sie diese Drohung schon wiederholten, seitdem das Gymnasium existierte. »Ihr werdet alle fliegen«, rief der Lehrer Dunaevski und hob seinen vom Nikotin gelb verfärbten Zeigefinger. »Alle, alle«, wiederholten die Lehrer Argirovski, Serbezovski, Kolemiševski. Wie hätten wir damals ahnen sollen, was eigentlich hinter diesen Worten steckte.

*
* *

In den Sommermonaten, wenn der Staub sich weiß auf Skopjes Dächer legte, wenn auf den brachliegenden Grundstücken hinter dem Eisenbahnerviertel riesige Disteln blühten, deren violette Blüten wie Schachköniginnen aussahen, wenn die Kutscher ihre staubverkrusteten Droschken zum Vardar hinunterfuhren, um sie zu waschen, und wenn die Eisverkäufer ihre kleinen, mit Vorhängen versehenen Wägelchen durch die leeren Straßen schoben, dann lag das Gymnasium gewissermaßen im Abseits, weitab von unseren Wegen. Wir gingen nicht daran vorbei und somit existierte es in unserer Vorstellung von der Stadt praktisch nicht mehr. Dieser Ort – der kleine Platz, der im Schatten der Wildkastanien auf einem Hügel über der Stadt lag, der Haupteingang mit dem großen schmiedeeisernen Tor, das niemals geöffnet wurde, die gelben Mauern des Gymnasiums – wurde zu einem blinden Fleck mit verblichener Oberfläche, über den unser Gedächtnis keinerlei Macht besaß. In der toten, schläfrigen Zeit zwischen den Wiederholungsprüfungen und dem Beginn des neuen Schuljahres versank das Gymnasium in der süßen Melasse der Sorglosigkeit, in der Konfitüre des Faulenzens, im Sirup der langen Stunden der Sommernachmittage. Verlassen lag es da, Staub auf den Bänken und tote, vertrocknete Fliegen auf den Fensterbrettern, als hätte es sich in einem separaten Zeitabschnitt verloren, als wäre es aus dem Alltag ausgeschlossen und schmölze nun in der erhitzten Luft dahin bis zu seinem völligen Verschwinden.

Umso größer war an jenem Abend unsere Überraschung, als wir bemerkten, wie es sich in der Dämmerung massiv und solide über den schweren, dunkelgrünen Kugeln der Wildkastanien erhob. Meine Cousine Emilia und ich blieben angesichts dieses Schauspiels verblüfft stehen, als sähen wir es zum ersten Mal. Es war unglaublich, dass all dies existierte, obwohl doch unsere Gedanken ganz woanders waren.

»Los«, Emilia zog mich am Ärmel, während ich noch

dastand und das Gymnasium angaffte wie eine Erscheinung. »Komm, wir müssen uns beeilen.«

Eben noch hatten wir im großen Zimmer gesessen, in dem sich die Verwandten bei einer der Zusammenkünfte aller Familienmitglieder drängten. Die Onkel hatten gerade einen ausgedehnten Nachmittagsschlaf hinter sich und gähnten, während die Tanten Schnittmuster für Sommerkleider betrachteten und wir Limonade tranken. Schwüle hing in der Luft, die Fliegen bissen. Meine Cousine Emilia und ich wollten gerade eine Partie »Mensch ärgere dich nicht« beginnen, als Opa Simon ganz verschwitzt aus seinem Kämmerchen in der Mansarde herunterkam und in gewichtigem Tonfall, als verkünde er einen Kriegsausbruch, hervorstieß: »Das Barometer fällt.«

Dieser Satz, den wir so oft in den Abenteuerromanen über das Leben auf See gelesen hatten, hallte seltsam und bedrohlich wider in der entspannten und schläfrigen Atmosphäre, die in unserem Haus herrschte. Die Köpfe hoben sich. »In Kürze wird ein Gewittersturm aus Richtung Südwest-West eintreffen«, erklärte Opa Simon fachmännisch.

»Ojemine«, schrie Tante Eleonora auf, »meine Fenster! Wenn ein starker Wind weht, gehen sie kaputt! Ich habe vergessen, sie zuzumachen. Alle habe ich offen gelassen«, erklärte sie, »damit es wenigstens ein bisschen Durchzug gibt.«

Der Familienrat prüfte kurz sämtliche Möglichkeiten. Die am leichtesten umzusetzende wurde gewählt: Meine Cousine und ich sollten auf dem kürzesten Weg zum Haus der Tante gehen, die Fenster schließen und möglichst vor Ausbruch des Gewitters wieder nach Hause kommen.

Und so führte uns unser Weg durch die warmen und verschlafenen Sträßchen, entlang der um Wasser flehenden Gärten und über die Brachen, auf denen räudige Hunde umherstreiften, vor das Gymnasium. Wir gingen um das Gebäude herum, kletterten den Abhang voller Dornengestrüpp hinunter, scheuchten einen Schwarm Spatzen auf, die ein Staubbad nahmen, rochen die entfernten Metzgereien, in denen sich über dem verdorbenen Fleisch Fliegen sammelten. Dann standen wir vor Tante Eleonoras Haus, stiegen die Treppe hoch, schlossen auf, traten ein und – fanden dort kein einziges offenes Fenster vor. »Uff«, sagte Emilia, »sie hat nicht vergessen, die Fenster zuzumachen, sondern hat vergessen, dass sie sie zugemacht hat.« Tante Eleonora war für ihre Zerstreutheit und Vergesslichkeit bekannt.

Mit großen Löffeln bedienten wir uns aus den Gläsern mit Walderdbeermarmelade, die im Küchenschrank standen; ich versuchte, Emilia auf den klebrigen Mund zu küssen, doch sie drehte sich weg und entwand sich mir. Nur ihr fliegendes Haar kitzelte mich an der Nase.

Ich ging erneut mit ausgebreiteten Armen auf sie zu. Mit halbgeschlossenen Augen schüttelte sie abweisend den Kopf. »Wir müssen uns beeilen«, sagte sie. Vergeblich versuchte ich, sie dazu zu überreden, in der Bibliothek der Tante die Romane von Paul de Kock und Pitigrilli anzuschauen, deren Seiten vom vielen Umblättern schon ganz abgegriffen waren. »Sei doch vernünftig«, sagte sie, »sie warten sicher schon auf uns.«

Auf dem Rückweg kamen wir wieder am Gymnasium vorbei. Die Luft war schwer geworden, gesättigt mit Gerüchen, beinah süß. Über der Matka-Schlucht erhob sich wie eine indische Pagode eine schwarze Wolke mit unzähligen Stockwerken. Wir hätten unseren Weg fortgesetzt, wenn meine Cousine Emilia nicht gesagt hätte: »Da ist jemand im Gymnasium.«

Und tatsächlich, im Gegensatz zu den anderen Fenstern, hinter denen schichtweise abgestandene Dunkelheit lagerte, blitzte hinter den großen Fenstern der Aula im zweiten Stock etwas auf. Durch den Saal liefen blaue Reflexe, tanzten kleine Flammen, bewegten sich Schatten. »He«, sagte meine Cousine Emilia, »da geht irgendetwas vor sich.«

Wir wussten selbst nicht, was wir drinnen eigentlich vorzufinden hofften, doch da waren wir schon auf dem Treppenaufgang. Die Tür stand halb offen: Sommerwinde hatten ein vergilbtes und zerknittertes Zeitungsblatt hineingeweht, eine graue Taubenfeder, Sonnenblumenkerne, tote Nachtfalter, eine ausgebleichte Briefmarke. Als wir eintraten, knirschte es unter unseren Schritten.

Das Gymnasium vermittelte den Eindruck völliger Verlassenheit. Es war das erste Mal, dass wir seine Räume während der Sommerferien betraten, und dieses Eindringen hatte etwas Unrechtmäßiges, Ungehöriges, Verbotenes an sich. Wir stiegen die Treppen zum zweiten Stock empor und gingen den Korridor entlang. Um uns herum lastete dichte Stille. Vom anderen Ende des Korridors her schwebte uns gemächlich ein großer Löwenzahnsamen entgegen, getragen von einem kaum spürbaren Lufthauch. Auf seinem Weg zu uns wiegte er sich beinahe unsichtbar in den feinen Luftströmungen und war mal hell, mal dunkel, je nach dem Licht, das durch die Fenster auf ihn fiel. Als er uns erreichte, bückte sich meine Cousine Emilia, um ihn in seinem Flug nicht zu behindern. Dadurch versetzte sie die Luftschichten in Unruhe und das Schirmchen sackte ab, setzte dann aber seinen Flug zum anderen Ende des Korridors fort, einem nur ihm bekannten Ziel entgegen.

Die Klassenzimmer standen offen. Auf den Bänken hatte sich Staub abgesetzt, auf dem Boden lag Papier herum, an den Tafeln standen Überreste vergangener Lektionen: Spuren von Buchstaben und Zahlen, die unverständlich geworden waren.

Als wir an der offenen Tür des Lehrerzimmers vorbeigingen, klingelte das Telefon. Wir erstarrten. Die Stille, die darauf folgte, schloss sich wie eine Glasglocke um uns. Dann klingelte das Telefon noch einmal; schrill hallte das Klingeln durch den Korridor. Ich stürzte hin und hob den Hörer ab. »Ja«, sagte ich. »Ist da das Gymnasium?«, hörte ich Opa Simons Stimme, als käme sie aus ungeheurer Entfernung. »Ja«, antwortete ich und versuchte, meiner Stimme Gewicht zu verleihen. Opa Simon hüstelte, zögerte. Er schien Argwohn zu hegen. »Hören Sie«, sagte er, »das ist sehr wichtig. Sagen Sie den Lehrern, dass das Barometer fällt.« Dann gab es noch einen kurzen Augenblick des Zögerns. »Das ist sehr wichtig«, wiederholte er. »Sagen Sie es ihnen unbedingt.« »Ja«, sagte ich. »Ja, natürlich.« Danach legte Opa Simon langsam auf.

»Wer war das?«, flüsterte meine Cousine Emilia. »Opa Simon«, sagte ich. »Er teilt der ganzen Stadt mit, dass das Barometer fällt.« Meine Cousine Emilia blickte mich verständnislos an. »Er verlangt von uns, den Lehrern zu sagen, dass das Barometer fällt«, erklärte ich ihr.

Mit einer Bewegung ihres Fingers gab sie mir zu verstehen, dass in seinem Kopf nicht alles in Ordnung sei. Ich nickte zustimmend. Schließlich kamen wir zur Tür der Aula. Dahinter waren gedämpfte Stimmen zu hören, Flüstern, Geräusche.

Wir horchten: Es war jemand drinnen, aber wer das war und was dort vor sich ging, war unklar. Wir standen einen Augenblick lang unschlüssig da, dann gab ich Emilia ein Zeichen.

Wir bogen in den Korridor, stiegen die Seitentreppe hoch und öffneten so leise wie möglich die Tür zur kleinen Galerie, die auf die Aula hinausging.

Unten, unter uns, saßen inmitten von Apparaten, die aus dem Physikraum hierhergeschleppt worden waren, Muto, der taubstumme, verrückte Stadtstreicher, und Fatima, die junge Frau des Pedells Memed. Sie drehten die Kurbel der Influenzmaschine von Wimshurst und stießen kleine Freudenschreie aus, wenn zwischen den einander angenäherten Kügelchen elektrische Funken aufblitzten.

Memed, der Pedell, war so alt wie das Gymnasium selbst. Er war eine Kapazität in Heizungs- und Beleuchtungsfragen und Gebieter über die Zigeunerinnen, die nach dem Unterricht die Klassenzimmer reinigten. Aus ihren Reihen hatte er Fatima ausgewählt, die viel jünger war als er. Sie war häufiger Gegenstand unserer erotischen Träume: Wir erzählten uns schlüpfrige Geschichten über sie, pfiffen ihr auf den Fluren hinterher und fanden genau dann etwas unten im Hof zu tun, wenn sie die Fenster des Lehrerzimmers putzte. Muto, dieser harmlose Geistesschwache, lungerte manchmal am Gymnasium herum; er half Memed dabei, Kohle in den Keller zu schaffen und den Garten umzugraben. Wenn er Fatima sah, stieß er tief empfundene Ausrufe der Wonne und der Erregung hervor. Ob sie sich an diesem Nachmittag zufällig hier getroffen hatten? Oder ob sie in den Sommermonaten, wenn sonst niemand im Gymnasium war, ständige Besucher der Aula waren? Was wohl Memed von diesen Zusammenkünften hielt? Oben auf der Galerie suchten wir vergeblich nach Antworten auf diese Fragen.

Vor einige der großen Saalfenster waren dunkle Vorhänge gezogen, wie üblicherweise bei Filmvorführungen; durch die anderen sah man, wie große schwarze Wolken am Himmel aufzogen. Im Saal herrschte bereits eine für diese Tages- und Jahreszeit zu früh hereingebrochene Dämmerung. Die Konturen wurden unscharf, die Gesten wirkten zweideutig, der Ausdruck auf den Gesichtern ließ sich nur schwer bestimmen, die Kleiderstoffe vermischten sich mit den Schatten, und nur Zähne, Augäpfel und Fingernägel leuchteten weiß wie Mondlicht. Muto gurrte und brummte, Fatima zwitscherte fröhlich; sie drehten an den Kurbeln der Instrumente, fügten Drähte zusammen, näherten die Pole einander an. Die Stanniolstückchen in den Elektroskopen dehnten sich aus, das Franklinsche Rad drehte sich, die Leidener Flaschen leerten sich, die elektrischen Klingeln tönten und durch die Aula zuckten kleine lila Blitze.

Einen Moment lang konnten wir ihre entzückten Gesichter erkennen, bevor alles wieder im Halbdunkel versank; auf den Skalen der Amperemeter zitterten die Zeiger, unter der Einwirkung von Wechselstrom vibrierte der Thomsonsche Ring, durch die Glasröhren voller Quecksilberdampf zuckten blasslila Reflexe, die Kathodenröhren mit den metallisch leuchtenden Blitzen fluoreszierten mit grünem Schein. Bisweilen schien es uns, als ob Fatima und Muto einander streichelten, als ob seine Hand über die ihre striche, doch im nächsten Moment begriffen wir, dass er den Rumkorff-Induktor in Gang setzte, dass er die Kondensatoren einander annäherte, die Elektroden festzog, dass er sich bückte, um den Zeiger auf der Skala des Voltmeters besser erkennen zu können.

Unter ihren Händen glückten die Experimente, für deren Misslingen im Unterricht die Lehrer sich unzählige Begründungen ausgedacht hatten. Wie bei einer Jahrmarktsgaukelei funktionierte alles, ohne dass man erkennen konnte, wie; die komplexen Apparaturen verhielten sich wie Spielzeuge. Befreit von der Tyrannei der Gesetzmäßigkeit, von der idiotischen Diktatur der Kausalität, zeigten sich die physikalischen Erscheinungen wie ein Deus ex Machina, wie ein zerzaustes Springteufelchen. Wir konnten beinahe spüren, wie sich die komplizierten Formeln vor unseren Augen auflösten: Sie verloren sich wie durchscheinende und ausgehungerte Mottenschwärme, die beim großen Frühjahrsputz des Hauses aus dem Kleiderschrank vertrieben wurden. Als spielten sie ein Kinderspiel für Erstklässler, näherten Fatima und Muto die Kohlestäbchen einander an, aus denen dann der Voltaische Bogen in all seiner Erhabenheit aufblitzte. Umgeben von elektrischen Entladungen, von Funken und kleinen Detonationen, vom Geruch nach Ozon und verbranntem Gummi, waren sie falsche Zauberer, die sich über ihre eigene Magie lustig machten. »Halt mal«, rief Fatima. Zwischen ihren Gesichtern leuchtete der Schein eines kleinen Blitzes auf, Muto stieß dunkle, kehlige Schreie aus.

Wir standen oben auf der Galerie, zwischen Stühlen und Tischen, auf denen die Gipsköpfe von Hermes, Aphrodite und Moses in einem Durcheinander herumlagen, und lehnten an Vitrinenschränken, in denen unter einer Staubschicht alles Mögliche in einem heillosen Wirrwarr stand: Feldvogeleier, Schaukästen mit aufgespießten Schmetterlingen, Durch-

schnitte von versteinerten Ammoniten, ausgestopfte Nagetie-
re, deren Fell sich lichtete, Kristalle, Mineralien, Platten aus
verschiedenen Metallen, in die die Namen der Minen geprägt
waren, aus denen sie stammten, Modelle von Kraftwerken,
Reptilienskelette, Tintenfässer in der Form artesischer Brun-
nen, Modelle innerer Organe, kaputte Mikroskope, Kompasse, Schildkrötenpanzer, reliefierte Mondgloben, deren eine
Seite schwarz war, eine Sammlung alter Münzen, eine vergilbte
Fotografie von der feierlichen Einweihung des Gymnasiums,
eine präparierte Fledermaus und ein Schwertfischhorn – wie
dies in die Sammlung der Schule gelangt war, wusste niemand.
Ich hielt Emilia an der Hand. So standen wir im immer dichter werdenden Halbdunkel und versuchten, die nur halb ver-
ständliche Szene, die sich uns darbot, zu durchdringen.

Unten schienen sich Fatima und Muto zwischen dem Auf-
flackern der Neonröhren und dem springenden Funken der
Leidener Flaschen zu küssen und zu streicheln; aber schon
im nächsten Augenblick beugten sie sich im Schein der Lichter, die von den Platten des Hertzschen Oszillators reflektiert
wurden, über den Faradayschen Zylinder, dessen Alumini-
umblättchen sich durch die Berührung mit dem elektrischen
Wind aufrichteten. Verzaubert und fasziniert drehten sie das
Stroboskop und betrachteten versunken die lebhaften Bilder, die sich nur ihnen zeigten. Dann, als das Licht gänzlich
schwand, flüsterten sie Unverständliches und verflochten ihre
Körper zu Knoten, die das Halbdunkel noch unentwirrbarer
machte. Meine Cousine Emilia und ich lehnten uns über die
Brüstung und versuchten herauszubekommen, was Wahrheit war und was Täuschung in dem Spiel, das da unten statt-
fand. Emilia atmete dicht an meinem Ohr tief ein und aus; mir

lief ein Schauer den Rücken hinunter. Ich drehte mich zu ihr, um sie zu küssen, und stieß dabei mit dem Ellenbogen gegen ein großes Gipsohr, das auf der niedrigen Vitrine stand: Es schwankte, kippte um, bevor ich es fassen konnte, und fiel auf den Boden, wo es in tausend Teilchen zersprang.

»Idiot«, zischte Emilia.

»Da oben ist jemand«, sagte Fatima. Muto richtete sich auf. »Wer ist da oben?«, fragte sie lauter.

»Jjjjaa«, quetschte Muto mühevoll hervor.

Wir schwiegen und hielten den Atem an.

»Geh und sieh nach, wer da ist«, sagte Fatima zu ihm und schubste ihn an.

»Iiich ggggeh«, sagte Muto drohend. Sein von den Platten des Hertzschen Oszillators angeleuchtetes Gesicht verzog sich zu einer bedrohlichen Grimasse.

Doch gerade als wir uns schon entdeckt wähnten, öffnete sich die große Tür der Aula und vom Korridor aus drang ein gleißender Lichtkegel ein. Gleich darauf drängte der lärmende Haufen des Lehrerkollegiums durch das Licht, vor dem er sich wie eine Reihe von Scherenschnitten abzeichnete, in den Saal. Es waren unsere altbekannten Lehrer; wir erkannten sie eher an den Stimmen als an ihren Gesichtern. Auf der Suche nach dem Lichtschalter tasteten sie sich durchs Halbdunkel. Als das Licht schließlich anging, standen Fatima und Muto im Kabelgewirr neben den Apparaten und lächelten wie Schuldige, die auf frischer Tat ertappt worden sind.

Aber kaum jemand beachtete sie. »Ihr habt euch wohl wieder an den Apparaten zu schaffen gemacht«, sagte einer der Lehrer, als er an ihnen vorbeiging. Sie antworteten nicht und rückten voneinander ab.

Die Lehrer schenkten ihnen weiter keine Beachtung. Sie verteilten sich in der Aula, als suchten sie etwas. Alle waren sie da: Dunaevski, der Mathematiklehrer, ein russischer Emigrant, mit seinem grünen Lodenmantel, den er nie auszog, Argirovski, der Lateinlehrer, genannt »Agricola«, Kacavolu, ein gescheiterter Rechtsanwalt, der Französisch unterrichtete, Serbezovski, ein ehemaliger Kavalleriehauptmann, der nach einem unglücklichen Sturz vom Pferd den Beruf wechseln musste und Kunsterzieher geworden war, Mandžukov, ein langjähriger Medizinstudent, der das Studium abgebrochen hatte und uns in Anatomie unterrichtete, und Kolemiševski, der Erdkundelehrer, der »Maus« genannt wurde, weil er so klein war. Alle trugen Mäntel und hielten Regenschirme in den Händen. Es war offensichtlich, dass sie die jähe Wetteränderung bemerkt hatten.

»Denken Sie denn, dass es machbar ist, werter Herr Kollege?«, wandte sich Mandžukov an Dunaevski. »Kanjeschno«, sagte dieser, »selbstverständlich, selbstverständlich; ich habe alle Berechnungen mehrfach überprüft.«

Das waren die einzigen Worte, die in dem Durcheinander deutlich zu verstehen waren. Alle drängten lärmend und einander rempelnd zum Fenster. Der Himmel hinter der Fensterfront war schon ganz schwarz. Dunaevski stieg mit etwas Mühe auf das Fensterbrett. Man hörte seine Gelenke knacken, aber er bewahrte seine würdevolle Haltung.

»Meine Herren«, sagte er und nahm eine feierliche Pose ein, »meine Herren … «

In diesem Moment öffnete sich die Tür der Aula erneut. Fatimas Mann, der Pedell Memed, stürzte herein. Es schien, als habe er einen anderen Anblick erwartet: Als er die Lehrer bemerkte, zeigte sich ein verlegenes Lächeln auf seinem Gesicht und er machte eine ungelenke, um Entschuldigung bittende Handbewegung.

Der Lehrer Dunaevski stand auf dem Fensterbrett und war offensichtlich wütend über die Störung.

Fatima lief zu Memed, nahm seine Hand und zeigte auf Dunaevski. »Lass nicht zu, dass sie das tun«, rief sie. »Die wollen wieder …«

»Red keinen Blödsinn«, sagte Memed, der gerade bemerkt hatte, dass sich auch Muto in der Aula befand. »Die Lehrer wissen schon, was sie tun«, fügte er hinzu und stieß Fatima grimmig von sich fort.

Fatima wandte sich an die Lehrer. »Tut es nicht«, rief sie. »Um Gottes willen, tut es nicht!«

Memed packte sie am Handgelenk und versuchte, sie zum Schweigen zu bringen, doch sie riss sich los und lief zum Fenster. Mitten im Getümmel hörte man wieder die Stimme Dunaevskis. Er schickte sich an, etwas zu sagen, sein Mund stand offen, als wollte er zu einer langen, pathetischen Rede ansetzen, doch dann rief er nur: »Vperjod, vorwärts!«, stieß sich vom Fensterbrett ab und stürzte sich in den Abgrund.

Auf dieser Seite des Gymnasiums fiel ein steiler, von Brennnesseln und Dornengestrüpp bedeckter Abhang zur Stadt hin ab. An der Unterkante des Fensters waren undeutlich die Dächer der Stadt zu erkennen.

Es schien, als überschlage sich der Lehrer unten in der Tiefe, doch schon im nächsten Moment sahen wir Dunaevski vor dem schwarzen Hintergrund des Himmels, wie er mit weit ausgebreitetem Lodenmantel über die Dächer flog. In der Aula war ein kurzer Applaus zu hören.

Die übrigen Lehrer drängten sich um das weit offen stehende Fenster und versuchten, den Flug Dunaevskis zu verfolgen. Dann stieg Serbezovski auf das Fensterbrett. Er war elegant und hatte trotz seines Hinkebeins Sinn für eine schöne Pose.

»Ihr werdet euch umbringen, ach Gott, ihr werdet euch den Hals brechen!«, jammerte Fatima und streckte ihre Hände gegen jeden Lehrer einzeln aus. Doch die wichen ihr geschickt aus und halfen einander unbekümmert, auf das Fensterbrett zu steigen. Sie reichten sich die Hände und lächelten dabei liebenswürdig, machten höfliche Handbewegungen, um einander den Vortritt zu lassen, verbeugten sich freundlich. Waren sie erst einmal auf dem Fensterbrett, schwankten sie unbeholfen, suchten mit ausgebreiteten Armen das Gleichgewicht, kippten dann und flogen los.

Meine Cousine Emilia und ich sahen ihnen zu, wie sie sich entfernten und immer kleiner wurden. Einige von ihnen hatten die Regenschirme geöffnet. Plötzlich erinnerten sie an Fledermäuse.

Muto klatschte ein paar Mal freudig in die Hände und stieß unverständliche Laute aus.

Am anderen Fenster standen der Pedell Memed und seine Frau Fatima. »Du hättest sie nicht fliegen lassen dürfen«, sagte Fatima. »Was kann denn ich dafür«, sagte Memed müde. »Die wissen schon, was sie tun.« Dann sah er Muto an. »Aber ihr beiden … «

Doch er beendete den Satz nicht. In diesem Moment wurde die Tür zur Aula wieder aufgestoßen. Opa Simon kam hereingestürzt, ganz aufgelöst und außer Atem, das Haar voller Distelsamen.

»Wo sind die Lehrer?«, rief er. »Schnell, sagt mir, wo sie sind!«

»Sie sind nicht da«, sagte Memed ruhig. »Im Sommer sind keine Lehrer da. Im Sommer sind Ferien. Im Sommer gibt es keinen Unterricht. Im Sommer sind nur wir im Gymnasium.«

Opa Simon lief hin und her durch die Aula, als suche er etwas. Dann ging er zum Fenster und betrachtete eingehend das Fensterbrett.

»Die sind doch verrückt«, sagte er. »Das Barometer ist gefallen. Sie hätten nicht losfliegen sollen.«

Fatima brach plötzlich in Tränen aus. »Ich hab ihnen ja gesagt …«, begann sie. »Es reicht«, unterbrach sie Memed. »Es waren keine Lehrer da.«

»Das war ein Fehler«, sagte Opa Simon. »Es wird einen schrecklichen Sturm geben … «

Und wie als Antwort auf seine Worte packte die erste Windböe das große Fenster, das noch immer offen stand, und schlug es nach einem verzweifelt langen Augenblick, in dem es Memed und Opa Simon nicht mehr gelang, es festzuhalten, heftig gegen die Wand. Die Scheibe zersprang in unzählige Scherben. Durch die Fensteröffnung trug der Wind Löwenzahnsamen, Staub und die ersten großen Regentropfen herein.

Beinahe gleichzeitig schrie Fatima auf und streckte ihren Zeigefinger aus: Das riesige Barometer – der Stolz des Gymnasiums, von dem man sagte, es sei von der Guadalquivir geborgen worden, als sie im Thessaloniker Hafen versank – schwankte an der Wand. Der Schlag des Fensters hatte es aus dem Gleichgewicht gebracht, und nun neigte es sich gefährlich. Memed hob vergebens seine Hände. Der Nagel, an dem es hing, gab nach, es fiel herunter und zerbrach mit einem fürchterlichen Krach.

Draußen leuchtete ein greller Blitz auf. Im blauen Licht, von dem sich die Lippen zusammenzogen und es in den Zähnen kribbelte, sahen wir, wie sich Opa Simon an den Kopf griff, wie Memed kämpfte, um die Fenster zu schließen, wie Muto die Arme ausbreitete und wie Fatima vor der Tafel kauerte. Dann dröhnte ein Donnerschlag: Sein Krachen spaltete sich auf und ging durch alle Gegenstände wie ein heftiges, fiebriges Beben. Der Strom fiel aus.

In der Finsternis da unten war alles stumm. Man hörte nur das leise Gebrabbel Mutos, der sich durch die Dunkelheit bewegte. Seine nicht ausgeformten, kehligen kleinen Wörter hatten etwas von einem Klagegesang. Dann flammten weitere Blitze auf. Bildeten wir es uns nur ein oder sahen wir in ihrem Licht wirklich die alten Lehrer, wie sie taumelnd gegen den Sturm kämpften, kraftlose Flugkörper in beängstigender Höhe?

Danach rannten Emilia und ich aus dem Gymnasium und versanken im Chaos aus dicken Regentropfen, abgerissenen Blättern, zerfetzten Vorhängen, hochwehenden Kleidern, umherwirbelnden Zeitungen. Im Schein der Blitze hatte das nasse Pflaster die Farbe tiefer Einschnitte in blau gewordenem Fleisch.

»Herr Dunaevski«, schrie Emilia, während sie durch die Dunkelheit rannte, »Herr Argirovski, hierher, hierher, kommen Sie herunter … «

Im Himmel über uns öffneten sich bedrohliche, violette Klüfte. Der Regen machte uns blind. Meine Cousine Emilia rief vergeblich nach den Lehrern: Ihre Stimme verlor sich im schaurigen Rauschen der Pappeln, im Scheppern zerbrechender Ziegel, im Krachen des Donners, das die Luft durchschnitt, und im alles überdeckenden Getöse des Regens.

*
* *

Im Herbst fing die Schule wieder an. Das große gelbe Gebäude am Stadtrand war voller Leben; nichts darin zeugte von der Gewitternacht.

Man stellte uns die neuen Lehrer vor. Sie hatten alle gerade erst ihr Studium beendet, waren liebenswürdig und lächelten voller Selbstvertrauen, zuversichtlich, dass sie uns erobern und uns beherrschen würden.

Über die alten Lehrer erzählte man uns, dass sie pensioniert worden und alle zusammen fortgezogen seien, um in einer bescheidenen Pension in einem Badeort im Landesinneren zu leben, dass sie wegen unverantwortlichen Umgangs mit Schulinventar verhaftet worden seien, dass sie an einer finsteren politischen Verschwörung beteiligt waren …

Tatsächlich wussten nur wir wenigen – Opa Simon, der Schuldiener Memed, seine Frau Fatima, der geistesschwache Muto, meine Cousine Emilia und ich –, dass sie durch eine unverhoffte Drehung des Windes auf Nimmerwiedersehen verschwunden waren.

Meine Cousine Emilia und ich hatten sogar einen konkreten Beweis: Auf unserem Hausdach fanden wir an der Spitze des Blitzableiters einen grünen Stofffetzen, den wir eindeutig als Teil des Lodenmantels unseres Lehrers Dunaevski identifizierten.

Wir verloren darüber kein Wort. Muto lungerte lange Zeit vor dem Gymnasium herum und bemühte sich, jedem Passanten etwas zu erklären, indem er mit den Armen wedelte, als versuche er zu fliegen. Opa Simon war in seine Landkarten vertieft, auf denen er die Wege der Winde einzeichnete und Entfernungen ausrechnete. Memed begann zu trinken und Fatima zu schlagen – und was sie betraf, so glaubte ihr niemand, als sie eine unglaubliche Geschichte vom Fliegen erzählte, nachdem sie auf dem Bit-Basar bei dem Versuch erwischt worden war, das alte, zerbrochene Barometer aus der Schulaula zu verkaufen.

Tante Eleonora hat niemals zugegeben, dass sie vor dem Verlassen der Wohnung die Fenster tatsächlich zugemacht hatte und ihr das später entfallen war. »Nein«, sagte sie, »das habt ihr euch doch alles auf eine ganz ungezogene Art und Weise ausgedacht.«

Was die Katzen sehen

Wenn wir abends nach Hause kamen und niemand daheim war, wartete vor der Tür der Kater Fjodor auf uns. Das Haus war finster und schweigend in seiner eigenen Rätselhaftigkeit versunken, sich selbst genug und scheinbar in Nachdenken vertieft. Es in diesen Augenblicken zu betreten war, als dringe man ungebeten in ein fremdes Geheimnis ein, als störe man die Ruhe, die den umfriedeten Raum bis in seinen letzten Winkel erfüllte. Während wir in den Taschen nach dem Schlüssel suchten, kratzte der Kater Fjodor ungeduldig an der Tür, und wenn wir sie schließlich öffneten, rannte er als Erster in die Dunkelheit.

Doch dort erstarrte er plötzlich: Nach nur wenigen fröhlichen und leichtfüßigen Schritten blieb er wie angewurzelt stehen und verharrte so. Sein Rücken krümmte sich zu einem Bogen, sein Fell sträubte sich und seine Augen starrten etwas an, was er dort im Dunkeln sah. Ohne auch nur einen einzigen Laut von sich zu geben, blieb er unbeweglich stehen, als habe er irgendetwas ganz Unglaubliches und Furchtbares entdeckt. Sein Blick war in die dunkle Ecke des Flurs gerichtet, wo sich die Decke wegen der in das Obergeschoss führenden Treppe über das Kanapee senkte, auf dem meine Cousine Emilia in den Nachmittagsstunden ihr Nickerchen hielt. Er starrte genau auf das Kanapee, als säße oder läge darauf jemand.

Obwohl wir diese Angewohnheit des Katers kannten, schaffte er es doch immer wieder, uns einen Schrecken einzujagen.

»Was ist denn da, was ist denn da bloß?«, flüsterte meine Cousine Emilia verängstigt. Dabei wies sie auf das dunkle Haus, in das sich die Pupillen des Katers Fjodor bohrten, und nahm meine Hand.

Bei eingeschaltetem Licht zeigte sich dann, dass dort gar nichts war. Der Kater blieb noch ein paar Augenblicke stocksteif stehen und strich dann schnurrend um unsere Beine, als wäre nichts gewesen.

»Vielleicht eine Maus oder eine Küchenschabe«, sagte ich, doch insgeheim wusste ich, dass es sich um nichts Wesenhaftes handelte. Der Kater Fjodor sah etwas, das für die anderen unsichtbar war.

»Ich habe Angst«, sagte meine Cousine Emilia, die sich im Kreis drehte und misstrauisch jedes Möbelstück musterte. In diesen Augenblicken umgab uns das Haus wie ein völlig fremder Raum: Alles darin war auf einmal unbekannt, rätselhaft, sogar bedrohlich geworden. Es musste immer ein wenig Zeit vergehen, bis wir uns wieder daran gewöhnt hatten und es uns vertraut und alltäglich erschien.

Der Kater Fjodor hatte in der Zwischenzeit schon ein ruhiges Plätzchen auf dem Teppich gefunden und sich zusammengerollt, um ein sorgloses Schläfchen zu halten.

»Was sehen die Katzen im Dunkeln?«, fragte Emilia.

»Die Katzen sehen die Vergangenheit«, antworteten die Tanten. »Was einmal an einem Ort passiert ist, erscheint ihnen wieder, nur ihnen. Längst vergessene Ereignisse treten aus dem Grau der Vergangenheit und erwachen vor ihren Augen zum Leben.«

»Die Zeit ist irreversibel«, sagte Opa Simon streng, wie immer, wenn er wissenschaftliche Wahrheiten aussprach. »Irre-ver-si-bel«, wiederholte er und fügte dann hinzu: »Sogar für Katzen.«

»Vielleicht handelt es sich ja auch um die Zukunft«, brachte der Richter Pletvarski unentschlossen und zögerlich seine Auffassung vor. Er genoss es, den gelehrten Gedankengängen Opa Simons zu folgen, und kam abends oft bei uns vorbei, um sich zu unterhalten. »Vielleicht haben sie die Macht oder besser gesagt die Eigenschaft, die Dinge im Vorhinein zu sehen?«

»Unsinn«, sagte Opa Simon. »Katzen besitzen nicht die Macht der Präkognition. Niemals und nirgendwo haben sie je etwas vorhergesagt. Sie haben nicht einmal vor irgendetwas gewarnt. Die Gänse in Rom – die ja. Und in Japan existieren Fische, die ein Erdbeben vorhersagen können, doch dafür gibt es eine wissenschaftliche Erklärung. Aber Katzen – nein. Von so etwas berichtet die Geschichte nichts.« Da war Opa Simon sicher und ließ sich nicht beirren.

»Was ist es also Ihrer Ansicht nach?«, fragte der Richter Pletvarski und wischte sich mit einem weißen Taschentuch den Schweiß von der Stirn. »Weder Vergangenheit noch Zukunft – ja, was denn dann?«

»Die Katzen fantasieren«, antwortete Opa Simon im Brustton der Überzeugung. »Sie haben eine reiche Einbildungskraft. Sie stellen sich ganz einfach etwas vor. Sehen wir uns doch nur einmal, wie Karl Groos sagt, spielende Kätzchen an ...«

Die Diskussion driftete in wissenschaftliches Fahrwasser. Opa Simon führte die Theorien Karl Büchers an, zitierte aus Plechanovs »Briefen ohne Adresse« und gelangte bis zu Pavlovs Theorien.

»Auf dem Dachboden habe ich Illustrierte von vor dem Krieg gefunden«, sagte ich zu Emilia. »Soll ich sie dir zeigen?«

Durch die Fenster drang das ferne Rauschen der Stadt herein, der Duft der fauligen, auf die Steinplatten des Nachbarhofs gefallenen Zwetschgen, das Gesurre der Stechmücken. Langsam bezwang die Kühle der Nacht die Schwüle, doch es war, als klammere sich die stickige Sommerluft an den Möbeln fest, als verberge sie sich in den staubigen Winkeln, als durchdringe sie das Gewebe der Sessel und Betten, um das Haus nicht verlassen und sich in der Nacht verlieren zu müssen.

Meine Cousine Emilia und ich saßen im Halbdunkel auf dem Kanapee im Flur, das eingezwängt in dem Winkel unter der Treppe stand, und blätterten in Gesamtausgaben von Vorkriegsillustrierten. Wie zufällig streifte ich ihre Hand: Ich spürte, wie in ihr noch immer der Sommertag brannte – ihre Haut war ein kleines bisschen feucht von Schweiß und warm und empfänglich für meine Berührungen.

»Komm, lass uns auf den Dachboden gehen«, wisperte ich an ihrem Ohr. »Wir holen noch mehr Illustrierte. Es gibt da auch Modejournale.«

»Mmmm«, sagte sie, »nein. Dort ist es dunkel.«

»Wir nehmen eine Lampe mit«, meinte ich. »Komm. Wir steigen hoch. Und oben küsse ich dich.«

»Sei nicht so aufdringlich«, sagte sie und seufzte, als wehrte sie eine lästige Fliege ab. »Sag mal, das mit den Katzen –

worum mag es da wohl gehen? Um die Vergangenheit oder um die Zukunft?«

Ich wusste, dass es weder um die Vergangenheit noch um die Zukunft ging. Auch nicht ums Fantasieren. Ich wusste, wovon eigentlich die Rede war, aber ich traute mich nicht, es ihr zu gestehen.

»Komm, gehen wir auf den Dachboden«, sagte ich. »Dort erkläre ich es dir.«

Emilia zog die Beine an, bedeckte die Knie mit dem Saum ihres Kleides, setzte sich auf dem Kanapee zurecht und gab mir keine Antwort. Während wir in den Illustrierten blätterten, positionierte ich meinen Arm so, dass er fast in seiner ganzen Länge, vom Ellenbogen bis zur Schulter, an Emilias Arm lag. Und Emilia zog ihren Arm nicht weg – weil sie es angenehm fand oder weil sie es gar nicht bemerkte.

Onkel Filip kam aus dem Zimmer, in dem noch immer über die außergewöhnlichen Fähigkeiten der Katzen diskutiert wurde. Durch die geöffnete Tür war Opa Simons Stimme zu hören, wie er irgendetwas voll Pathos und im Brustton der Überzeugung erläuterte. Der Onkel ging quer durch den Flur und sagte wie als Kommentar zu dem, was er zuvor im Zimmer gehört hatte, beinahe nur zu sich selbst: »Nein, hier geht es weder um Vergangenheit noch um Zukunft. Die Katzen sehen das, wovon wir nachts träumen.«

Ich zuckte zusammen. Onkel Filip war der Wahrheit sehr nahe gekommen.

Ich wusste nämlich, was der Kater Fjodor sah, wenn er unverwandt in die dunkle Ecke mit dem Kanapee starrte, sobald er in das leere Haus gekommen war: Es war der Körper meiner Cousine Emilia, den ich mir in meinen nachmittäglichen erotischen Wachträumen vorstellte, wie er sich wehrlos auf dem Kanapee wand und anspannte, an Händen und Füßen gefesselt und im Halbdunkel von einem leuchtenden Weiß, weil ich sie in meinen Gedanken zuvor ausgezogen hatte. Nachmittag für Nachmittag rief ich mir dieses Bild in der sanften, schläfrigen Atmosphäre, die das in der Sommerschwüle still gewordene Haus erfasst hatte, vor Augen. Ich dachte, nur ich wüsste davon. Allerdings beschlich mich in letzter Zeit immer häufiger der Verdacht, dass auch der Kater Fjodor dies sehen konnte.

Emilia schwieg nachdenklich und gedankenverloren und reagierte nicht auf meine Berührungen. Ihre Finger, mit denen sie die halb angehobene Seite der Zeitschrift hielt, waren in der Bewegung erstarrt.

»Komm, lass uns auf den Dachboden gehen«, bohrte ich zum wer weiß wievielten Male nach. Dabei glaubte ich schon selbst nicht mehr daran, dass Emilia sich dazu aufraffen würde.

»Mmmm«, sagte Emilia und räkelte sich verschlafen auf dem Kanapee. Sie streckte ihre Arme weit über den Kopf aus, wobei ihre feuchten Achselhöhlen sichtbar wurden. An den schwarzen Härchen hingen silberne Schweißtropfen. »Mmmm«, wisperte sie in wollüstiger Trägheit, »mmmm, ich gehe nirgendwo hin, hier fühle ich mich ganz wohl.«

»Weißt du was?«, traute ich mich plötzlich zu sagen. »Ich schau dir sehr gern zu, wenn du nachmittags hier auf dem Kanapee schläfst.«

»Du bist ein ganz ekelhafter, verdorbener Typ mit deinem Strick da«, flüsterte sie.

»Was denn für ein Strick?«, sagte ich. Ich spürte, wie ich

rot wurde und mich eine Hitze durchströmte, wie ich sie von den Krankheiten im Winter kannte. »Du bist wohl verrückt. Was für ein Strick?«

»Der, mit dem du mich fesselst«, flüsterte sie. »Denkst du etwa, ich wüsste das nicht?«

»Was fantasierst du denn da, wovon träumst du?«, stotterte ich verlegen.

»Ich weiß alles«, sagte sie und sah sich um, ob uns auch ja niemand hören konnte. Sie beugte sich zu mir. »Ich weiß alles, weil ich es gleichzeitig im Traum sehe. Ich weiß, dass du mich ausziehst. Ich weiß, dass du mich fesselst. Und ich weiß, dass du dann erlaubst, dass Fjodor mich mit seinen schrecklichen, weit aufgerissenen Augen anstarrt.«

»So ein Quatsch«, sagte ich. »Du bist doch verrückt. Du fantasierst dir da etwas zusammen.«

»Und du hast keine ehrbaren Absichten«, sagte meine Cousine Emilia.

Die Tür des Zimmers, in dem Opa Simon und der Richter Pletvarski saßen, ging auf.

»Und die Absicht«, sagte der Richter Pletvarski, als er aus dem Zimmer trat und dabei offensichtlich eine Diskussion über ein neues, diesmal juristisches Thema fortführte, »kann auch strafbar sein, natürlich nur, wenn sie vorsätzlich ist, insbesondere materieller Natur. Wenn Sie jemandem etwas antun wollen und zu diesem Zweck bestimmte Aktivitäten entfalten, die Ihnen das ermöglichen sollen, dann kann die Tat – besonders wenn es um materielle Mittel geht – als bereits begonnen betrachtet werden. Nehmen wir zum Beispiel …« Opa Simon und der Richter Pletvarski hatten den Flur bereits durchquert. Fetzen ihres Gesprächs hallten im

Hof wider, mischten sich mit dem Quietschen der Schwengelpumpe, dem Geräusch des auf den Beton spritzenden Wassers und den Rufen der Kinder, die in der Dunkelheit Verstecken spielten.

Der Kater Fjodor, der bisher in einem Winkel des Flurs geschlafen hatte, wachte auf, reckte sich und lief überraschend fröhlich auf uns zu. Mit einem Satz war er zwischen uns auf dem Kanapee. Unsere Hände, die wir beide in der Absicht gehoben hatten, ihn zu streicheln, trafen sich auf seinem Fell. Meine Cousine Emilia sah mich an. Und plötzlich nahm sie Abstand von ihrem Zorn, als wäre er völlig belanglos, lächelte mir komplizenhaft zu und raunte:

»Er weiß alles. Er sieht unsere Träume.«

EINHORNJAGD

Das Glaskügelchen traf auf die Wasseroberfläche und zersprang. Dann kam ein anderes geflogen: Ich sah es von unten aus dem Wasser. Ich saß, zusammengekauert in der Ecke, in einer Art Aquarium. Das Aquarium barst. Das Wasser lief aus. Ich blieb auf dem Trockenen zurück. Dann wachte ich auf.

Das Geräusch des berstenden Aquariums wiederholte sich. Etwas Festes schlug ans Fenster, und ich begriff: Jemand warf Steinchen gegen die Scheibe.

Unten im Hof standen meine Freunde aus dem Gymnasium: Nestor, der kleine, hinkende Miroslav, Pavle Kondratenko und Najden, genannt die Klette. Sie standen gebückt da und suchten neue Steinchen. Die Schirme ihrer Schülermützen leuchteten mit einem unirdischen Glanz. Es war Anfang Mai und der Mond war grün.

»Was ist los?«, fragte ich. Ich wusste nicht, wie spät es war: Ich war eingeschlafen, aber wie lange war das her?

»Los, komm runter«, sagte Nestor. »Auf geht's!«

»Wohin?«, fragte ich und versuchte, nicht verschlafen auszusehen.

»Du Schlafmütze«, sagte Nestor. »In den Park. Wir jagen Einhörner.«

Einen Augenblick lang verharrte ich unentschlossen. Die Straße lag im Mondlicht. Pfähle, Zäune, Pforten – alles warf einen Schatten, samtweich, tief, nahezu blau. Auf den Telefonleitungen, den Klinken, den Aushängeschildern der Läden, den schmiedeeisernen Balkongeländern lag der Schein des Vollmonds. Die Luft war so grün, als schaute man durch den dicken Boden einer Flasche. In einer solchen Nacht war alles möglich, aber ich war immer noch skeptisch.

»Es gibt keine Einhörner«, sagte ich. »Einhörner sind Fabeltiere, von denen man annahm, dass sie in Indien und in Äthiopien leben. Die alten Reisenden haben sie in ihren Berichten beschrieben, sie sollen ein langes, gedrehtes Horn mitten auf der Stirn haben. In den Kirchen wurden oft solche Hörner aufbewahrt, aber dann hat man bewiesen … «

»Red nicht so schlau daher«, sagte Pavle Kondratenko von unten. »Komm runter. Bis wir hier loskommen, sind alle schon erschlagen.«

»Du siehst aus wie ein Sträfling in diesem Pyjama«, sagte der kleine Miroslav. »Hast du nachts immer so was Komisches an?«

»In solchen Pyjamas träumt man nur klaustrophobische Träume«, sagte Najden die Klette, voller Stolz, dass er ein seltenes Fremdwort gebraucht hatte.

Es war sinnlos, hier am Fenster stehen zu bleiben und Zielscheibe ihrer dummen Witze zu sein. Inzwischen war ich munter geworden. Natürlich gab es keine Einhörner, aber die Nacht versprach ungewöhnliche Erlebnisse.

»Wartet auf mich«, sagte ich. Ich zog mich schnell an und nahm die Schuhe in die Hand. Auf Zehenspitzen, um meine Verwandten nicht zu wecken, ging ich durch den Flur und öffnete die Außentür. Auf der Schwelle blieb ich stehen und lauschte.

Das ganze Haus schlief. Von oben vernahm man das Schnarchen von Opa Simon, es klang wie das Keuchen einer erschöpften Lokomotive. Das trockene Holz der Möbel knackte. Im Salon schlug die große Wanduhr irgendeine nächtliche Stunde.

Ich zog die Tür hinter mir zu, schlüpfte in meine Schuhe und sprang die Treppe hinunter. Die Nachtluft war kühl. Sie roch nach frisch umgegrabener Erde, nach zertretenem Gras, nach dem Fluss. Vom Graben hinter dem Haus hörte man die Liebesrufe der Frösche. Sie zogen ihren unbestimmten, gutturalen Laut in einem dünnen Silberfaden in die Länge, er zitterte bis zum Zerreißen gespannt in der Luft.

»Wir haben schon gedacht, du bist wieder eingeschlafen«, sagte der kleine Miroslav.

»Quatsch keine Einhörner«, sagte ich. »Wir gehen also in den Park?«

»Ja«, sagte Nestor. »Aber vorher musst du noch deine Cousine Emilia dazuholen.«

»Wieso?«, fragte ich. »Was hat Emilia denn bei uns zu suchen?«

»So ist es eben«, antwortete Nestor knapp. »Ohne sie können wir nichts fangen.«

»Sie werden sie nicht gehen lassen«, sagte ich. »Es ist spät.«

Es war wirklich spät. Die Stadt schlief. Übergossen von Mondlicht verwandelte sie sich in eine perlmuttschimmernde Illusion, in eine schwankende Erscheinung, wie sie sich in der flimmernden Luft über der Wüste zeigt, in eine versunkene Stadt aus Seefahrergeschichten. Das undurchdringliche grüne Licht umhüllte sie, wie gläserne Lava die kleinen Gegenstände aus Siedlungen umhüllt, die bei Vulkanausbrüchen zerstört worden sind. Das war nicht mehr unsere Stadt: Das war die Heimstätte irgendeiner untergegangenen Zivilisation, die sich den Augen verblüffter Forscher in den Dschungeln Yucatáns darbot. In den Gärten wuchs eine wahnsinnige, durch ihre dichten Schatten noch verdoppelte Flora, überschwemmte die Wege, kletterte an den Zäunen empor, bedeckte die Fassaden – glänzend, angeschwollen von dunklen Säften, strotzend und wild, als gedeihe sie auf sumpfigem Boden. Jedes Blatt war ein gewölbter Spiegel, in dessen Mitte verzerrt das Antlitz eines kleinen Mondes zitterte. Die Fassaden wirkten wie auf den grünen Hintergrund der Nacht gemalt. Die Häuser waren stumm, erblindet, ohne Lebenszeichen. In ihnen lagen bewegungslos die Schläfer wie Mumien in den Museen.

Seltsamerweise brannte nur noch hinter dem Fenster meiner Cousine Emilia Licht. Kaum war das von mir geworfene Steinchen gegen das Glas geprallt, erschien sie schon am Fenster. Es schien, als hätte sie uns erwartet.

»He«, sagte sie.

»Was machst du?«, flüsterte ich.

»Nichts weiter. Ich lese«, sagte sie. »Und ihr? Wohin seid ihr unterwegs?«

»In den Park«, sagte Pavle Kondratenko. »Komm mit uns.«

Sie zögerte einen Augenblick.

»Wir jagen Einhörner«, sagte Pavle Kondratenko.

Meiner Cousine Emilia entfuhr ein Schrei des Entzückens.

»Wirklich? Echte Einhörner?« Es war offensichtlich, dass sie entschlossen war, mitzukommen.

»Und was für welche!«, entgegnete düster Pavle Kondratenko, aber sie war schon in der Tiefe des Zimmers verschwunden.

Wir standen unter dem Fenster und warteten darauf, dass sie herunterkam. Nestor und Pavle Kondratenko warfen einander einen kurzen Blick zu. Ich bemerkte, dass Nestor Pavle aufmunternd zunickte.

»Hör mal«, sagte Pavle Kondratenko, »ist Emilia eigentlich Jungfrau?«

Der kleine Miroslav lachte dünn und schrill auf und verstummte dann jäh, als Nestor ihn ansah.

»Sei nicht so ordinär«, sagte ich.

»Ja oder nein?«, fragte Pavle Kondratenko trocken.

»Hört mal zu«, sagte ich, »wenn ihr Dummheiten vorhabt, dann lasst mich aus dem Spiel. Ihr hättet Emilia auch allein holen können. Ich gehe.«

»Warte«, sagte Nestor. »Das ist wichtig.«

»Was ist denn daran so wichtig?«, fragte ich.

»Na das«, sagte Nestor, »ob sie Jungfrau ist.«

»Hört mal«, sagte ich, »könnt ihr vielleicht … «

»Was bist du denn so empfindlich?«, fragte Najden die Klette. »Du bist doch nicht etwa in sie verliebt?«

Es wurde still.

»Er ist verliebt«, sagte der kleine Miroslav herausfordernd.

»Bin ich nicht«, sagte ich und schluckte Speichel herunter. »Ihr seid blöd.«

»Ist sie eine Jungfrau?«, fragte Pavle Kondratenko noch einmal.

»Wenn sie nämlich keine ist, dann wird das nichts«, meinte Najden die Klette. »Keine Jungfrau – keine Einhörner.«

In der Haustür erschien Emilia in einem weißen Kleid. Sie hatte etwas Mühe mit dem Schloss.

»Also«, fragte Pavle Kondratenko leise, »ja oder nein?«

»Weiß nicht«, murmelte ich. »Ich nehme an, ja.«

Emilia war nun bei uns.

»Gehen wir wirklich in den Park?«, flüsterte sie. Ihr Kleid war aus indischer Seide: Über ihr goss der Mond seine Blüten, sein Perlmutt, seine Spiegelpailletten aus. Alle schauten sie verlegen an.

»Gehen wir?«, fragte Emilia. »Wenn wir hier bleiben, wecken wir die Tanten auf. Besser, wir hauen ab.«

Wir liefen auf der dunklen Straßenseite. Die Häuser gaben uns mit ihren Schatten Deckung und boten uns so Sicherheit und Schutz. Vor dem Park jedoch mussten wir einen kleinen Platz überqueren, dessen Pflaster Funken schlug wie ein Amboss: Der Mond leuchtete beinahe metallisch. Es kam uns so vor, als gingen wir über eine beleuchtete Theaterbühne, den Blicken unzähliger Zuschauer ausgesetzt. Aber es war niemand zu sehen. Vor uns hing wie ein großer und schwerer Vorhang der finstere Park.

»Seid ihr sicher, dass dort Einhörner sind?«, fragte meine Cousine Emilia.

»Es sollten welche da sein«, sagte Nestor. »Zu dieser Jahreszeit sind sie eigentlich immer da.«

»Ich würde gern wenigstens eines sehen«, sagte Emilia.

»Du wirst noch mehr sehen«, sagte Najden die Klette.

Seine Worte klangen wie eine Drohung. Ich betrachtete sie alle vier: Sie waren verkrampft, ein bisschen steif, unangenehm ernst, mit bleichen und grau gewordenen Gesichtern – ob wegen des Mondes oder wegen etwas anderem, war unklar.

Der Kies auf dem Weg knirschte unter unseren Schritten. Zunächst war dies das einzige Geräusch, aber als wir tiefer in den Park eindrangen, merkten wir, dass wir nicht allein waren: Zwischen den Büschen, hinter den Bäumen, von den anderen Wegen her hörte man Schritte, knackten trockene Ästchen unter den Tritten. Durch den Park gingen noch andere Gruppen, man hörte Fetzen von leisen Gesprächen, erstickte Aufschreie, gedämpfte Zurufe.

»Mein Gott«, sagte meine Cousine Emilia, »seht nur!«

Auf einem Weg schleppte eine Gruppe Menschen ein weißes Tier durch das Grau des Halbschattens. Man konnte nicht erkennen, was es war; erst als es auf den Hauptweg hinausgezerrt wurde, leuchtete das starre, tote Auge des Tieres im Mondlicht auf. Emilia wollte zu ihnen gehen, aber Nestor deutete zur anderen Seite.

»Da hinüber«, sagte er. Sein Tonfall duldete keinen Widerspruch.

Wir betraten den dunkleren Teil des Parks. Hin und wieder krächzten hoch oben in den Baumkronen Krähen, die aus dem Schlaf geschreckt worden waren. Überall herrschte Dunkelheit, nur in großer Entfernung sah man einen hell erleuchteten Teil des Weges oder einen Busch, dessen silberne Blätter zitterten. Durch die Finsternis hörte man Rufe, das Getrampel eiliger Schritte, nervöses Lachen.

»Glaubt ihr, das war ein Einhorn?«, fragte Emilia, ohne sich an jemand Bestimmten zu wenden.

»Nein, sein Bruder«, sagte der kleine Miroslav.

Erst in diesem Moment bemerkte ich, dass Pavle Kondratenko und Nestor Eisenstangen in den Händen trugen. Gleich darauf brach Najden ein Brett aus der Rückenlehne einer umgekippten Parkbank. Der kleine Miroslav zog einen Ast hinter sich her, an dem noch Blätter waren.

»Hier«, sagte Nestor zu Emilia, »du setzt dich auf diese Bank.«

»Ich fürchte mich«, sagte meine Cousine Emilia.

»Wir sind gleich hinter dir«, sagte Nestor.

»Genau«, bekräftigte der kleine Miroslav.

Wir kauerten uns einige Schritte von der Bank entfernt in das Nadelgehölz. Zwischen den Tannen war es dunkel, aber Emilia sahen wir ganz deutlich, wie sie am Rande der vom Mondschein beleuchteten Lichtung auf der Bank saß.

»Ich verstehe gar nichts«, sagte ich. »Denkt ihr nicht ...«

»Sei still«, flüsterte Najden und drückte meine Hand. Am gegenüberliegenden Rand der Lichtung bewegte sich etwas. Es war ein seltsames Tier: halb Ziegenbock, halb Pferd. Das Horn auf der Stirn war nicht lang und wirkte nicht gefährlich. Das Tier machte kleine, hüpfende Schritte, als tanze es. Auf der hell erleuchteten Lichtung beschrieb es weite Halbkreise, und in der Mitte dieser Halbkreise stand die Bank, auf der meine Cousine Emilia saß. Es näherte sich der Bank vorsichtig und zögernd. In seinem Verhalten lag ein gewisser Widerwille, vielleicht Angst, gepaart mit unbezwinglichem Verlangen und Neugierde.

Das Tier war offensichtlich nervös, es zuckte häufig zusammen, wechselte abrupt die Richtung; es blieb stehen, schüttelte seinen Kopf, schnoberte in der Luft. Schließlich näherte es sich der Bank. Emilia saß ruhig da, dem Tier zugewandt. Das

Einhorn legte den Kopf in Emilias Schoß. Es zitterte nicht mehr: Ruhig war es nun und zutraulich, seine Beine knickten allmählich ein, und schließlich kniete es zu ihren Füßen.

»Jetzt«, flüsterte Nestor. Wir rannten los. Im Getümmel hallte ein dumpfer Schlag, dann noch einer.

Wir standen alle über dem toten Tier. Es war ohne Zweifel ein Einhorn. Das Horn auf seiner Stirn war gerade, ein bisschen nach oben gerichtet, an der Spitze glatt und am Ansatz von zarten Härchen bedeckt. Emilia streichelte sein langes, weiches Fell.

»Los«, sagte Najden. »Wir haben keine Zeit zu verlieren.«

Wir wählten eine andere Bank aus. Diesmal lagen wir im hohen Gras. Das Tier kam beinahe sofort.

In dem Augenblick, als es das Horn in Emilias Schoß legte, schlug Najden mit dem Brett, das er von der Bank losgebrochen hatte, nach ihm. Der Schädel sprang mit einem dumpfen Geräusch.

Emilia stand wie verzaubert über dem toten Tier. Ihre Augen waren weit aufgerissen: Ob vor Aufregung oder vor Entsetzen, ließ sich nicht sagen.

Wir drangen tiefer in den Park vor. Auf halbem Weg kam uns der Parkwächter entgegen, der alte Šaban, in einem schwarzen Sonntagsanzug, als wäre er einem altertümlichen englischen Theaterstück entsprungen. Statt eines Gehstocks hatte er sich einen Stock zum Aufspießen von Laub unter die Achsel geklemmt.

»Aber was macht ihr denn da«, sagte er verzweifelt. »Tut das nicht, Kinder.«

»Wir machen doch gar nichts«, sagte Pavle Kondratenko. »Wir gehen nur spazieren. Ist das etwa verboten?«

»Tut das nicht, Kinder«, sagte Šaban. »Ihr habt alle erschlagen.«

»Wen haben wir erschlagen?«, sagte Pavle drohend. »Komm, red keinen Quatsch.«

Vor sich hin murmelnd entfernte sich Šaban. Aus einiger Entfernung rief er uns zu: »Dafür werdet ihr büßen, dass ihr es wisst!«

Der kleine Miroslav drohte ihm mit dem Ast.

Wir überquerten von silbernem Blütenstaub überpuderte Lichtungen und Schattenflächen, auf denen die Luft bleiern lastete, wie in einer Höhle. Die Nacht schritt voran: Sie holte ständig neue Stunden aus ihrer dunklen Schatzkammer, wechselte ihre großen Geldscheine gegen kleine blanke Münzen und verprasste sie verschwenderisch. Die Pfade nahmen unerwartete Wendungen, verflochten sich, verwandelten sich in ein Labyrinth. Plötzlich entdeckten wir in der Ferne ein Licht. Zwischen den Bäumen tat sich eine Öffnung auf. Dort stand ein Restaurant, das einmal der Bahnhof der kleinen Ausflügler-Eisenbahn gewesen war. Inzwischen wurde durch den Kartenschalter gegrilltes Fleisch gereicht und auf dem Bahnsteig standen Stühle und Tische. Aus dem Tümpel, der einmal ein kleiner See mit über das Wasser hängenden Trauerweiden gewesen war, äußerten einige Frösche mit langgezogenen Tönen ihre Erregung angesichts der hellen Nacht.

Auf dem ehemaligen Bahnsteig saßen Gäste, die auf keinen Zug mehr warteten, sondern Bier tranken. Unter ihnen erkannten wir unseren Tierkundelehrer Karaman. Er saß mit dem Zoodirektor Dudevski zusammen und tat so, als bemerkte er uns nicht. Offensichtlich ziemte es sich nicht, zu dieser nächtlichen Stunde in einem abgelegenen Teil des Parks

Schülern zu begegnen. Er drehte uns sogar absichtlich seinen Rücken zu und gab uns damit die Gelegenheit, ungesehen an ihm vorbeizuschleichen.

»Passen Sie mal auf«, sagte er gerade und schlug dem Zoodirektor freundschaftlich auf die Schulter, »dieses Phänomen der europäischen Fauna ... «

Es war offensichtlich, dass sie von Einhörnern sprachen. Während wir hinter ihrem Rücken unser Bier hinunterstürzten, drangen Fetzen ihres Gesprächs bis zu uns. Darin war die Rede von endemischen Arten, Mutationen, pathologischen Veränderungen, einer rückläufigen Evolution, der Lust am Verschwinden. »So wie es im achtzehnten Jahrhundert mit dem Vogel Dodo auf den Inseln im Indischen Ozean passiert ist«, sagte der Zoodirektor deutlich hörbar. »Stellen Sie sich vor, jemand von der Insel Mauritius würde mich anrufen und würde mir anbieten ... «

Ohne den Inhalt des erfundenen Telefongesprächs zu erfahren gingen wir weiter, tauchten in die Schatten des Parks ein wie in schweres, finsteres Wasser. Auf den Lichtungen saßen Mädchen auf den Bänken, ganz allein, und warteten mit im Schoß verschränkten Händen. Aus den Büschen drangen die Geräusche ihrer verborgenen Begleiter. Entlang der dunklen Alleen waren im Gras die weißen Leiber der getöteten Tiere zu erkennen. Es war, als läge über einigen Lichtungen des Parks leichter, durchsichtiger Dunst. Als wir näherkamen, sahen wir, dass dies Wiesen voller verblühtem Löwenzahn waren: Seine weißlichen und luftigen Kugeln zitterten verwunschen unter dem Mond. Angezogen von ihrer unwirklichen Ausstrahlung eilte Emilia stets zu diesen Stellen. Unter ihren Füßen erhob sich ein kleiner Wirbelwind aus den Funken silberner Flugsamen. Mitten durch das Gestöber dieses daunenartigen Schnees lief meine Cousine Emilia, fast schwebend, gedankenverloren, körperlos, unberührbar.

Unterwegs töteten wir noch ein paar der weißen Tiere. Während Emilia ruhig dasaß und das Tier sich ihr näherte, um seinen Kopf in ihren Schoß zu legen, sprangen Nestor, Najden und Pavle Kondratenko aus den Büschen hervor, schwenkten ihre Eisenstangen und wurden schnell mit ihm fertig. Der kleine, hinkende Miroslav folgte mit Verzögerung und konnte nur noch mit dem Ast auf das bereits tote Einhorn einschlagen.

Emilia gehorchte ihren Befehlen. Sie ging, wohin sie sollte, blieb auf ihre Aufforderung hin stehen, führte ihre Weisungen aus. Sie bewegte sich langsam, wie im Traum, trieb mit ihrem weißen Kleid über die silbernen Lichtungen mit dem Löwenzahn und betrachtete die getöteten Tiere zu ihren Füßen mit einer Mischung aus Neugier und Entsetzen.

Wir gingen langsam am Zaun des Zoologischen Gartens entlang. An den Kanälen mit abgestandenem, unbewegtem Wasser wuchs das höllische Spitzengewebe der Brennnesseln, breiteten sich Holunderbüsche aus und benahmen einem mit ihrem Geruch den Atem, wucherte namenloses, finsteres Unkraut. Auf der anderen Seite des Zauns kreischten exotische Vögel erschrocken in ihren Käfigen auf. Löwen, die den Blutgeruch witterten, brüllten; einmal ließ sich in der Finsternis ein Panther mit wildem Aufschrei vernehmen. In der Luft verbreitete sich der scharfe Gestank der eingesperrten Raubtiere. In dem kleinen Steinhäuschen, das als eine Art Lesekiosk gebaut worden war und später vergessen und vernachlässigt wurde, brannte Licht. Die Tür stand halb offen.

»Meine Schuhe drücken«, sagte meine Cousine Emilia plötzlich. Niemand antwortete. Nach ein paar Schritten blieb sie stehen.

»Meine Schuhe drücken«, wiederholte sie. Alle verharrten abwartend. Der Raubtiergestank hing bedrohlich über dem Park.

»Ich muss sie irgendwie lockern«, sagte Emilia und deutete auf das Häuschen. »Komm mit und hilf mir«, wandte sie sich dann an mich.

Nestor, Najden, Pavle Kondratenko und der kleine Miroslav hatten keine Lust, sich uns anzuschließen. »Wir bleiben in der Nähe«, sagte Nestor. »Macht nicht zu lange.« Und sie entfernten sich über den lichtbeschienenen Rasen. Ich sah, wie Najden die Klette sich bückte und ein totes Einhorn, das neben einer Bank lag, am Bein packte und zum Zaun des Zoologischen Gartens schleifte.

Wir gingen in das Häuschen. Dort hatte sich schon lange niemand mehr aufgehalten. Staub lag auf den wahllos herumstehenden Möbeln, auf den vergilbten Zeitungsstapeln, auf den Zeitschriften ohne Titelseiten, auf den in einer Ecke aufgehäuften Samentütchen und auf den überall herumliegenden Gartenwerkzeugen. Ein großer Nachtfalter klebte als dunkler Fleck neben der Glühbirne an der Decke. Plötzlich schloss meine Cousine Emilia die Tür und näherte sich mir.

»Umarme mich«, sagte sie mit veränderter, dunkler gewordener Stimme.

Ich umschlang sie. Sie zitterte.

»Ich halte dieses Morden nicht mehr aus«, sagte sie. »Es ist abscheulich. Diese Tiere ...«

»Wir könnten abhauen«, schlug ich vor.

»Nein«, sagte sie, »wir hauen nicht ab.« Und plötzlich näherte sie sich meinem Gesicht und küsste mich. Ihr Kuss war trocken, glühend und bitter; ihre Lippen brannten wie im Fieber. Ihre Augen glommen mit dem Schimmer erhöhter Temperatur, mit der Hitze von Kinderkrankheiten.

»Komm«, sagte sie und zog mich zum großen schwarzen Sessel in der Ecke. »Wir hauen nicht ab. Es geht auch anders.«

Ich küsste ihr Haar, ihr Ohr, ihren Hals. Sie schloss die Augen. Ich suchte die Knöpfe ihres Kleids, fand sie nicht, verheddderte mich. Sie kam mir zu Hilfe. Ihre Haut leuchtete mit schamlosem Glanz. Doch dann hielt ich inne und hob den Kopf: Mir war, als hätte ich ein Geräusch gehört.

»Was ist?«, fragte sie. Ich zeigte zum Fenster. Sie schaute hin. Einige Einhörner hatten ihre Köpfe auf den Sims gelegt, pressten ihre Mäuler gegen die Scheibe und sahen uns an. Ihre schönen weißen Köpfe zeichneten sich gegen den Hintergrund der leuchtend blauen Mondnacht ab. Sie hatten die Köpfe gealterter Faune und naive, fast kindliche Gesichter, in denen die Bärte wie angeklebt wirkten. Mit unendlich traurigen, flehentlich bittenden Augen blickten sie uns an.

»Kusch!«, schrie Emilia. »Kusch, haut ab, haut ab, ihr Idioten! Ich will euch hier nicht sehen! Verzieht euch! Abmarsch! Geht weg, geht weg, sie werden euch umbringen! Hört ihr, haut ab! Los, verschwindet! Ksch!«

Die Einhörner standen da und verfolgten verständnislos jede ihrer Gesten, völlig unempfänglich für ihre Rufe. Sie starrten mit einer aberwitzigen Hartnäckigkeit zu uns herein und schienen auf etwas zu warten. Ihre Mäuler hinterließen kleine feuchte Spuren auf der Fensterscheibe.

»Ich kann ihren Anblick nicht mehr ertragen«, zischte Emilia, kauerte sich im Sessel zusammen und verbarg ihren Kopf zwischen ihren Knien. Ich kniete neben ihr nieder. Sie weinte.

In diesem Augenblick öffnete jemand in unserem Rücken die Tür.

»Das ist absolut unglaublich, werter Kollege«, sagte eine vertraute Stimme. »Und dennoch, es wird in so vielen Schrift-stücken erwähnt.«

Es war unser Tierkundelehrer Karaman in Begleitung des Zoodirektors.

»Ja«, sagte der Zoodirektor nachdenklich, »es gibt Bewei-se, aber wer würde uns denn glauben. Dieses Tier ... «

»Es wird doch in so vielen Texten erwähnt«, sagte der Tierkundelehrer, »nehmen wir zum Beispiel Ktesias von Kni-dos oder Strabon oder Plinius oder Isidor von Sevilla oder sogar Leonardo da Vinci. Ganz zu schweigen von Kosmas In-dikopleustes, von Marco Polo und dem arabischen Reisenden Abu Sa'id. Übrigens ... «

Sie hatten sich an den Tisch direkt neben der Tür gesetzt, ohne uns zu bemerken, und drehten uns den Rücken zu. Ich kniete noch immer neben dem Sessel, auf dem meine Cousi-ne Emilia saß. Wir verharrten so, hielten den Atem an. Emilia wischte sich lautlos die Tränen ab.

»Da«, sagte der Lehrer Karaman und zog ein zusammen-gefaltetes Blatt Papier hervor. »Das sagt das berühmte Buch ›Physiologus‹ dazu: ›Wie man es fängt. Man setzt eine Jung-frau in das Revier des Tieres, es springt in ihren Schoß, und sie umfängt es warm und bringt es in den Königspalast‹. Da hören Sie es.«

»Ja«, sagte der Zoodirektor Dudevski. »Diese Vorgehensweise scheint wirklich zu funktionieren. Obwohl sie völlig unsinnig ist. Haben Sie, werter Kollege, die jungen Mädchen bemerkt, die um diese späte Stunde allein auf den Bänken sitzen? Wer würde denn meinen …« Und hier beugte er sich zum Ohr des Tierkundelehrers, um ihm etwas zuzuflüstern, was er ihm aus Gründen des Anstands nicht laut sagen mochte.

Doch dieser geheime und unanständige Gedanke konnte nicht mehr zu Ende geführt werden. Die Tür zum Lesekiosk wurde aufgerissen und auf der Schwelle erschien ein Zoowärter in einer blauen Uniform mit goldenen Knöpfen. »Ein Telefonanruf für Sie, Herr Direktor«, rief er atemlos aus. »Von der Insel Mauritius! Rasch!«

Die Zoologen sprangen von ihren Stühlen auf. »Der Vogel Dodo!«, rief der Zoodirektor Dudevski. »Man hat ihn gefunden! Wir werden die Ersten sein, die ihn haben!« Und er zog unseren Lehrer am Arm hinter sich her. Vom Luftzug aufgeschreckt löste sich der Nachtfalter über unseren Köpfen von der Zimmerdecke und begann umherzufliegen, wobei er sich panisch bewegende Schatten im Zimmer warf. Von draußen hörte man einen Löwen brüllen.

Kaum waren sie verschwunden, erschien in der offenen Tür Najden die Klette und starrte uns mit dümmlicher Miene an. Sein Mund stand offen, als sähe er sämtliche Fabeltiere auf einmal, wie sie sich zum Festmahl um unsere halb nackten Körper versammelten.

In diesem Augenblick stummer Verblüffung, in dem die Zeit stillzustehen schien, standen meine Cousine Emilia und ich auf, ordneten unsere Kleider und gingen an Najden vorbei in die durchsichtige Nacht hinaus. Der Nachtfalter flog hinter uns her. Die Stille, die im Raum zurückblieb, war beinahe mit Händen greifbar.

»Was habt ihr denn mit den beiden Fossilien da gemacht?«, fragte Pavle Kondratenko.

»Wir haben über die Darwinsche Theorie diskutiert«, sagte ich. »Über Galapagos. Hast du schon mal was von Galapagos gehört?«

»Und wir haben schon gedacht«, begann der kleine Miroslav, führte den Satz jedoch nicht zu Ende.

»Was habt ihr gedacht?«, fragte ich herausfordernd.

»Nichts«, sagte Nestor, »nichts haben wir gedacht. Wir haben nur die Gelegenheit verpasst. Die Einhörner haben sich in Luft aufgelöst.«

Und tatsächlich war kein Einhorn mehr zu sehen. Vergeblich streiften wir über die Lichtungen, versanken in den Schatten der Bäume, tauchten an den gepflasterten Ufern kleiner Seen wieder auf. Vergeblich saß Emilia auf den Bänken, während wir versteckt in den Büschen lauerten, vergeblich beobachteten wir die Säume der Wäldchen: Es rührte sich nichts. Der Mond war bereits hinter den Bergen im Westen untergegangen, aber es war trotzdem hell.

Im Park begann es zu dämmern. Die Nacht wurde immer lichter, ihre Luft wurde ärmer, beraubt der Dickflüssigkeit der nächtlichen Säfte, der Schwere der Schatten, der Fermente des Traums. Im rosiggrauen Licht der Morgendämmerung gewann der Park sein alltägliches Aussehen zurück.

Das Restaurant im ehemaligen Bahnhof war leer, bis auf einen Kellner, der die Bierkrüge von den Tischen einsammelte. Er wirkte schläfrig. Auf dem Tümpel schaukelte verlassen ein

Strohhut; die Frösche waren verstummt. Wir schleppten uns über die Wege. Najden hatte sein aus der Bank gebrochenes Brett weggeworfen, Pavle Kondratenko, Nestor und der kleine Miroslav schwangen Eisenstangen und Ast und köpften die Disteln. Auf den anderen Wegen sah man, wie auch die Übrigen von der Jagd zurückkehrten. Die Gesellschaften zerstreuten sich, man hörte Abschiedsrufe, Gelächter, spöttische Zurufe.

Am Parkeingang stand der grün gestrichene Wagen, der normalerweise das Eis zu den kleinen Limonadengeschäften brachte. Jetzt war er mit den toten Einhörnern beladen. Ihre Beine waren bereits steif: Es sah aus, als wären sie mitten im Sprung getötet worden. Ihre Köpfe hingen über die Seiten des Wagens herab, von ihren Mäulern tropfte Blut. Šaban, noch immer im schwarzen Sonntagsanzug, schleppte ein weiteres Einhorn herbei, das im Gebüsch vergessen worden war. Er warf es mit Mühe auf den Haufen und der Wagen fuhr los.

Wir standen auf der Kreuzung: Hier trennten sich unsere Wege. Nestor brummelte etwas zum Abschied und ging fort, der kleine Miroslav hinkte ihm hinterher. Najden die Klette und Pavle Kondratenko machten eine kaum wahrnehmbare Abschiedsgeste und gingen in die andere Richtung. Der erste Autobus fuhr vorbei, ganz leer.

»Soll ich dich nach Hause begleiten?«, fragte ich Emilia.

Sie hatte Gänsehaut vor Kälte, stand mitten auf der Straße, dem Park zugewandt, und sah mich nicht an.

»Nein«, sagte sie, »lass uns ins Hotel Lissabon gehen. Ich will mit dir zusammen sein. Meinst du, sie geben uns ein Zimmer?«

Letzte Erzählung über Emilia

Es gab Augenblicke, in denen ich meine Cousine Emilia nicht wiedererkannte. Am späten Nachmittag, wenn die winterliche Dämmerung die vertrauten Zimmer wundersam fremd erscheinen ließ, wenn die samtenen Tagesdecken auf den Betten sanft glänzten wie Katzenfell und die gestickten Blümchen auf den kleinen Kissen in fiebriger Hitze glühten, legte sie das Buch, in dem sie gerade las, einen Moment lang beiseite, neigte sich zu mir und wisperte: »Ich bin nicht Emilia.« Wenn ich dann den Blick von meinem Buch hob, wiederholte sie: »Ich bin nicht Emilia. Nenn mich Isabella.«

In solchen Augenblicken bekam ich Angst vor ihr.

Die Dämmerung verdichtete sich in den Zimmerecken, das Ofentürchen glühte rot, die Äpfel und Quitten, die in Reih und Glied auf dem Schrank lagen, erfüllten den Raum mit dem süßlichen Duft von Früchten, die ihren Saft verlieren und vertrocknen, und Emilias Augen, die starr auf einen Punkt gerichtet waren, an den die anderen ihr nicht folgen konnten, nahmen einen abwesenden Ausdruck an. »Nenn mich Isabella«, sagte sie leise. Ihr undeutliches Flüstern vermischte sich mit der trügerischen Dämmerung. Das Licht, das vom Ofentürchen kam, tanzte auf ihrer Wade: Über die

Haut liefen flüchtige Schatten in Form von Herzen, Blättern oder Lanzen – als würde eine feurige Zunge ihr liebevoll über das Bein lecken und sich in herausforderndem Spiel gleich wieder zurückziehen.

»Du spinnst doch«, sagte ich, näherte mein Gesicht ihrem Haar und atmete den Duft von Zimt und Vanille ein, der immer in den Geruch ihres Schweißes gemengt war. Sie blickte mich mit aufgerissenen Augen an, als sähe sie mich zum ersten Mal, und sagte hartnäckig noch einmal: »Ich bin Isabella.«

»Ich bin Isabella«, wiederholte sie und ersann haarsträubende, unwahrscheinlich klingende Geschichten über ihre Herkunft, über die Wege, auf denen sie in unsere Stadt gelangt sein wollte, über ihre Eltern und über die Orte, die angeblich mit ihrer Geburt verbunden waren. Es gab darunter Berichte über eineiige Zwillinge und vertauschte Kinder, über geheimnisvolle Entführungen und bösartige Erpressungen, über Familiengeheimnisse und unverhofft entdeckte Dokumente und über verwickelte Verwandtschaftsverhältnisse und eigenartige Verflechtungen von Schicksalen. Ich fand immer die Schwachpunkte dieser Geschichten heraus, die Lücken, die fehlenden logischen Zusammenhänge und die nicht überzeugenden Wendungen, aber sie fügte dann sofort neue Details, Rechtfertigungen und Beweise hinzu und nannte, um ihre Behauptungen zu untermauern, die Namen von Mittelmeerhäfen und mondänen mitteleuropäischen Badeorten, von kleinen, in den Weiten Südamerikas verloren gelegenen Städtchen und von Bahnhöfen entlang der Transsibirischen Eisenbahn, von Südseeinseln und Walfängersiedlungen im Schnee Alaskas. Durch all diese Orte führte die mit ihrer Herkunft verbundene Reiseroute, die wundersame, abenteuerliche Erklärung dafür, wie sie angeblich in das Haus meines Großvaters gelangt war. Ich wusste, dass sie sich das alles nur ausgedacht hatte, und dennoch verunsicherte mich irgendetwas in alldem und flößte mir ein Misstrauen gegenüber der Wirklichkeit ein, wie ich sie kannte.

Ich wusste, dass der Mann und die Frau, die in den ersten Tagen des Krieges mit dem kleinen Mädchen, das sie Emilia nannten, in unserem Haus aufgetaucht waren, entfernte Verwandte von uns waren. In welchem Verwandtschaftsverhältnis wir aber zu ihnen standen, das konnte mir keiner sagen. Sie waren dann fortgegangen und hatten Emilia bei uns zurückgelassen. Über ihr weiteres Schicksal wurde im Haus wenig gesprochen: Es war dann die Rede von Gebirgen, Wäldern und Waffen, und wenn überhaupt die Sprache darauf kam, senkten alle die Stimme. Es lag etwas Verbotenes in diesem Thema – was sie getan hatten, fiel nicht unter das, was man bei uns als »anständiges Benehmen« ansah. Sie hatten sich »denen« angeschlossen, und das allein sagte schon alles: Hinter diesem Wort verbargen sich eine Reserviertheit, ein leichter Vorwurf und Missbilligung. »Sie predigen freie Liebe wie bei Arzybaschew«, flüsterten meine Tanten. »Sobald sie an der Macht sind, werden sie die Geschäfte verstaatlichen«, murmelte besorgt mein Großvater. »Herr Pletvarski«, wandte er sich dann an den Richter, »bei diesen Kommunisten weiß man nie – die sind noch verschlagener als die Engländer!«

Doch dann, aus heiterem Himmel, sprach niemand mehr über Emilias Eltern. Sie existierten einfach nicht mehr, waren verloren gegangen in den ausgebliebenen Nachrichten, im Schweigen der Familienangehörigen und in dem Unbehagen, das sich im Gespräch einstellte, wenn sich ein neugieriger

Außenstehender diesem Thema ungeschickt näherte. Waren sie tot? Gefangen genommen worden? Verschollen? Ihr Schicksal war von Schweigen umgeben. In Emilias und meiner Anwesenheit wurden sie nicht erwähnt, und wir begriffen, dass wir aus irgendeinem Grund besser keine Fragen stellen sollten.

»Galapagos«, murmelte Emilia, »Kamtschatka, Celebes.« Sie liebte es, Opa Simons Landkarten zu betrachten und auf ihnen ungewöhnliche Namen aufzuspüren. »Venezuela«, sagte sie nachdenklich, zerstreut, verträumt. »Sansibar, Cocorocuma, Labrador.« Ich sammelte damals Briefmarken, und je mehr neue Marken zu meiner Sammlung hinzukamen, desto größer wurde meine Neugier auf die unendliche Vielfalt der Welt. In der bedrückenden Atmosphäre der Stadt im Würgegriff des Krieges waren die Briefmarken für mich der Beweis, dass es auch Länder gab, in denen kein Krieg geführt wurde, in denen man nicht jeden Tag altbackenes Maisbrot essen musste, in denen man im Winter keine Schuhe mit löchrigen Sohlen trug, durch die das Wasser drang. Wenn ich in der Küchenecke neben dem Ofen saß und sie in das Album einsortierte, gelangten durch die Berührung mit diesen winzigen, von den Stempeln unbekannter Städte bedeckten Papierstückchen Nachrichten von der Existenz wundersamer Inseln, rätselhafter Urwälder, gefahrvoller Wüsten und unberechenbarer Meere zu mir.

»Madagaskar, Macao, Mindanao«, murmelte meine Cousine Emilia, während sie mir beim Einsortieren zusah. Gemeinsam betrachteten wir auf den Landkarten die Orte, aus denen diese bunten Bildchen gekommen waren, und unsere Finger berührten sich über den Mündungen der großen

Ströme, über gefährlichen Meerengen und Vulkanen. Im ›Michel‹, dem umfangreichen philatelistischen Katalog, den Onkel Jakov von irgendwoher mitgebracht hatte und in dem Briefmarken aus aller Welt beschrieben waren, überprüften wir die Sätze und suchten die Fehler in Farbe und Aufdruck, die den Wert einzelner Marken in schwindelerregende Höhen steigerten. Im Katalog waren Marken aufgeführt, die ich noch nie gesehen hatte, aus Ländern, von denen ich noch niemals gehört hatte.

»Weißt du, wo Tuwa liegt?«, fragte ich Emilia. »Im Himalaya«, sagte sie in dem Versuch, es zu erraten, »Hindukusch, Ararat.« »Die haben da dreieckige Marken«, sagte ich und zeigte ihr die Seite im Katalog, auf der diese Marken abgebildet waren. Kein Land sonst auf der Welt hatte dreieckige Briefmarken. »Dieses Land gibt es nicht mehr«, mischte sich Opa Simon ein. »Es wurde an Russland angegliedert.« Er verfolgte aufmerksam die Radionachrichten und vermerkte das Entstehen und Verschwinden von Staaten in seinen Atlanten.

Der Krieg ging zu Ende, doch Emilias Eltern tauchten nicht auf.

Übrigens war es durchaus wahrscheinlich, dass niemand auf sie wartete. Emilia war Teil des engsten Familienkreises geworden, ohne sie erschien das Haus leer, sie nahm an allen Familientreffen teil und war in jede Intrige, jede kleine Verschwörung und jeden Tratsch verwickelt, die das Leben der Familie im weiteren Sinne ausmachten. In Opa Simons Haus hatte sie ein eigenes Zimmer. Hin und wieder wohnte sie eine Zeit lang bei einer der Tanten, doch auch dann kam sie jeden Tag zu Opa Simon.

»Trinidad«, sagte ich, wenn ich sie durch die Küchentür

kommen sah, während ich die Briefmarken ins Album einsortierte. »Trinidad und Tobago«, nahm sie das Losungswort auf. Sie schüttelte den Schnee aus dem Haar, blies in ihre geröteten Hände und putzte sich die tropfende Nase. Der Schnee an ihren Schuhen schmolz und bildete eine kleine Pfütze auf dem Küchenboden. Die Tanten stellten schnell den Wasserkessel auf. Wir schälten Äpfel und legten die Schalen auf den glühend heißen Ofen.

Die Erwachsenen waren in ihre Gespräche über Politik vertieft und achteten nicht auf uns. »Eines Tages werde ich fortgehen müssen«, sagte meine Cousine Emilia nachdenklich. »Ich werde dorthin zurück müssen, woher ich komme. Wirst du dann traurig sein?«, fragte sie und kitzelte mich mit einer Haarsträhne im Gesicht. »Wirst du mich vermissen, wenigstens ein bisschen, oder wirst du mich vergessen?«

»Du wirst mir doch schreiben«, antwortete ich befangen, ohne sagen zu können, warum ich ihre Geschichte überhaupt als glaubhaft hinnahm, »du wirst mir doch lange Briefe schreiben, oder?« »Ich werde dir dreieckige Marken schicken«, sagte sie. »Ich werde viele dreieckige Marken auf den Brief kleben. Woher kommen diese Marken noch einmal?«

»Aus Tuwa«, sagte ich.

»Dieses Land gibt es nicht mehr«, schaltete sich Opa Simon ein, der unser Gespräch belauscht hatte. »Ich habe euch doch gesagt, dass es an Russland angegliedert worden ist.«

»Ich werde dir trotzdem dreieckige Marken aus Tuwa schicken«, sagte meine Cousine Emilia. »Ich werde es nicht vergessen.«

Der Winter kam in die Mauser: Auf dem Schnee im Hof lagen Fasern von den Teppichen, die die Tanten auf seinem bereits nicht mehr so tadellosen Weiß ausgebreitet und ausgeklopft hatten. Alles hatte seine Farbe verloren, war verschlissen und schmutzig. Während die Dachtraufen panisch die letzten Stunden des Winters abzählten, drang Zugluft ins Haus, die Küche leerte sich, der Kreis der Familie rund um den Ofen löste sich auf. Emilia zog sich in ein Zimmer zurück, in dem sie allein sein konnte, betrachtete Fotografien aus früheren Zeiten, las alte Briefe und blätterte in den Poesiealben der Tanten. Es war Post aus dem Ausland an ihre Adresse gekommen und sie ließ sich im Rathaus irgendwelche Dokumente ausstellen. Im Haus taten alle so, als bemerkten sie nichts; Opa Simon schwieg, wirkte aber beleidigt, und die Tanten hatten rotgeweinte Augen.

Eines Nachmittags kam sie in die Küche, in der ich alleine saß und Briefmarken in das Album einsortierte.

»Melele-Mbembe«, sagte sie statt eines Grußes.

»So einen Ort gibt es nicht«, antwortete ich.

Emilia wurde unsicher. »Irgendwo habe ich diesen Namen gehört«, meinte sie.

»Ich habe so einen Namen noch in keinem einzigen Atlas gesehen«, sagte ich mürrisch.

»Trotzdem, irgendwo muss es ihn ja geben«, versuchte Emilia einzulenken. Dann trat sie ans Fenster, und es sah so aus, aus sei sie äußerst interessiert an dem, was im Hof vor sich ging. Doch als ich den Kopf von den Briefmarken hob, sah ich, dass ihre Schultern kaum merklich zuckten.

In der Küche war es ganz still. Mir fiel auf, dass es nicht mehr von den Dachtraufen tropfte.

Emilia drehte sich mit tränennassem Gesicht zu mir um und sagte: »Ich gehe nach Israel. Dort habe ich Verwandte.

Ein paar von meiner Familie haben trotz allem überlebt. Sie haben mir geschrieben, dass ich zu ihnen kommen soll.«

Dann stürzte sie aus der Küche. Ich hörte ihre Schritte auf der Treppe hallen, eine Tür wurde geöffnet und geschlossen, dann noch eine.

»Tuamotu, Tongatapu, Tombuktu«, sagte ich laut in der leeren Küche.

Das Album lag geöffnet neben mir auf dem Kanapee. Ich nahm aufs Geratewohl einige Briefmarken aus der ersten Reihe – es waren Marken mit arabischen Buchstaben, Marken aus den Emiraten, merkwürdige Marken mit gekreuzten Säbeln und einem Halbmond, der Stolz meiner Sammlung –, und trug sie zum Ofen. Dort legte ich sie behutsam auf die heiße Platte voller unzähliger halbkreisförmiger Spuren von übergekochter Milch. Die Marken zitterten, färbten sich gelb, krümmten sich zusammen und wurden schließlich schwarz wie die Apfelschalen, die wir manchmal auf den Ofen legten.

Die Dachtraufen begannen von Neuem, ihr hastiges Morsealphabet zu klopfen: chiffrierte Nachrichten über Wetterveränderungen, über warme Winde, die von den fernen Meeren her bliesen, aber auch über die Bewegungen der Luftströmungen aus der Arktis.

*
*   *

Anfangs ließ Emilia regelmäßig von sich hören, doch dann wurden ihre Briefe seltener, beschränkten sich auf Grußkarten zu Neujahr und Weihnachten und blieben schließlich ganz aus.

Die Marken auf diesen Briefen löste ich zunächst ab und sortierte sie ins Album ein, doch dann hörte ich damit auf und nahm es hin, dass die Briefumschläge im Haus herumlagen, zwischen das Altpapier gerieten und verloren gingen.

Und das wäre eigentlich das Ende der Geschichten über Emilia. Doch wie es scheint, haben Geschichten niemals ein für immer und ewig festgeschriebenes Ende.

*
* *

Viele Jahre später, als meine Altersgenossen und ich in die Welt hinausgezogen waren, kam ich nach Paris. An einem regnerischen Abend fand ich mich in einer der Passagen wieder, deren Halbdunkel immer voller Überraschungen steckte. Ich hatte keinen Regenschirm dabei und war gezwungen, lange vor den Auslagen der kleinen Ladengeschäfte hin und her zu laufen. Es gab dort eine Buchhandlung mit Werken über esoterische Lehren aus Asien, über die Reinkarnation bei den Hindus und über den tibetanischen Glauben hinsichtlich des Weges, den die Seele nach dem Tod nimmt, dann einen Laden mit Masken aus Vogelfedern aus den Urwäldern des Amazonasgebiets, einen weiteren mit verschiedenen Teesorten, aus dessen halb offener Tür der betäubende und berauschende Duft ferner Länder strömte, und schließlich einen mit Halbedelsteinen, die im Schaufenster wie in einer Schatztruhe aus einem Piratenroman durcheinanderlagen: giftgrüne Malachiteier, längliche Fläschchen mit Schichten von buntem Sand aus Colorado, Achatkugeln, in denen man das vor Millionen von Jahren eingeschlossene Wasser erkennen konnte, riesige versteinerte Schnecken – Ammoniten mit Quarzkristallen im Inneren der Spiralen – und kleine, hauchdünne Marmorplättchen aus der Toskana, auf denen die geologischen Ablagerungen düstere Unterwasserlandschaften und Pano-

ramen fantastischer Städte geschaffen hatten. Und ganz am
Ende der Passage gab es einen Philatelieladen. Im Schaufenster lagen hübsch angeordnet und unter Glasstreifen gepresst
Sätze von Briefmarken – kleine Bilder einstiger großer Träume, Botschaften aus fernen Ländern, die sich einst an unsere
nach der Welt hungernden Augen gerichtet hatten, Nachrichten, von deren Reizen die stickigen Zimmer unserer Kindheit
erfüllt gewesen waren.

Mitten unter ihnen entdeckte ich etwas, das mich zusam-
menzucken ließ: je einen Satz dreieckiger und rautenförmi-
ger Marken aus Tuwa. Ein Yak mit zottigem Fell stand auf
einem Gebirgskamm, unter einem vorüberfliegenden Flugzeug. Dieses Bild wiederholte sich in Grün, Orange und Dun-
kelblau.

Ich hob den Blick. Hinter den Regalen mit Briefmarken sah
man im halbdunklen Innenraum, unter dem grünen Schirm
der Lampe, die auf dem Schreibtisch stand und nur einen
kleinen Ausschnitt des Raums beleuchtete, eine Schulter in
einem dunklen Kleid und darüber die goldene Fülle des Haa-
res, das den Eindruck vermittelte, ein Teil des Lichtes habe
sich plötzlich materialisiert. Ich spürte, dass sich in diesem
hell erleuchteten Punkt alle geheimen Fäden kreuzten, die
zwischen den Gegenständen im Halbdunkel der Passage gespannt waren.

Ich trat ein und die Glocke über der Tür klingelte. Unter
dem schräg einfallenden Lichtstrahl hob sich mir wie von
Blütenstaub überpudert das Gesicht der Verkäuferin entgegen. »Sie wünschen?«, fragte sie.

»Ich hätte gern den Satz Briefmarken aus Tuwa«, sagte ich.
»Die dreieckigen.« Sie sah mich an. Über ihr Gesicht lief ein

leises Zucken heimlichen Einverständnisses, und mir kam es so vor, als hätte ich das Losungswort genannt, das mich vertrauenswürdig machte und die Türen zum verborgenen Schatz öffnete.

»Sie interessieren sich für Motive aus Flora und Fauna«, sagte sie.

Ich begriff, dass sie sichergehen wollte, dass ich einer Prüfung unterzogen wurde.

»Mich interessiert Tuwa«, sagte ich. »Das Tuwa der Kindheit.«

»Jeder von uns hat sein eigenes Land der Kindheit«, sagte sie. »Ihres ist Tuwa? Meines ist Madagaskar.«

»Tananarive, Antalaha, Tamatave«, sagte ich leise. »Mahajanga. Farafangana. Ambatondrazaka.«

»Sind Sie dort gewesen?«, fragte sie.

»Über Briefmarken. Und Landkarten. Nur darüber«, antwortete ich.

»Der Herr wünscht?«, fragte eine männliche Stimme aus der Dunkelheit.

In dem kleinen Hinterzimmer saß sicherlich der Ladeninhaber.

»Der Herr kauft einen Satz Marken aus Tuwa«, sagte die junge Frau und sah mich verschwörerisch an, als teilte sie ein Geheimnis mit mir.

»Ich warte im Bistro gegenüber auf Sie«, murmelte ich, während ich die Marken entgegennahm. »Maevatanana. Marovoay.«

Wenig später saß ich in dem kleinen, mit afrikanischen Masken geschmückten Bistro, wo kleine Vietnamesinnen Säfte aus tropischen Früchten servierten.

»Ist es möglich, dass man sich an Namen erinnert, die man in der Kindheit gelernt hat?«, fragte sie, als sie sich neben mich setzte.

»Die Erinnerung bewahrt die Namen auf, die einmal eine schicksalhafte Bedeutung haben können«, sagte ich. »So wie bei unserer Begegnung.«

Als wir das Bistro verließen, bemerkte ich seinen in Goldbuchstaben geschriebenen Namen: »Melele-Mbembe«. Wo hatte ich diesen Namen nur schon einmal gehört?

Als wir die Holztreppe zu ihrer Wohnung in der Mansarde über den Dächern des Quartier Latin hochstiegen, legte sie den Finger auf die Lippen: »Die Nachbarn sind sehr neugierig, schweig still.«

Ohne ein Wort zu sagen, gingen wir auf Zehenspitzen und ahmten die langsamen, komischen Gesten ungeschickter Leute nach, die sich vergeblich bemühen, beim Gehen kein Geräusch zu machen. Sobald wir die Tür hinter uns geschlossen hatten, küssten wir uns. An den Wänden hingen alte Landkarten und eine Mondkarte mit erotisch schwellenden Höckern und den Kratern von Meteoriteneinschlägen.

Als wir später im Bett lagen und allmählich in den Schlaf sanken, sagte ich: »Du hast ganz vergessen, mir zu sagen, wie du heißt.«

Ihr Körper, dem die Liebe ihr Siegel hingebungsvollen Taumels aufgedrückt hatte, schlummerte gerade ein, war bereits unterwegs in andere Länder, andere Welten. Trotzdem murmelte sie mit ihr bereits nicht mehr gehorchenden Lippen eine Antwort.

»Isabella«, hörte ich sie flüstern, schon von fern, fortgetragen von den Strömungen der warmen Meere, jener

Meere von alten Landkarten, in zauberhaftem Gewiegtwerden über versunkenen Karavellen, über den verschiedenfarbigen Tiefen, über Korallenriffen und gewaltigen Wasserstrudeln, über den Meridianen und Windrosen. »Isabella«, flüsterte sie, »aber nenn mich Emilia.«

Inhalt